龍馬行

司馬遼太郎

4

李美惠 譯

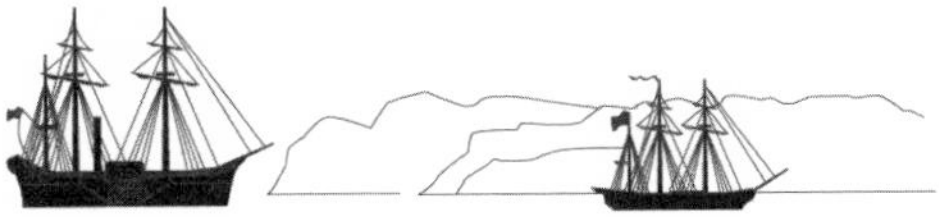

目錄

神戶海軍塾

「坂本龍馬還沒到嗎？」

幕府軍艦奉行並海舟勝麟太郎正隨意躺著眺望庭院中的百日紅。

「是，還沒到。」

傳達室中的年輕武士新谷道太郎答道。

海潮的味道陣陣吹進房裡。

「說到神戶，還真是個窮漁村哪！」

一直到昭和十幾年仍健在的新谷道太郎翁晚年曾如此憶道。

神戶這地名在慶應三年（一八六七）十二月七日開港之前幾乎不為人知。

但若說它就位於《平家物語》等作品中出現過的「生田之森」附近，就不難想像是個海邊小村落。一般都是以其西側驛站「兵庫」來代表村名。

山陽道（譯註：起自京都，貫穿京都以西之瀨戶內海沿岸八國的要道）自村中央穿過，兩側是成排的農家，海邊則有幾戶零星的小漁家。

戶數有五百。

土地直屬幕府，所領約七百石。

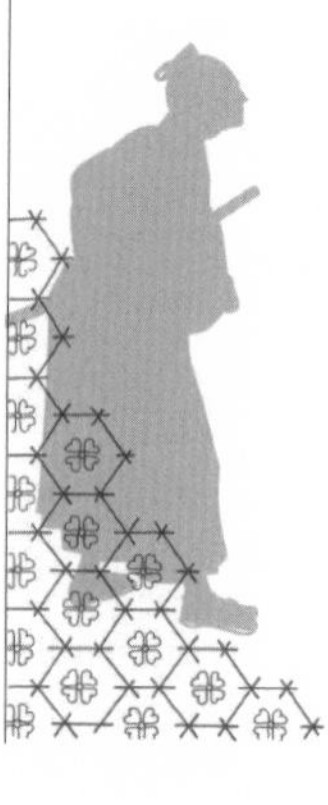

勝有意與龍馬在這名不見經傳的漁村創辦「神戶軍艦操練所」。

勝暫住於神戶村村長生島四郎大夫家。

此宅十分宏偉。

生島家早在平家發達之時就已存在，一直是領有這一帶的在地武家，德川時代才被命為村長。

直至今日仍有生島家族。據說到二次大戰前都是神戶首屈一指的大地主，可惜戰後因財產稅等緣故家道中落。

當主四郎大夫德高望重，總是笑容滿面。

「要在如此寒傖的小村落蓋海軍所嗎？世道變化可真大呀！」

他對勝如此道，同時一味搖頭。

維新後，勝曾回想當時情況並請人速記，在此節錄如下。

「海軍訓練所位於今神戶稅關所在地。我在生田之森蓋了房子安置塾生。我認為此地頗有遠景，因此也陸續買了些地皮。」

不僅如此。

「村長名為生島四郎大夫，起初我就住在他家。當時我曾告訴生島，這地方目前雖然淨是些不起眼的農家，但早晚會成為繁華之地，所以你該好好買些地皮。生島雖半信半疑，但仍聽我的話買了些地。維新之後，一坪果然漲到好幾十元的好價錢，聽說他也賺了不少。後來不知為何虧了一些，但現在還是很有錢。我希望盡量增加當地人的工作機會，所以雇用了許多農民。他們也十分樂於工作，後來也有不少人因此變成有錢人呢。明治六年（一八七三）我又到神戶去，沒想到從前在我家門口賣糖果的小女孩都已出落成亭亭玉立的茶館老闆娘了。就像這樣，所以我到神戶時總是很受歡迎。」

「喔，龍馬回來了嗎？」

勝起身到鄰室一看，龍馬果然在裡面。剛抵達神戶的龍馬，從頭到腳甚至連眉毛都沾滿塵土。他就這模樣鄭重低頭行禮。

「錢有著落了嗎？」

勝問道。這是他唯一關心的。越前松平家正面臨藩財政困難的問題，故勝頗懷疑他們拿得出如此驚人巨款。

「到手了。」

「哦！」

「不出幾日，越前藩的大坂藏屋敷就會把收到的錢送過來。」

「太好了！」

勝暗中叫好。他一向告誡自己，男子漢不該為這點小成就而沾沾自喜，此時卻也難掩滿臉的喜悅之情。

勝趕緊抹把臉道：

「肚子餓了。對了，雖然天色已暗，但你是想現在去看工地，還是先吃飯改明早再看？選一個吧。」

「邊吃飯邊看工地吧。」

龍馬道。

「有道理啊！」

很懂得作戰之道嘛，勝心想。龍馬的意思是要藤兵衛準備兵糧，並幫他們送到工地來。

「真是個怪胎。」

勝忍不住偷笑。若是別人，自己只會覺得對方腦筋轉得快；但換成龍馬，無論任何事都顯得滑稽。

兩人走出生島家。

走到海潮幾乎要打到鼻尖的海邊，龍馬終於在一角看見營造中的建築物。他開心道：

「差不多快蓋好了嘛！」

牆壁已上了漆，就差隔間了。

位於今神戶市生田區加納町六十四處，也就是臨港鐵道以南未來的神戶稅關一帶，西有第一防波堤，南有第二防波堤。

但龍馬及勝海舟當時所見，卻只是一片浩瀚的沙灘和幾戶零星的漁家。

「木工及泥水匠好像都回去了。」

勝走進裡面，坐在門口的木地板上。

不一會兒藤兵衛和新谷道太郎就送來飯糰。

太陽已從一之谷那邊沉下。

「萬事都順利進行中。」勝道。

為了勝這所海軍學校，幕府已決定撥出五千兩預算，接下來只差招生了。

招生要點已送抵諸藩，龍馬也一再鼓吹在京的諸國浪人，故不出幾日應可招到數百人吧。

四人就著提燈的亮光吃飯。

「龍馬，這學校將成為轉動日本的新軸心呀。」

勝用力嚼著蘿蔔干，發出響亮的聲音。

龍馬在這段期間持續寫信給家鄉的乙女姊。

總是臭屁地以「呃哼呃哼（譯註：擺架子的咳嗽聲）　謹上」做為信的結尾。

「最近成了天下無雙之大軍學者勝麟太郎大師的門人。」

竟重複用了兩次「大」字來嚇唬乙女姊。言下之意是，自己成了這位大師的門人，所以也很了不起吧。

「他對我特別好，簡直把我當客人看待。不久後要在距大坂十里（編註：一里約四公里）餘一處叫兵庫的地方建學校，還要建造長達四十間（編註：一間約一．八公尺）甚至五十間長的大船，並從各地招募四、五百名弟子。」

「專家（指自己）的眼光很精準，《徒然草》中也有這樣寫。呃哼呃哼　謹上　龍」

乙女當時住在高知城下本町筋一丁目的坂本宅，讀信時笑得滾倒在地。

乳母小矢部婆婆和源老爹也湊了過來，三人一同哈哈大笑。

「那個鼻涕蟲還真自大啊。」

他們心裡一定這樣想吧。

最後看到這封信的大哥權平，大臉上也露出欣慰的笑容。

「不過龍馬怎麼對刀術及攘夷運動一點都不積極，反而跑去搞什麼船的事呢？他的行為我總是沒法理解啊。」

說著一臉愁容。

神戶軍艦操練所的設立工作在勝的積極運動下逐步行政化。幕府方面也計劃在江戶的越中島設置相同的學校，決定江戶那邊募集東日本出身者，神戶方面的學生則自西日本募集。江戶那邊只停留在構想階段，終究未付諸實踐，但二者應可視為今東京商船大學及神戶商船大學前身。

龍馬的構想是，此東西二所操練所的總督由一人兼任，且不由幕府官吏擔任而是由京都朝廷指派人選，學校的經費也盡量不仰賴幕府提供而由西國諸藩分攤。總之不希望是官立的，而是以私立型態經營。

可惜此案並未通過，終究還是成了「官立」學校。實習船也是拿幕府之前購入的觀光丸及黑龍丸加以利用。此外鷹取山炭坑成了操練所之附屬單位，並以長崎造船所充當修理所。

操練所的事務官除軍艦奉行並勝麟太郎之外還有兩名。教授群名單也差不多都確定了。

但這一切得一年後才能準備就緒。

龍馬等不及這些官制化，他決定在正式成立之前以「私立勝海舟塾」的名義陸續讓學生入塾學習。勝也贊成。

「你是塾頭，就照你的想法做吧。」

勝依自己作風，一切交給龍馬。

文久三年（一八六三）五月底，成為「航海實習生」的諸藩藩士及浪人紛紛來到神戶。

龍馬騰出一間新建宿舍靠後面的房間，每天接受新生報到。

這個月一下子就湧進兩百人。

龍馬的大姊千鶴嫁給安藝郡鄉士高松順藏，其長男高松太郎也入學了。

「太郎，我曾經讓你騎在我肩上呀，你記得嗎？」

「記得。」

兩人雖是甥舅關係，其實年齡相去不遠。不過龍馬一提起曾讓太郎騎在肩上的往事，太郎就頓時矮了一大截。

「要好好努力喔。」

「遵命。」

這位名為高松太郎的年輕人在明治四年（一八七一）奉朝廷之命繼承龍馬的家業，但不久即病故，後改由太郎之弟直寬繼承龍馬的坂本家。直寬的招贅婿彌太郎在札幌經營北海製鋼公司，家族多住在北海道。

新生中還有另一位太郎。

那就是楢崎太郎——龍馬當初在京都出手搭救的阿龍之弟。

「你們兩人同名，所以一定要好好相處。這樣並排一看，實在都很像芋頭啊。實在太像了，所以一定要好好相處喔。」

龍馬說著自顧自笑了，似乎覺得很滑稽。名字一樣的話，連長相都會像嗎？

當時和自己一同脫藩的同伴澤村惣之丞也來了。高知城下人稱紅面馬之助的新宮馬之助及同住城下的鄰居近藤長次郎、千屋寅之助等人也都來報到。

諸藩的參加情形也相當踴躍。

特別熱中海軍的薩摩藩最踴躍，多數參加者後來都成了海軍軍人。像伊東祐亨在中日甲午戰爭時就成為連合艦隊的司令官。

這些人中還夾雜著一位膚色白皙、貌似貴公子的年輕人。

「土佐藩士伊達小次郎。」

他報上姓名。

龍馬忍不住失笑。

「土佐藩沒人姓伊達啦！你的藩名是胡謅的吧？真傷腦筋啊。」

「不，我是土佐藩士。因另有隱情，至今一直自稱土佐藩士，今後也請將我視為土佐藩士。」

「怎麼來了個怪人呀。」龍馬心想。

他臉長如馬，輪廓卻很深，長相頗為端正。雙眼炯炯有神，鼻梁高挺，比較像西方人。

說起伊達這個姓，仙台侯及宇和島侯皆屬之，祖先都是伊達政宗。

「對了，還有一個，那就是紀州藩重臣同時也是知名的國學者伊達自得。」

龍馬突然想到，這才發覺這年輕人有紀州口音。

「你是紀州人吧？」

龍馬一說，年輕人就若無其事地說「啊，被識破了」。他說自己是自得的兒子，這麼說來就是名家之後了。不過現在是個時下流行的脫藩浪人。

他就是日後的陸奧宗光。

「哎呀，真教我吃驚呀。」

勝在自己房間對龍馬道：

「雖然我本有所覺悟，不過這下好像是拿官費把全日本的暴動份子全聚集在此了啊。」

來報到的全是有怪癖的暴動份子，每天刀傷、吵架、激辯不斷。

提到暴動份子，專為捍衛幕府權威及維持治安而成立的浪人團新選組已開始在京都活動。

有觀點認為此神戶集團簡直就是勤王派的「海之新選組」。

「龍老師呀……」

勝道：

「請你好好約束他們。天下雖大，這些暴動份子的總大將人選卻非你坂本龍馬莫屬啊。」

「他這是給我戴高帽子啊。」

龍馬心中暗笑。但仔細想想，萬一發生事故，身為軍艦奉行並的勝海舟恐怕官運堪虞。

現在幕閣中討厭勝的那幫人正致力散播勝在神戶集結並煽動不逞浪人的惡意謠言。

「那幫幕閣俗吏我是一點也不怕，只希望這學校能好好發展呀。」

勝以他一貫的捲舌音道。又說：「龍老師，約束眾人的工作就交給你了。」

龍馬每天得接連不斷應付五、六名新生報到，忙得不可開交。

但人來得雖多，卻沒什麼像樣的人才。

「似乎就只有那個叫伊達小次郎的年輕人有點前途。」

龍馬仔細打量。

年齡比龍馬小九歲，今年二十。

推薦函是土佐藩的大監察平井收二郎寫的，此人是土佐上士中僅有的三位勤王主義者之一。擔保人也是這位平井收二郎。

只是這年輕人明明出身紀州藩之名門，為何堅持「我是土佐藩士，請將我視為土佐藩士」呢？

「喂喂。」

一天，龍馬隔著塾長室的凸格窗叫喚這個呆立在庭院的年輕人。

「您叫我嗎？」

「就是你。你叫伊達小次郎吧？」

「不，不是。我剛改了名，請叫我的新名字。」

「真是個麻煩的傢伙。」

龍馬心想。

「那叫什麼呀？」

「陸奧陽之助宗光。」

「這名字真響亮啊。是因你那伊達的姓果真出自陸奧才這麼叫的吧？啊，對了，我這邊有點心，過來吃吧。」

龍馬的語氣就像拿飼料誘雞似的，年輕人竟為此生起氣來。

「我又不是小孩子！」

龍馬有意讓他擔任相當於副塾長的工作，但拿點心勾引副塾長候選人……龍馬此舉也太輕率了。

「對不住。不過，陸奧陽之助君，你就別生氣，麻煩你過來一下吧。」

陸奧陽之助宗光這位宛如源平時代年輕武士的青年迅速移動高大的身影，坐到龍馬跟前。

「您有什麼事嗎？」

「沒有，只是想跟你聊聊。」

他打算確認人品之後便派他擔任副塾長。

「談談你的身世吧。我實在太無聊了。」

「無聊？您這也太沒禮貌了吧，我又不是說書的。」

這年輕人似乎意見很多。

但仍井井有條說起自己的身世。

祖父是紀州藩的參政。父親伊達藤二郎（號自得）也曾因學識不凡受紀州老藩主賞識而一手掌握藩政，聲勢一時如日中天。

但領國與江戶藩邸偏偏意見相左。大藩經常有此現象。

紀州德川家乃五十五萬五千石的大藩，更是御三家之首。光是士格以上的藩士就有七千名，其中有兩千人定駐於江戶。

江戶定駐人員的總帥是家老水野土佐守，他同時是紀州新宮三萬五千石之領主。

陸奧陽之助的父親自得形同領國派的參謀長，與江戶派的水野相抗衡，老藩主死後他隨之遭到禁錮。

接著又追加處分，所領遭沒收且被貶為平民，一家只得搬到高野山麓的農家。

當時陽之助才九歲，仍喚做牛麿。

他雖是個孩子，卻對藩如此處置極為憤怒，竟扛著傳家寶刀衝出門去，說要殺進藩重臣家。養兄伊達五郎宗興好不容易抱住他，他卻嚴詞質問：「為何阻止我！」還邊哭邊與養兄辯論。有幾次甚至衝出房間就著臉盆洗去眼淚後，再回來繼續辯論。而他當時還只是個九歲的孩子。

打開後來的陸奧略譜即可發現，他因策動顛覆薩長藩閥政府的行動而於明治十一年（一八七八）下獄五年，明治二十一年（一八八八）擔任駐美公使，明治二十三年（一八九〇）任農商務大臣，進而成為伊藤內閣之外交部長，妥善料理了修正條約的棘手問題以及中日甲午戰爭的對外關係，被認為是日本史上最高明的外交官。明治三十年（一八九七）八月過世，享年五十四歲，獲封伯爵。打從陸奧還是個九歲的少年即可看出他明辨事理、思路犀利如剃刀的特質。

後來其父獲赦，以區區七人扶持米之俸祿返回紀州藩。但陸奧無法原諒紀州藩，以十五歲之齡離家前往江戶，在安井息軒及水本成美的私塾當學僕，邊打雜邊學習。十九歲時聽憑滿腔熱血，早已成了有模有樣的尊王攘夷志士。

其間與土佐藩的平井收二郎及乾退助（後來的板垣退助）相識，退助極欣賞這年輕人，還讓他謁見土佐的老藩主容堂。

「因此，我決定一輩子痛恨紀州藩，而報效庇護我的土佐藩。」

他似乎超乎常人地愛憎分明。一方面也因生性憎惡不合理之事甚於殺父仇人吧。

事件發生在數日之後。

早上，龍馬在自己房間吃著早飯。這時陸奧陽之助頂著一貫的冷峻美少年面孔出現。

「什麼事啊？」

龍馬放下筷子。

「坂本老師，聽說您是北辰一刀流的名人，是真的嗎？」

「一大早的，你到底想說什麼？」

龍馬覺得這年輕人真煩。

「喔，只是想問問您本領有多高。可以一次對付五、六個人嗎？」

「……」

龍馬又動起筷子。這種人千萬別搭理，龍馬如此暗想。

「那麼，您並不像傳說中那樣厲害囉。」

陸奧湊上前來道。龍馬終於忍不住了。

「哎呀，我要真有意，即使所有塾生聯手恐怕也碰不到我的竹刀吧。」

「那就對了。」

陸奧雖乳臭未乾，卻很懂得操縱人心。

「能不能借您的本領一用？」

「究竟什麼事？」

「是這樣的。我在江戶時識得一名水戶浪人叫兜惣助（甲總助），是個狂熱的攘夷主義者。他是神道無念流的刀術高手，據說曾在筑波山殺過人。京都各處的暗殺行動似乎都與他有關。」

「是專搞暗殺的勤王份子嗎？」

「他有五、六個同伴，這幫人已來到京都，如今正潛伏在大坂。您知道他們有何目的嗎？」

「不知道。」

龍馬道，繼續吃他的早飯。

「他們企圖暗殺幕府的軍艦奉行並勝海舟老師。」

「喂喂。」

龍馬放下筷子。此事非同小可，這年輕人卻說得輕描淡寫。

此事似乎不假。他說，兜惣助等人聽說勝嘲笑攘夷主義者是笨蛋，故有意趁勝偶爾從神戶上大坂城代屋敷時，在途中暗殺他。

「這些人真是唯恐天下不亂啊。」

在龍馬等勤王志士之中，這種人的確不少，他們認為只要殺人就能推動世局。

「那麼你向海舟老師報告了嗎？」

「是的。老師笑著說『我會小心』，不過我身邊卻發生一件麻煩事。」

「什麼事？」

「其實這密謀是一個名叫乾十郎的大和浪人向我透露的。他是兜那幫人的朋友，不，不僅是朋友，他們的藏身之處就是位在高麗橋魚棚的乾家呀。總之就是乾出賣朋友向我密告。他曾聽我提起勝老師，對老師的人品及見識十分敬佩。這情形兜那幫人也知道，還說要殺掉乾這個叛徒。」

「那麼，你這位好友乾十郎是什麼樣的人呢？」

龍馬問道。

「他是個過激份子。」

陸奧道。

「想必是。反正不可能是什麼穩當的人。年齡大概幾歲？」

「三十七。」

「你交的朋友年紀還大你真多啊。」

「是。」

不知是陸奧老成，還是乾十郎馬齒徒增。情況看來似乎是後者。

總之似乎是個脾氣暴躁的人。

乾十郎。

生於大和的五條（生家在五條櫻井寺南門對面的北之町。乾家族本來似乎出身大和山岳地帶的十津川鄉宇宮原，或許因此才具有大和盆地人罕見的激烈個性吧）。

當時以思想偏激而名聞天下的森田節齋在五條開了家私塾。乾先是跟著節齋學習詩文，後又跟節齋之弟仁齋學習醫術。

然後到大坂的高麗橋幫一位醫師代診，後來乾脆到筋違橋東端的魚棚自行開業。

起初娶了個商家姑娘，這姑娘原以為自己嫁的是個安穩的町區醫師，沒想到幾乎每天都有愛鬧事的志士到家裡找丈夫喝酒並大聲談論時勢，最後甚至舞刀吟詩，嚇得她返回娘家。她本已懷孕，後來生了個女孩，叫井上松一，住在曾根崎二丁目，直到昭和初年都還健在。乾十郎的來歷他調查得還真清楚。

乾十郎在此「事件」後加入天誅組的謀議，並以幹部身分在五條舉兵，落敗後被捕，元治元年（一八六四）七月十九日在京都的六角監獄為幕吏所殺。

插句題外話，直到大正初年，大坂及大和還有許多知道奇人乾十郎的人。

五條櫻井寺的住持康成達倫氏是其一。

「十郎紮了一束稻草說這是幕府，然後經常拿來試砍練刀法。他總是邊砍邊大喊，聽說鄰居都很害怕。」

說到醫術，他似乎是個庸醫。大坂有如此故事流傳：他到附近餅舖為退休老闆診察，說「不要緊」後開了些藥就回家了。沒想到老頭突然一命嗚呼的消息竟比他早一步到家。據說乾臉色凝重忍不住扼腕的模樣實在滑稽。

他留的是總髮髮型但不梳髮髻，任頭髮垂至雙肩。又穿著印有菊水家紋的和服，因此人們都說他是大兵學家由井正雪。他聽了似乎也很得意。

「你的意思是要我保護這位乾十郎嗎？」

「是的。兜惣助等人似乎糾纏不休，事情緊迫。我把乾帶來神戶塾，請讓他躲在這裡吧。」

「不，既然事情緊迫，還是我親自過去一趟吧。乾是在大坂自宅吧？」

龍馬要寢待藤兵衛先一步趕往大坂，自己和陸奥陽之助也隨後出發。

傍晚前應該可以趕到。

船場有座名為「御靈」的神社。

神社西側後面的南北向道路上有成排的魚舖子。和魚棚這個俗名倒頗相襯。

「街上全是魚腥味啊！」

龍馬簡直受不了，但仍繼續往前走。

乾十郎家就在巷底。

陸奧陽之助費了好大的勁才打開卡得緊緊的格子門。

「乾爺在嗎?」

說著走進土間。

屋裡有些暗。

「怪了。」

有人在。屋內有孩子的哭聲。

乾的現任妻子叫亥生,是應姬路藩特聘並在高津北坂開私塾的成瀨清左衛門之女。亥生戰戰兢兢地出來,發現來客是陸奧隨即當場崩潰。

「哎呀,陸奧爺……」

「怎麼回事?」

「我家老爺被兜爺帶走啦!」

「什麼!」

似乎是四半刻(譯註:三十分鐘)之前才被兜那幫人強行帶走的。

「應該有位叫藤兵衛的商人來過吧?」

「是,那位藤兵衛爺來的時候,他們正浩浩蕩蕩走進屋來說:『有話要說,過來一下。』說著就把我家老爺強行拉出去了。」

「那麼藤兵衛呢?」

「他說:『我跟去看看。』又說:『要是陸奧爺來了,請如此轉告。』」

「原來如此。」

龍馬坐在屋簷下聽著這段對話。

「藤兵衛應該會查清楚再回報吧。」

「陸奧君,請夫人讓咱們在這裡靜候吧。藤兵衛應該快回來了。」

「坂本老師,您在哪裡?」

「我在屋簷下。」

他抱著大刀坐著。

不一會兒藤兵衛就回來了。

「大爺,地點是在難波新地,一家叫吉田屋的旅館。」

藤兵衛道。

三人立即前往那家旅館。

卻聽說一大群人剛剛離開。

「往哪邊去了？」

「往安治川口那邊。」

旅館女侍驚魂未定地回答。乾大概被眾人逼得百口莫辯吧。

「陸奧君，安治川那邊人家稀少，他們恐怕是要下毒手。」

龍馬隨即邁開大步。

「聽說對方有十三個人。坂本老師，沒問題嗎？」

「打架這事，不試試怎知道啊。」

龍馬快步前進。

太陽就快下山了。

堤防杳無人煙。

……………………………………

兜惣助是當時人稱「浮浪」的三、四流勤王志士的典型人物，原本就與社會格格不入。

如今已是亂世，故他乾脆逃離家鄉，脫藩到京都、大坂來遊手好閒。

攘夷！

攘夷！

只要敲著單皮柄鼓、高唱攘夷，就可以從一心攘夷的長州藩等處拿到一些資金。總之不愁沒飯吃，每天也過得充滿活力，挺有意思的。

這些人的工作不外乎殺人、恐嚇、勒索，但都有冠冕堂皇的理由「一切都是為了天下國家」，完全相信自己所為是正義之舉。故而比犯罪還惡質。不管哪個社會，總是有這些純粹反社會人格的人。

又要插段題外話。

如前文所述，此時期新選組已在京都展開行動。

幕府為以毒攻毒而設法拉攏同性質的人，將他們集結在京都並命他們捕殺主張攘夷的浪人。

故三、四流志士都嚇得不敢接近京都，而有必要進京的有為志士卻多慘遭毒手。換句話說，說他們是兜惣助這些不入流志士害死的也不為過。

話說，安治川口的堤防上毫無人跡。

堤上有株名為招船松的松樹，眼前這本地代表名物的倒影就映在水面上。

兜一行人在堤防下方的草叢中。此處是濃密的蘆葦叢，只要蹲下身子，哪怕一百人都躲得進去。

「這麼說來，你確實曾背叛我們囉！」

兜以水戶腔再度確認。

個頭矮小的乾十郎起初還仰起瘦小的身體頑強抗辯，但在十三個人的連續質問之下，體力及氣力早已耗盡。

「隨便你們怎麼說，乾脆殺了我示眾吧。」

他以大和口音道。

「哦？那就下手囉。」

兜命同伴把預先寫好姓名、罪狀的木牌戳進松樹幹。

此人假借攘夷之名廣交盡忠報國之士，頻與諸方周旋，再將其動向通報給其他惡徒，其餘不容於天地之罪狀不勝枚舉，故加之以天誅也。

「把他綁起來！」

兜下命。

眾人圍過來，七手八腳將乾十郎綑起來，並將繩子一端掛在松樹上。乾被懸在半空中。

「是該活押示眾還是吊著砍死，得再斟酌一下呀。」

兜等人個個興致盎然。會落到如此下場，一方面也因乾的個性有些像受虐兒，否則這私刑應不至於如此精心設計。

就在此時，堤防上傳來一陣腳步聲。

是龍馬一行人。

「藤兵衛！藤兵衛！」

龍馬喊道。聲音被風吹散了，不容易聽見。

「您叫我什麼事？」
「堤防下方似乎有說話聲，你沒聽見嗎？」
「小的下去看看。」
藤兵衛說著拱起背開始往下走。龍馬一把扯住他腰帶，將他拉了回來。
「危險啊。敵人無疑就在下方，看來一定都已拔刀在手了。」
龍馬道。他轉頭向陸奧陽之助道：「你的刀借我一下。」
一到緊要關頭，龍馬的二尺二寸（編註：一尺約三十公分，十寸為一尺）吉行就稍嫌過短。
「這刀實在中看不中用。」說著把刀連同刀鞘拔起塞給陸奧。陸奧只得把自己的二尺八寸鋼刀遞給龍馬。
「哇，陸奧君，這真是把好刀啊！」
龍馬抽出刀來就著夕陽仔細端詳。
底下的人也察覺了。草叢中有兩三個人往上爬，並探頭窺視。
「哇！」
他們肯定大驚失色。
堤防上站著一個滿頭亂髮、身形高大的武士，髒兮兮的裙褲還邋遢地掛在肚臍下方，正興沖沖仰頭欣賞大刀。
「喂！你們是誰啊？」
龍馬朝草叢中的眼睛問道。
那幾對眼睛的主人隨即咻地滑下堤防，衝回河岸向兜惣助報告。
這時龍馬也如疾風般衝下堤防，擋在懸於半空中的乾前面。
龍馬唰地收刀回鞘。
「我叫坂本龍馬。」
他報上姓名。
兜惣助等人似乎十分震驚。最近聚集在京都的志士都聽過龍馬的名號。

北辰一刀流千葉道場的塾頭。光這頭銜就夠兜這幫人害怕了。

兜迅速退後十步左右的距離。

「喂，坂本，聽說你雖是武市半平太的同志，卻跟隨幕臣勝海舟，不但放棄攘夷之志，還四處散播開國航海論。」

「這就是我的攘夷論呀。不過現在別討論這些，你們若願意接受我的意見就到神戶來吧。眼前最重要的是這個可憐的乾十郎呀。」

龍馬朝背後的陸奧及藤兵衛使使眼色，要他們解開繩索。

兜把手按在刀柄上。龍馬安撫似地道：

「兜爺嗎？千萬別拔刀呀。」

龍馬提醒他：

「別衝動！拔刀就得決鬥了。」

龍馬說著的同時也目不轉睛地瞪著兜，以氣勢壓倒對方。若無此氣勢，兜恐怕會跳起身撲上前來。

兜不敢拔刀。

臉色已是一片慘白。

至於龍馬背後，乾十郎身上的繩索已完全解下，他滾倒在蘆葦叢中，陸奧及藤兵衛兩人正護著他。

「藤兵衛，麻煩你去攔頂轎子吧。」

陸奧道。藤兵衛立即拔腿去辦。

不一會兒便領著轎子及轎夫回來，就想和陸奧合力將乾扛到堤防上。

「慢著！不准帶他回去！」

兜如此怒喊。

陸奧也沉不住氣了。

「你不高興嗎？」

他從堤防的半途往下吼道。

兜惣助氣不過：

「你、你這傢伙！」

也沒多想就拔了刀。

拔到一半，兜的右前臂突然一陣刺痛。

「呀！」

他放開手迅速後退。

「沒傷到你吧？」

龍馬早已還刀入鞘。

「兜爺，不許打鬥啊。」

「坂本，今天聽你的話，就此收手，咱們後會有期。」

龍馬一行人就此撤退。

翌日，兜派人到位於道頓堀的旅館「鳥毛屋」找龍馬。

關於此事，陸奧宗光那邊的資料尤其詳盡。

以上那件事（安治川口事件）後來又起了麻煩。仔細說來就是惣助見坂本等人完全未與自己做任何交涉便當場插手解救十郎，認為此舉過於目中無人，大怒之下派人向坂本遞了決鬥書，要他決定場所並當場答覆。坂本不動聲色，若無其事地對來人說：「隨時可於天王寺境內一決勝負。」

澤村惣之丞聽到此事心想大勢不妙，便緊急進大坂城內向勝報告。勝也無法置之不理，於是去找小笠原圖書頭商量，把惣助叫來一再安撫告誡後，總算大事化小小事化無。

事件落幕後，陸奧陽之助就對龍馬死心塌地了。套句為陸奧寫傳記的作者文章：「公（陸奧）因此深為龍馬之為人折服，而甘願成為手下。」事情就是這樣。

「真令人驚訝，坂本老師真是膽識過人。對方是殺手惣助，在同夥之間可是響噹噹的人物哪。」

一天晚上陸奧如此道。

「別管這些了，乾十郎情況如何？」

「他帶著妻子回大和的五條去了，因為他兄長家在五條。」

不久乾就加入天誅組。

天誅組攻進大和襲擊五條代官所時，領路的就是乾。

慘遭一舉擊潰後，他在大坂被捕並送進京都的六角監獄，最後遭處以極刑。乾在獄中寫了一首詩：

即使縛在身上的繩子染上鮮血，
赤誠之心也決不改變。

神戶軍艦操練所設立的官制雖已底定，實習船機械及燃料等卻尚未送抵，甚至沒有一點眉目。

實質上仍處於勝海舟的私塾階段。

塾生們每天淨是聽勝和龍馬吹噓，何時能摸得到船卻毫無頭緒。

「勝老師，情況真糟呀。」

連龍馬也——

「連我都受不了了。塾生之間恐怕已出現不平之音了吧。」

每人每月有二兩的零用金，故塾生之生活無虞，且即使沒實習課也還有赤松左京等人開的學科課程，還能勉強湊合湊合。

此外還有人在學英語。龍馬起初也學了一點。

——這種符號記不住啊。

終究還是放棄。

「嗯，不平之音倒是沒有。不過船塾竟然沒船，這有點說不過去。」

兩人商量後，決定讓塾生到天保山海邊的幕府汽船上看看當做見習。就請汽船在攝海（大坂灣）來回跑跑。

正要付諸實行，塾內的土佐藩士卻不安了起來。

「坂本老師，這節骨眼上還是別揚長地上什麼軍艦實習吧。」

他們對龍馬如此道。

當時長州藩堅持獨力進行攘夷活動，只要在行經馬關（下關）海峽的船舶中發現外國船艦，就以沿岸設置的大砲轟擊。

此年（文久三年）五月十日，美國商船最先遭到攻擊。同月二十三日輪到法國軍艦，接著二十六日又有荷蘭軍艦跟著遭殃，然後是六月一日的美國軍艦。這時長州藩的庚申丸及壬戌丸二艦已遭擊沉。

不僅如此，在京都方面，激進攘夷主義的長州在宮廷已居掌權之位，眼看似乎就要重新頒布對外決戰及堅守鎖國狀態的敕命。

如此時刻，土佐藩的政情也突然轉趨保守。

這已不算新聞，土佐藩政的直接指揮權已逐漸落入早已抵達京都的老藩主容堂手中。

他是位氣派十足的老爺。

親眼目睹容堂進入京都光景的祇園藝伎甚至讚道：

——心裡正納悶世人口中的老藩主究竟是個怎樣的老頭，沒想到是如此一表人才啊！

容堂進京的光景簡直攫取了全京都市的目光。

那天容堂騎著名為「千載」的駿馬，把斜織的黑短褂下襬捲起。裙褲是絳紫色的絲緞，上有橫線織成的柏枝圖案。此外還佩帶臘色刀鞘的大小佩刀。年三十六，身高五尺六寸。記錄中如此讚美：「膚色白皙，面相豐潤，眼中有異采。」

藩的勤王黨知道容堂曾懷有勤王思想，皆道：

「時機總算到來了。」

人人都很興奮。

然而容堂最先著手的工作之一竟是彈壓藩內的勤王黨。領國內正進行彈壓的消息也傳至神戶塾，土佐系塾生因而騷動不安。

人心騷動

總之，下令彈壓的元凶就是老藩主容堂。

龍馬對這位老藩主從未有過好感。

「身為藩主，他太主觀。」

龍馬如此認為。

像長州藩主那般，凡事聽從握有政權主導權的人而搖擺不定，固然讓人不以為然，但太有定見且冥頑不靈的頑固支配者也教人不敢苟同。

動盪不安的時期，時勢將如何發展完全無法預料。如此時期，藩的指導者究竟是要如織田信長般不顧自己滿身瘡痍仍使勁揮刀、毫不猶豫地領頭開闢新時勢，或是索性把心一橫隨波逐流，只能二選一。

市井隱士就算了，若身為藩的指導者卻對時勢視若無睹甚至不知順應，還死命抓緊自己無用的「定見」，終究只有敗北一途。

「這人最難搞的是他對自己的才能及膽識過於自負。」

龍馬如此認為。

也因此才會對冥頑不靈的「定見」極端自滿。在他眼裡，部下個個笨得要命，其他大名也愚蠢至極。

「僅略勝於他人的智慧和知識，在如此時勢中哪能

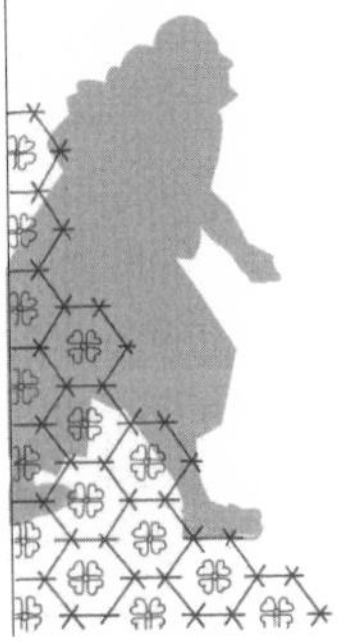

派上什麼用場？若只知對這些完全沒法指望的東西感到自負，那是注定要成為敗者了。」

龍馬如此預料。

「何況……」

他心裡是這麼想的：

儘管擁有蓋世才智，一旦受到局限就與蠢物無異。他如此認為。

智者容堂是位風度翩翩的英雄。

不幸的是，他卻受自己的聰明才智所局限。受家世局限。

先祖山內一豐因關原之戰有功，從六萬石的掛川守一躍為二十四萬石的土佐守，得以躋身大大名之列，故對德川家懷著有恩未報的心理負擔。

「若純屬個人情況，這是一種美德。」

龍馬認為。

「但身為大藩之主，必須考量藩之命運及日本之歸趨，此時那些哪算得上麼呢！」

容堂一向受如此「美德」局限。他為擁有如此美德的自己深受感動，總是透過如此美德來審視一切時勢。

因此容堂所見的時事全是扭曲變形的，並非真實影像。

容堂自己明明也主張勤王主義，卻討厭藩內的勤王主義者。「我自己的勤王思想是源自聰明的智慧，他們不過是出自無知的瘋狂信仰罷了，故絕不能容忍。因為勤王無疑是種劇藥，斟酌得宜則成為良藥，但若錯估藥量，目前的社會秩序將整個崩壞。」

真是個不幸的智者。

容堂很厭惡浪人。

他們群聚京都，進出公卿宅邸，煽動大藩藩士。這些人看來雖不似幕府般具有危害性，但也是無用之徒。他如此認為。

「一群浪人豈能成就天下大事？」

他是貴族，當然會這麼想。

何況他愛極藩的統治制度。因為藩的首腦就是自己。

藩士只要像手腳般聽命於己即可，他可不希望手腳擅自做主、任意妄為。

不過最近最受矚目的是，各大藩駐京都的周旋方（譯註：藩派駐於京都的外交官）及其異常的活動情況。他們任意決定藩的方針，硬將整個藩拉往料想不到的方向。容堂是這麼想的。

以往在幕府強盛期，諸藩都設有「京都留守居役」的官職。

插句題外話。赤穗浪人中有位名叫小野寺十內的老人。這人是播州淺野家的上士，祿高一百五十石，職位就是京都留守居役。

當時是承平的元祿時期，據說他們的工作就是向藩報告京都時下最流行的衣服花樣及裝飾品等，以免主君後宮的婦女沒趕上流行。其他就只要與學者、歌人或畫家交流，聊些風流韻事即可。

因此十內夫妻都擅長作詩。他在四十七名赤穗浪人中是最富教養者。

但在幕末，此職位的工作卻完全變了質。

諸藩的京都周旋方、公用方（譯註：負責藩與朝廷、公卿及諸藩間公務交涉之職）及應接方（譯註：負責接待訪客之職）等外交官員乃是京都論壇的中心勢力，諸藩的這些職位者常在三本木一帶的妓院應酬，花錢如流水。

長州藩的桂小五郎、薩摩藩的大久保一藏（利通）、會津藩的外島機兵衛、一橋藩的涉澤榮一等都算代表人物吧。

土佐藩的京都周旋方則是因吉田東洋遭暗殺後的政變，全由勤王黨獨占。

武市半平太（瑞山）

平井收二郎（隈山）

間崎哲馬（滄浪）

這些人都是。

他們以藩的公費與他藩、尤其是激進派的長州藩應酬，也經常出入公卿宅邸，把極端的攘夷主義帶進宮廷之中。

容堂一進京便宣稱：

「無需與他藩應酬。」

而將他們悉數遣返土佐。

平井收二郎的文章中曾出現如下記載：

老藩主從江戶一到京即怒罵並禁止我等出入公卿宅邸。即使如此仍怒氣未消，最後竟撤銷我等官職。

同僚皆愕然而大失所望。

不僅如此。

東洋死後，為將領國內部人事安排改為勤王色彩，平井、間崎及弘瀨健太三人特請青蓮院宮（中川宮）下旨，以此令旨威脅藩之上層才成功推動政變。據說事實如此嚴重。

老藩主重新審查其罪狀，五月令此三人下獄，六月八日即命其切腹。

龍馬在神戶也聽到此消息。

龍馬聽到間崎、平井、弘瀨三人切腹消息，當下即直覺想到：

——啊……武市的勤王黨恐怕要瓦解了。

他立刻趕往京都藩邸。

龍馬這人雖是武市至交，但與武市之黨總是走不在一起。

意見有相左之處。

個性也不相同。

——下巴（武市的渾名）老說正經事。

龍馬總是這樣笑他。「正經事」有兩件，其一是死硬的攘夷主義，另一件則是一藩勤王的理想。

——這哪可能啊！

龍馬的個性是絕對不忘現實。武市半平太則是偏執的理想主義者。

龍馬完全不看好藩內的勤王活動，脫藩後更不將土佐藩放在眼裡。

「再和那個頑固的老藩主角力下去，就跟不上時勢了。」

這就是龍馬的想法。

但他仍十分關心參與藩內活動的成員現況。

「藩內的勤王活動根本是小孩玩火，遲早要搞砸的。」

一衝進河原町的藩邸，突然下起雨來。

邸內鴉雀無聲。自從老藩主大發雷霆，藩邸的火苗就完全熄滅了。他藩人士及浪人也不再出入，更無高聲談論時務者。

龍馬覺得這氣氛實在荒謬，他走在長長的走廊上時故意大喊：

「有誰知道這事嗎？聽說間崎等人在家鄉切腹啦？快告訴我實情吧！」

他邊走邊像個賣貨郎般吆喝。

走廊兩側的房間依然一片死寂。

龍馬往長屋走去。他邊走邊拍著格子門喊道：「告訴我啊！告訴我啊！」不知走到第幾戶時，終於有一扇門拉開了。是個名叫中島作太郎的年輕人。他的臉型就如橡樹子似的。

「坂本爺。」

他小聲喚道：

「請進來吧。」

龍馬不識得這年輕人。大概剛從土佐上來沒多久吧。他身穿粗棉服，腰佩紅鞘的打太刀。以這身打扮及粗製的佩刀看來，應是鄉士出身。

「我叫中島作太郎信行。間崎爺在家鄉出事的來龍去脈我很清楚。」

他雙眼炯炯有神道。

龍馬於是走進屋內。

中島以托盤端送大茶碗給龍馬。龍馬一喝，竟是水。

龍馬一臉怪表情。

「您剛剛叫成那樣，我想喉嚨一定很乾吧。」

中島噗嗤地笑了。

這臭小子應該是個可用之才，龍馬心想。他喜歡中島，有幽默感。

作太郎即後來的中島信行（與板垣退助共同提倡自由民權主義，曾任自由黨主席。獲封男爵。明治三十二年（一八九九）過世）。

根據中島作太郎的說法，間崎等人切腹時態度十分從容。

間崎哲馬因人在獄中身邊無筆，只得拿搓成條狀的紙排成文字而留下辭世之作。

大丈夫今日雖將死亦不悲。

略見聖朝恢復舊儀。

尚有一事空留千古遺恨，

京畿尚未豎起柏章旗。

京都朝廷之威已大致恢復，此乃我生平之志。既已見此成果，今日將死亦不覺悲傷。然而正當薩長已成擁護京都朝廷主要勢力之際，卻唯有我土佐藩的柏章旗尚未能在京都揚起，實在遺憾。大意如此。

柏章旗之所以沒能飄揚京都，全因老藩主容堂的因循苟且。間崎臨切腹之際也忍不住痛罵主君後才動手。得年三十。為他介錯的是其堂弟間崎卓一郎。

間崎之妻已故，只有一個才兩歲的女兒。他死前似乎極不放心，故留下此詩：「是否有人守護呢？白露時節棄而不顧之撫子花（譯註：石竹花，此處是指間崎兩歲的女兒）。」

弘瀨健太平常就說：「男人的名譽取決於能否完美無缺地切腹。」他甚至仔細研究了切腹的方法。根據弘瀨的研究，首先應從左腹刺入，向右橫拉後再將刀鋒斜斜上轉，利用餘勢刺入左乳下之致命處，如此定能絕命。
弘瀨從容不迫地就位準備切腹時，對介錯人道：
「我還沒完成所有步驟之前，千萬別砍掉我的頭啊。」
他根據自己的「研究」一步步進行，最後竟不需介錯。
平井收二郎年二十九，與龍馬同年。
他在獄中以指甲刻下絕命之詩，然後一身白服，從容就位準備切腹。
介錯人是從小和他一起上道場習刀的好友平田亮吉。亮吉面無血色十分緊張，故平井還轉頭鼓勵他：
「鎮定一點。」
他鬆開腹部並撫摸一陣子。
「該上路了吧。」
說著握住短刀，運氣刺入腹中。介錯的亮吉驚慌之餘連忙揮刀砍下。但手一抖，「喀」一聲砍中後面的頭骨，刀刃也彈了回來。
「喂，不是叫你鎮定一點嗎？」
平井道。他的臉已因痛苦而扭曲。
第二刀終於順利砍下頭來。

「我聽到的就是這樣。」
中島作太郎道。
「這樣嗎？」
雨勢愈來愈大。
房間不但更顯昏暗，甚至還聽得見遠處的雷聲。雷聲迅速逼近，彷彿天空在頭上爆裂般響亮。
「老天爺在要求血祭。」
難得龍馬也會說出這種充滿詩意的話來。
「不上不下的方法是無法改變人世的。間崎等人雖死，但我遲早要用雙手翻轉整個天下，以慰他們在天之靈。」
中島說，武市雖尚未下獄，但依情勢看來一切實在很難預料。

龍馬暗覺中島容貌好笑，是個「橡樹子小鬼」。

這個年僅十八歲的年輕人敘述完後，雙手支地道：

「在下有事相求。請讓我中島作太郎信行入神戶塾學習。」

在這種情況下，龍馬自然而然就答應了。

「你那麼喜歡船嗎？」

「不喜歡。光是在堤防上遠望淀川上的三十石船（譯註：可載三十石米的船，特指江戶時代沿淀川往來伏見、大坂之間的客船）左搖右晃，我就暈船了。」

「這麼說來你在京都、大坂經常在堤防散步囉。」

「是的。」

「想順便到海上走走嗎？」

「若您要我去，我當然會去。只是得請您先教我怎麼走。」

「你這傢伙還真有意思啊。」

看來，相較於學習航海相關技術，作太郎似乎更想私下跟龍馬學習。

龍馬立刻去見藩的重臣，請他代向藩方申請中島修習航海術的手續。

對方十分乾脆地答應了。

龍馬就此走出藩邸。

他心血來潮，轉到梨木町的三條屋敷找田鶴小姐。

「啊，是坂本大爺。」

門衛已認得他。

不過門衛不解的是，這位頗有名氣的土佐藩士並不是來找當主三條實美，每次都只找當主之母信受院夫人身邊的田鶴小姐。

在當時若提到三條卿，可是以長州藩為靠山的激進派尊攘公卿，在天下志士之間頗孚人望呀。

諸藩之士競相親近三條家，武市半平太等人也經常在此出入。

擁戴政治方面毫無智慧的公卿，藉著宮廷的權威來對付幕府。這就是當時志士慣用的手段。

「這也是種手段。」

龍馬也認同。

「但我偏不喜歡公卿。」

公卿對金錢完全不具抵抗力。從前大老井伊直弼締結開港條約時，曾為取得天皇敕許而以金錢賄賂有力公卿，結果眾公卿之意見無不因此而大幅軟化。此事乃天下周知。

「公卿中惟獨三條大人（對金錢）有潔癖，甚至已達不知變通之地步。」

龍馬如此聽說。

但他卻對三條卿毫無興趣。

信受院夫人係出自土佐山內家，故三條宅邸後院的信受院夫人房間總是瀰漫著一股若有似無的武家風情。

「龍馬大爺又來訪嗎？」

信受院夫人覺得好笑。

「是。」

田鶴小姐點頭，又道：

「聽說他最近在神戶研究黑船，不知現在來京都有什麼事？」

她當著信受院夫人的眼前像個姊姊似地蹙起眉頭。

龍馬和以往一樣被帶到正門邊那間微暗的房間。

田鶴小姐來了。

依然美麗動人。

「好久不見。」

田鶴小姐道。其聲音特徵是溫柔而略顯嬌媚。

「是。」

龍馬搔著背。

「您背癢嗎？」

「啊，我在做什麼？」

他趕緊把手放回膝上。他只是無意識地搔抓，被田鶴小姐一說才驚覺的。

「龍馬大爺身上老覺得癢嗎？」

田鶴小姐覺得好笑。老是這身髒兮兮的打扮，身上當然常覺得癢囉。

「您那件貼身襯衣恐怕都長蟲了吧？」

她收起笑容微偏著頭道。

「沒有的事。那怎麼可能。」

「我看沒錯喔。在背上養蟲的話，女人是不會看上您的呀。啊，對了，說到女人……」

田鶴小姐突然想起什麼似的表情。

「您後來跟那位楢崎將作之女阿龍小姐有什麼進一步的發展嗎？」

「妳說她呀。我拜託伏見的船宿寺田屋老闆娘收她當養女了。」

「然後呢？」

田鶴小姐似乎對後來發展很感興趣。

「什麼然後？」

「就只有這樣嗎？」

「是啊。」

龍馬又開始搔起背來。

「請您別再抓啦，不是提醒過您了嗎？」

「啊，是喔。」

龍馬用力朝癢處多抓幾下，這才一本正經把手放回膝上。

「您果然需要女人為您打點生活起居啊。難道您沒有意中人嗎？」

「……」

其實我是喜歡田鶴小姐。可在這以身分階級建構而成的人世間畢竟是不可能的事。

在江戶是有千葉佐那子啦。她似乎對自己頗心儀，雖然身分也相稱，但畢竟是師傅的千金，是好人家的女兒。我今後將成為一介窮浪人，恐將如影子般四處漂泊，如此生活怎能帶給千葉家千金應有的結婚生活呢？

還是選擇阿龍吧。

在這茫茫人海中，阿龍是唯一失去我龍馬的庇護就活不下去的女子吧。正因如此，我對阿龍懷有不同於田鶴小姐或佐那子的感情。

「嗯，龍馬大爺，我可是把話說在前頭。我覺得那位名為阿龍的小姐不會帶給您幸福的。」

「我不需要幸福吧。」

龍馬道。

「別把話題岔開！」

難得田鶴小姐也會咄咄逼人盯著龍馬如此道。

「最近田鶴小姐好像看我特別不順眼。」

龍馬縮起脖子。

但不一會兒又開始搔起背來。

田鶴小姐只得苦笑道：

「還是別聊這話題了。」

但她說不定是發現自己對阿龍的醋意而感到害羞吧。

話題一轉。

她是個聰明人，既然決定改變話題便立刻換上平素和煦如春風的微笑。

龍馬愛死如此的田鶴小姐了。

他有股握住她手一把拉過來的衝動，好不容易才忍住。

「龍馬大爺知道長州藩的砲台正與外國船艦在馬關海峽對戰的事嗎？」

攘夷急先鋒長州藩已逐步付諸行動。

長州藩在這年（文久三年）五月十日砲轟美國商船，接著又陸續朝法國軍艦、荷蘭軍艦及美國軍艦發砲。

京都朝廷對此大感欣慰，六月一日特別頒發名為「御沙汰狀」的獎狀給長州藩主。

「有傳聞說龍馬大爺已變節投入開國主義，但您難道不認為這回長州藩的攘夷之舉大快人心嗎？」

「……」

他只是裝傻。

田鶴小姐是個攘夷主義者。這是理所當然的，當時除幕府相關人士及洋學者之外，凡在野的知識份子可說無一不是攘夷主義者。

對讀過書的人而言，攘夷論是極普遍的話題。

何況在京都朝廷方面，孝明天皇是攘夷論的大首領，宮廷勢力目前又是掌握在激進攘夷主義公卿手中。田鶴小姐的主子，亦即三條家之當主三條實美等人即為其中之最。

田鶴小姐的弦外之音是：

——龍馬大爺，您怎麼還如此渾渾噩噩呢？

語氣中帶有如此責備之意。

這龍馬也聽得出來。

「田鶴小姐，妳以前說過喜歡這樣的男人吧？」

「什麼樣的男人呢？」

「即使全天下都認為是錯的，只要自己認為是對的就堅持到底的男人。還說希望我成為如此男人。」

「是呀。」

「我就是如此男人。」

說著又開始搔起背來。

此為題外話。

幕末長州藩的莽撞之舉會讓人以為全藩都發狂了。說好聽點是壯烈，說難聽點就是有勇無謀了。

若說國內及國外的各項條件帶來了萬分之一的僥倖，那就是長州藩的莽撞之舉成了炸藥，不但炸碎德川體制這道厚牆，甚至還達到了明治維新。

的確達到了。

達到了。也只能這麼說了。

接下來為了敘述龍馬和田鶴小姐的會話背景，必須先稍微介紹長州藩所掀起的「莽撞之舉」。介紹之前我心裡只想到，日本史真是不可思議啊。

當時長州藩是真以為自己有能力對抗文明世界。

對此藩而言，攘夷戰爭已如宗教戰爭般神聖，故早已超越勝敗、利害等判斷。長州藩激進份子就如熱鍋上的螞蟻，呈現完全失控的狂躁狀態。

如此狂躁狀態自然可能成為列強侵略日本的藉口。若他們有此意圖，早就付諸行動了吧。

幸好列強之間彼此牽制，且諸國國內也各有狀況發生而無力與日本交戰。

再說，在歐美人眼裡，長州藩攘夷活動之激烈與當時亞洲諸國迥異，故歐美各國覺得若與日本交戰前途並不樂觀。

……即使海戰及海陸戰打得贏，一旦進行內陸戰，武士的游擊戰也很棘手吧？

他們如此擔憂。

且就地理上而言，日本是極東的島國。要補給兵員彈藥及食糧，必須越過萬里波濤。

當時即使是蒸汽船，以煤碳為燃料也只有二十天的航行力，接下來就得靠船帆了。故根本不可能有大規模的補給行動。

因此列強尚在觀望。

此外還有一個必須留待後文詳述的原因，那就是高杉晉作等長州藩的指導者以他們天才般的智慧解除了此一危機。

不管怎麼說，長州藩就是打破幕末現狀的火藥。

他們的莽撞之舉是因上述理由而僥倖成功的，卻自以為「這樣就行得通了」。

如此無知的自信遺傳到後世的日本子孫身上，尤其是由長州藩奠定基礎的陸軍軍閥，這種想法更為嚴重。

昭和初年的陸軍軍人效法這些莽撞型幕末志士，不斷進行恐怖行動，壟斷內政及外交，最後甚至掀起大東亞戰爭。其實長州藩的莽撞之舉之所以能成功，全賴萬分之一的僥倖，但這些陸軍軍人卻無洞悉如此事實的智慧。

接下來就稍微介紹馬關海峽發生的海陸戰吧。

此文久年間，美國的南北戰爭正如火如荼展開。

亞伯拉罕・林肯這位現任合眾國總統有意解放美國黑奴。此事龍馬已從勝海舟那裡清楚得知。

他也知道南部諸州已脫離合眾國，所謂的南北戰爭已自前年開打。

如此餘波竟意外影響到日本。

北軍的軍艦懷俄明號一路搜索南軍的偽裝巡洋艦阿拉巴馬號，竟於文久三年春天航抵日本近海。

該艦也知道美國的商船彭布洛克號行經馬關海峽時遭岸上砲台攻擊而受損的事件。

——成功「擊攘」美國船了！

據說長州藩如此大肆掀起攘夷熱。懷俄明號的艦長麥克道格爾中校聽說京都朝廷也對此壯舉大為讚賞。

對長州而言最不幸的是，雖然另有對象，但此軍艦確實正進行海戰。

該艦長決定展開報復。

他們準備了數日。

馬關海峽水流湍急，因此雇了兩名日本船夫領路。

五月二十八日起錨駛出橫濱港，三十日深夜在馬關海峽東方下錨，暗中停泊。

天一亮便悠然駛向長州藩海域，直朝城山砲台所在之海邊前進。

城山、龜山及彥島等地的海岸砲台一發現外國軍艦，立即以舊式青銅砲發動砲擊。

可惜射程不及。

該艦早衡量過，故也不反擊，只管繼續西行。

海峽愈來愈窄。

各處海岸砲雖盡可能瞄準發射，但依然無法命中。

美國軍艦終於駛達幾乎伸手可及門司之近處。

剛好長州藩視為得意法寶的三艘軍艦已下錨定泊：庚申丸、壬戌丸及癸亥丸。

麥克道格爾艦長這才下達第一道命令。

「準備作戰！」

龜山砲台朝此發砲彈，前方的長州藩軍艦也趕緊做好砲戰準備，展開猛烈轟擊。

可惜以艦砲的數量及口徑來說，即使三艦聯合起來也遠遜於懷俄明號。

懷俄明號升起戰旗。

不一會工夫便接連命中龜山砲台，使砲台無力反擊，同時也對正進出海峽的長州艦發動砲擊。戰爭持續了一個小時，最後庚申丸及壬戌丸二艦遭擊沉。

懷俄明號就此返回橫濱。

接著六月五日又有法國東洋艦隊的兩艘軍艦來襲，不僅擊潰海岸砲台，更派遣陸戰隊登陸，攻破前田砲台後才離去。

長州沿岸砲台與外國軍艦的交戰全面潰敗。

不僅損失砲兵，還損失兩艘長州海軍的軍艦，吃了個大敗仗。

更讓長州藩緊張的，是六月五日陸軍與法國艦隊交戰慘遭敗北的惡耗。

這消息令藩廳驚慌失措。

因為他們原以為：

「陸戰一定不成問題。」

全日本的武士都如此認為。若以刀槍實際交戰，日本武士絕無敵手。

不僅日本人做如是想，就連外國人也多少有些畏懼，都認為撇開武器、戰法的進步不談，只要貼身肉搏絕對勝不了日本人。當時歐美的報紙最常使用的日語就是英語拼音的「武士」、「浪人」，而其定義則是「刀術精妙且驍勇善戰不怕死，只要見到外國人便如瘋子般攻擊。」

攘夷

攘夷志士

在日本史上真的完全不具意義嗎？

應不至於毫無意義吧？

外國人對他們的恐懼已超乎現實。這不可能不影響其國家的外交方針。事實上英國政府已因本國商人在東海道生麥村遇害而態度強硬地向幕府索賠，另一方面也極力避免讓此事件成為日英戰爭的導火線。因為萬一發生內陸戰爭，日本可不像中國，屆時勢必得和無數的武士交戰，這可是他們最擔心的。

所謂的攘夷行動若僅是殺傷外國人，或如長州藩那樣以舊式軍隊對抗列強海軍，這些舉動本身便毫無意義。但其實在外國政府看來卻充分顯示日本人異於其他亞洲人的爆發力。英國歷史學者湯恩比曾說：「日本是土耳其以東唯一未受西洋人侵略的國家。」如此幸運的結果肯定多少拜此之賜。

但長州藩也不笨。

六月五日戰敗瞬間即發覺以往的攘夷計劃全是出於無知。

翌日就召維新史上之天才高杉晉作到山口的藩廳來，即刻起用。

高杉立即提出「奇兵隊」的構想並當場獲採用。他隨即趕往下關（馬關），在當地創立不分士農工商階級的志願兵軍隊。

這是戰敗翌日六月六日的事。

高杉晉作當時二十五歲。

龍馬與高杉僅有一面之緣。

奇兵隊就此誕生並成為日本最強部隊之一，後來更在維新戰爭中以革命軍之名而活躍一時。但更為意義非凡之處在於，這支軍隊的成立等於摧毀了長州藩三百年來的階級社會。

田鶴小姐言下之意，簡單說來就是：「龍馬你真急煞人呀！」

長州藩帶頭攘夷，天下也隨之益發騷動。如此情況之下，龍馬你究竟在做什麼呀？

「哎呀，田鶴小姐，請把眼光放遠一點。天下有志之士全聚集在京都活動，就算我加入也不過是數字上增加一人而已。」

「龍馬大爺，您真怪呀。」

「妳說得對，我還是一樣怪，沒變。」

龍馬刻意把話說得複雜。

他說的「沒變」在土佐方言中的意思是「沒錯」的意思。比方說「沒錯，很像」，土佐話就說成「沒變，很像」。

這方言田鶴小姐自然也聽得懂。

「您自己也承認嗎？」

「沒什麼好特別承認的。世間之事就如廟會一般，當大家敲鑼打鼓拉著花車遊行時，自己也不得不跟著前進。田鶴小姐沒遇過這種情況嗎？」

「這麼說，龍馬大爺是看花車遊行的人囉？」

「也不是這麼回事。」

「那是怎麼回事？」

「我是從另一條街邊敲鑼打鼓邊拉著花車遊行的人呀。」

田鶴小姐笑了出來。

龍馬言下之意是，他的神戶村海軍塾是另一條街上的另一架花車吧。

「說到廟會，土佐城下的花車還真是漂亮喔。」

田鶴小姐滿懷鄉愁似地說。

一有廟會活動，各町區就會各自精心準備花車，彼此較勁。

花車可說展現了該區居民的情感及創造力。他們在車上放個數層階梯的架子，在每一層擺上各色人偶以諷刺時勢或模仿歷史及戲劇的場景，然後拉到城下遊行。

他們還唱歌。

「看過來啊，看過來啊。種崎町的花車啊。種崎町第一！第一！」

就是如此單純的歌詞。總之不像他藩拉的是現成的神轎，卻有土佐獨特的趣味。

「不過，龍馬大爺的花車恐怕還沒出場吧？」

「現正緊鑼密鼓準備中。」

「真是太散漫了。廟會的祭典都已經開始了呀。」

「那我就參加明年的祭典囉。」

「呵呵……」

她只能笑笑。

田鶴小姐似乎很忙，故龍馬很快就起身告辭。

「那麼希望龍馬大爺早日完成花車的佈置工作。」

田鶴小姐陪他走出門外並目送他離去。

龍馬往伏見方向走去。

走過三條大橋向東行去時，東山已陷入一片漆黑。

龍馬立刻往南折，才踏上通稱為大佛街道那條通往伏見的路。

「好累啊！」

龍馬大聲自言自語然後抹抹臉。邊走邊說了幾次：「好累！好累！」

終於走到大佛殿的西側圍牆。右手邊有座耳塚（譯註：此塚埋有大量秀吉大軍遠征朝鮮時割下運回的敵軍耳鼻），再過去一直到加茂川的地區則是京都的庶民區。

「好累啊！」

大佛殿的樹林裡似乎棲有夜梟，不時鳴叫。

右側可看見加茂川那一帶京都街上的燈火。

早上進京到藩邸，又到梨木町找田鶴小姐，接著便直接趕往伏見。如此實在過於勉強。

到伏見還有三里路。

老實說雙腿都不聽使喚了。

「喂，趕路的武士大爺！」

突然有個狀似老婦的身影朝龍馬喚道。

「什麼事？」

「瞧您都累成那樣了。我那邊有家小旅館，不如在那歇一夜吧。」

似乎是出自好心的建議。

「這一帶也有旅館嗎？」

「是給長期逗留的商人住的小旅館，很簡陋就是了。」

「真是感激不盡。不過伏見有個為我擔心的女人在等我，所以就算拖著腿還是要去。」

龍馬說著就想移動腳步，誰知道雙腿卻一動也不動。

「真沒辦法呀。」

龍馬用力捶捶腿，終於跨出腳步。

這時迎面出現幾盞提燈。

來者全是武士，恐怕有十二、三人吧。還有人扛著短矛。

個個穿著統一的制服：淺黃底袖子、染有各色條紋的外褂。有點像戲裡赤穗浪人進攻時穿的服裝。

「哦？這就是目前京都最有名的新選組壯士團嗎？」

龍馬暗想。不料隊伍竟停在龍馬面前。

其中一人提著燈籠上前打亮龍馬的臉。

提燈上印有山形符號，上加一「誠」字。那人朝龍馬道：

「我們是京都守護松平中將指揮的新選組，正在巡邏全市，因公得問你幾個問題。你屬何藩，姓名為何。還有，要上哪去？」

「我是土佐藩士坂本龍馬，正要往伏見去。」

——哦？

隊伍中傳出如此聲音，一條人影隨即挪向龍馬。

是信夫左馬之助。召集浪人時他想必也去應徵，因而歸入此團隊了吧。

這下碰到麻煩的傢伙了。龍馬暗覺不妙。

信夫左馬之助向新選組眾人道：

「我認識這人。」

說著走近龍馬。

「坂本君，好久不見哪。」

他朝龍馬道。

信夫仗著人多勢眾。事實上龍馬右側已有隊員探出提燈，背後又有兩三人圍住。

正面則是巡邏隊的主力。今晚帶隊的是有新選組刀術高手之稱的組長藤堂平助。他是江戶浪人，關於其來歷，有一說是伊勢津藩藩主藤堂和泉守之私生子的特別說法。

早在新選組的近藤勇還在江戶小石川小日向柳町經營一家名為「天然理心流」的鄉下流派小道場時，藤堂就經常進出。其個性是江戶庶民風，比較乾脆。後與新選組參謀伊東甲子太郎等人一同脫隊，在薩摩藩的庇護下組織名為「御陵衛士」的反幕團體，沒多久便與新選組的主力在油小路演出街頭激戰，如鬼神般慷慨戰死。近藤極欣賞此人個性。

——失去平助實在可惜！

許久許久之後近藤仍如此嘆道。

這位平助就是今晚的巡邏隊長。他站在眾人之中，環抱手臂望著龍馬的眼神不知為何充滿炙熱的感情。

信夫左馬之助與龍馬之間的距離是三間。這是提防他突然拔刀襲來。

「好久不見哪。」

信夫方才如此道。但龍馬只是滿不在乎靜靜站著。

——誰認識你啊。

他的表情似乎這麼說。

「坂本！」

信夫不客氣地喊道：

「我們的任務是取締市中的浮浪（浪人），聽說你已自土佐藩脫藩，現又自稱土佐藩士，有偽稱身分之疑。跟我們一起到那邊的祇園會所去一趟！」

「你胡說什麼！」

龍馬望著東山山頂鐮刀狀的彎月，同時吼道。

以往他總是和這種傢伙吵架。由此看來現在已成長許多。他變得一點也不想跟沒頭腦又只知幹架的人爭執。

「我究竟是不是土佐藩士，請到河原町的土佐藩邸問問就知道。若嫌麻煩，到那邊的……」

說著用下巴比了比。下巴比的方向正好可見智積院的大屋頂聳立在樹林之中。那裡就是老藩主山內容堂在京都的下榻處。

「智積院問問也行。不管怎麼說，擋住天下公用道路實在造成別人的困擾，讓開吧！」

「你這傢伙……」

信夫左馬之助想藉此機會除掉龍馬。

「這傢伙似乎真有意拔刀哪！」

龍馬四肢全恢復了力氣。方才的疲憊已完全消失無蹤。

拔刀！

一察覺對方如此心意，即在對方付諸行動之前，先發制人冷不防地砍下。此即所謂的刀術。

這麼點伎倆龍馬當然有。如今在京都的諸藩之士中，刀術像龍馬這麼好的應該不到三人吧。

從前在江戶舉行的諸流大比試記錄就是明證。

但那畢竟是種技巧。當對手是未戴任何護具的肉身時，就不能因對方即將拔刀就先發制人。因為攻擊勢必導致對方死亡。

下不了手。

下得了手的應該是異常之人吧。

就在這節骨眼，龍馬突然笑了。對方的氣勢也隨之鬆懈。

「左馬呀。」

他吐出舌頭。

朝信夫左馬之助扮了個鬼臉。面對大笑著吐出舌頭的人，沒人下得了手。

「適可而止吧。你我兩人每次見面就要決鬥，如此緣分該斬了吧。」

「斬？」

信夫左馬之助似乎會錯意了。

「不，不是斬人，我是說把緣分斬斷。」

新選組就是殺手集團。關於殺人毫無任何禮法，要是多方考量一般世俗禮法、武士間的相互信賴或刀術規則等，那就殺不了人了。

突有白刃一閃。

不是來自信夫左馬之助。是個見信夫臨陣退縮而沉不住氣的壯年人拔了刀，他就站在龍馬右側。

龍馬側身閃過。

並移動了一尺。

「別無謂地動刀動槍吧。殺來殺去真能解救天下嗎？真能成天下事嗎？那把刀請留待他日洋夷入侵時再用吧。」

信夫也拔出刀來。

他大踏步上前。

接著用力縱身一跳。

啪地一聲，空中激出藍色火花。

信夫的刀因擊中硬物而折斷，刀尖激烈彈起，然後落在大佛殿圍牆附近。

龍馬已收刀入鞘。龍馬的吉行刀恐怕也已傷及刀刃了。

「不跟你們耗了，我還得趕路。」

他邁開大步。

有點被懾服的新選組巡邏隊敏捷移動，前後圍住龍馬。

「還是要動手嗎？」

龍馬也留神地盯住四方，神情頗為緊張。截至目前為止他曾多次與人對決，但從未殺過人。

月亮高掛在妙法院上方。

雲飛快地飄動。

月亮時不時躲在雲後。

龍馬任風吹亂鬢髮。他瞇起眼睛。

移動右手。扭腰。眼睛不住警戒著。拔刀、出招、跳躍，都在同時進行。

——新選組隊員的騎士提燈應聲掉落。

掉到地上後又因風吹而滾得老遠。

龍馬將身體靠在道路西側的黑色木板牆。只要沿著牆往北移動數步應該就有條巷子。

他打算逃走。

「我沒砍任何人。」

龍馬以低沉的嗓音厲聲道：

「只砍了提燈。」

說著輕聲一笑。

「左馬呀。」

他繼續道：

「換作從前，咱們一定會在這裡大打出手。即使是現在我想我還是贏定了，不過如今比較貪生怕死了。」

新選組隊員個個拔出刀來，將龍馬團團圍住。他們都是決戰專家，每組由三人聯手。不管對方是何名人，也敵不過此集團指導者近藤勇及土方歲三參考赤穗浪人所編成的戰法。

「左馬呀。」

龍馬也沒輒了。

「你們人手真多呀。仔細想想，你們也是好不容易才找到這份辛苦的工作。可這畢竟不是長久之計，最好適可而止吧。」

「……」

眾人不敢隨便出手。大家都知道龍馬是千葉道場知名的刀客。

「我也有重要工作。現在才剛有了頭緒，所以我得愛惜性命。這麼說似乎有些大言不慚，但全日本終有一天得仰賴我。」

月亮淡淡照在龍馬臉上。

「所以今天無法奉陪。」

周遭陷入昏暗。

月亮似乎躲入雲中了。蟲在龍馬腳邊鳴叫。

「不過諸位若願意加入我的工作，我會很樂意接受的。我會教你們船艦的知識。這工作是要越過萬里波濤，讓全世界的海都成為日本武士所有。日本太小了，而海卻不屬於任何國家的領地，讓我們以此為舞台大賺一筆，創造一個全新的海洋日本吧。這才該是男子漢的夙願呀，不是嗎？」

「……」

「我環視後，發現你們個個氣宇非凡。諸君定是因一片俠義之情而犧牲性命也在所不惜吧。但這終究無法超脫自己的小框架。改變你的心吧！心啊！發心揹起日本吧！只要有心，日本揹起來輕得很。唉，說來令人感傷，簡直比病重又癡呆的老太婆還輕哪！」

龍馬兩眼蓄滿淚水。他是因自己這句「病重又癡呆的老太婆」挑起對日本的感傷之情。

眾人之中有個名叫松井三郎的。

自水戶藩脫藩後即潛心鑽研神道無念流之刀法，在上京之前曾殺過兩三人。

他做勢攻擊臉部卻轉攻手部的技巧十分純熟，幾乎不曾落空。

現在這位松井大步跨入攻擊區，做勢以刀敲擊地面，再上前一步並大喝一聲朝龍馬面部砍來。

當然攻擊目標也包含手部。

龍馬就著原來的青眼構式迅速退後，並趁機朝松井攻來的手部反擊。

「啊！」

刀掉落在地。

是以刀背砍的。

這時組頭藤堂平助才自背後走上前來。

「諸君，退下！」

他如此下令後即拔出刀來。就在同時，個頭小的平助突像顆彈丸似地躍向龍馬。

他使出一記凌厲的刺擊。

龍馬驚險萬分地避開。

藤堂平助落空的刀強勁地刺穿黑色木板牆。藤堂迅速將刀拔出，不過一眨眼工夫就把刀拉回手邊，卻已出現一絲破綻。

龍馬自應趁隙進攻，但他卻未出手攻擊。

「這人我見過！」

龍馬將構式改為左下段，同時沿黑色木板牆移動。

藤堂的刀緊緊追隨移動中的龍馬。

他一直保持青眼的姿勢，刀尖如鶺鴒尾般輕輕抖動。

「啊，這傢伙是藤堂平助嘛！」

龍馬見他北辰一刀流的習慣動作，終於想起來。

他不是桶町千葉的門人，是玉池千葉那邊的，印象中應已取得「目錄」資格。

藤堂應該也記得。畢竟龍馬當時是桶町千葉的塾頭，是千葉一門的重要幹部。

藤堂徐徐揚起刀尖，最後將刀揮至上段。

「——」

他氣勢逼人地大步上前。龍馬趕緊後退。

龍馬突然唰地收刀入鞘。

「到此為止吧。」

說著轉身就走。

這下藤堂也楞住了。藤堂打從一開始就想到龍馬是當時的塾頭。也不該說想到，事實上在玉池千葉還曾幾度接受龍馬的指導。他方才差點脫口喊道：

——坂本兄！

但新選組內部閒話多，他不希望被隊友發現自己認識龍馬。

藤堂本打算自己設法解救龍馬的。

「藤堂真是個怪人。」

龍馬心想，同時拖著沉重的腳步走了三里路。抵達伏見寺田屋時天都要亮了。

但因此處是船宿，這時刻正忙。旅客群聚在寺田屋前的船塢，準備要搭三十石船。

「登勢夫人，讓我好好睡一覺吧。」

龍馬站在土間道。

登勢夫人正坐在門框一角指揮男僕及女侍。
「是。」
她點頭答道，並迅速打量龍馬的臉色、服裝，一直到腳。
「他大概才跟人以真刀決鬥吧。」
右側的衣袖都裂開了。
因他身上穿的是印有家紋的黑色和服故看不清楚，不過左肩上的印子看似血跡。他似乎受了傷。
「……」
登勢使使眼色叫來一名男僕，低聲對他道：
「去請外科的精庵醫師過來，快去！」
接著轉向屋裡朝門簾那邊喊道：
「阿龍！」
阿龍應聲出來了。
「哎呀……」
她詫異地望著龍馬，雙頰染上一抹紅暈。
「坂本大爺。」

登勢道：
「下行的船正好到，現在客人剛退房，所有房間都還沒整理，就請您先到阿龍房間休息吧。」
她露出微笑又道：
「我房間也行啦。不過我有個一表人才的丈夫伊助，要是害丈夫吃醋也不太好呀。您說是吧？」
「要我睡女人的被褥嗎？」
「反正您不也是姊姊一手帶大的嗎？我可清楚得很哪，一直到十三歲都還要她陪您睡。還會尿床……」
「淨說些不中聽的話。」
龍馬隨著阿龍走進她房間。
壁龕放著一把月琴。
「啊，是月琴。」
這是中國於明朝末期，亦即日本的德川初期發明的樂器。琴身呈圓型，直徑約一尺一寸五分。圓形琴身接著一根琴柄，琴柄上端彎曲，即所謂的蝦尾。有四條弦，左邊兩條較粗，右邊兩條較細。

彈奏方式與吉他一樣。

即使是音樂的愛好者，這時代彈奏月琴也挺異類的。而阿龍卻很會彈。

甚至可說技術精湛。

這時外科醫師精庵醫師也帶著代診醫師趕來了。

龍馬在精庵醫師的命令下裸露上半身。

「就是這裡呀。」

精庵醫師把臉湊近龍馬的右肩點頭道。

幸好看起來似乎未傷及骨頭。

傷口長兩寸，白色的脂肪隱約可見。阿龍一臉驚恐，卻又張大眼睛望著傷口。

其實龍馬本想叫阿龍離開的，他不希望她看見自己赤裸的身體。因為他不希望背上的旋毛被她看見。

因此龍馬刻意面向阿龍所在的位置，大方地袒胸坐著。

因為他不敢往後轉。

但阿龍的眼睛只是盯著傷口，眼神根本不像在看龍馬。

「發生什麼事了？」

精庵醫師問道。

「被貓抓的。」

「看來這貓還挺有意思的喔，身上大概還帶著兩把配刀吧。」

「最近京都流行這種貓啊。」

精庵醫師著手以燒酒清洗傷口。

「痛啊！」

龍馬竟笑了出來。哪有喊痛還笑的笨蛋。

「不清洗乾淨的話會化膿的。」

接著上藥膏並大費周章地纏上白布後，醫師才離開。

之後阿龍以近乎責怪的語氣問道：

「坂本大爺為什麼跟人家決鬥呢？」

「迫於無奈呀。」

「而且我聽養母登勢夫人說，您是江戶刀客中無人不知無人不曉的高手，怎還傷成這樣呢？」

「真丟臉呀。」

其實龍馬是為了以刀背砍擊對手，而一直使刀刃朝上。當藤堂踏步上前時，龍馬便將刀尖上提，換成扛刀似的姿勢，應該就是那時被自己的刀刃傷到的。

「刀術這東西是該學，卻不該用。因為甚至原本有意靠此道為生的我都落得此下場啊。」

「坂本大爺。」

阿龍道：

「坂本大爺若發生萬一，阿龍也活不下去了。」

「啊？」

龍馬望著阿龍。

阿龍滿臉通紅。這話可嚴重了，簡直就是愛的告白。就連龍馬也臉紅了。

「那就太沒意義了。最重要的是，我還有工作要做，早已置生死於度外。對我這種人說這樣的蠢話，實在太不值得了。倒不如……」

龍馬滾倒在被褥上。

「為我彈彈月琴吧。」

阿龍靜靜起身，把壁龕的月琴抱過來，坐在龍馬枕邊。

琴身渾圓一如滿月。其名似乎即由此而來。

琴身是桐木做的，內部有兩條纖細的銅線，似乎因此可與表面的琴弦共鳴，而產生獨特韻味。

——龍女月琴彈得很好。

龍馬特別寫信告訴遠在故鄉的乙女姊。因為當時以彈奏此樂器為興趣是頗前衛之舉。

「彈什麼好呢？」

阿龍邊調音邊問道。

「可以彈彈『六段』嗎？」

「古箏的『六段』嗎？」

「嗯。」

這是龍馬第一次聽月琴演奏，根本不知有什麼曲子適合這樂器。

「啊，這不是像古箏，而是像琵琶那樣的彈法喔？」

「是呀。」

阿龍開始彈了。

琴音像古箏，又有些像琵琶，但偶爾會出現尖銳的琴音，餘音嫋嫋讓耳膜似乎有些搔癢感，十分特別。

龍馬不僅跟乙女姊學習基礎刀術，也跟她學過三味線，因此對樂器並非一竅不通。

「聽起來挺舒服的。」龍馬心想。

是甜美討人喜愛的音色，只是偶爾會夾雜著尖銳的琴音。如此音色似乎正如阿龍這位女性本身。

「嗯，您覺得如何？」

阿龍彈到一半突然微偏著頭如此問道，似乎很在乎龍馬喜不喜歡。

「我在聽啊。」

龍馬如此回答，但傷口的疼痛實在讓人難以忍受。

「我還彈得不好。」

「沒這回事。」

龍馬滿臉笑容。

「繼續彈。」

「我真的彈得不好。又不知道有什麼曲子。人家說學月琴應該去找長崎的唐人，所以我好想去長崎喔。」

「那地方可遠啦。」

「嗯，以後您能不能帶我去？」

「對喔，長崎不錯啊，將來打倒幕府的應該是長崎的文明吧。」

「月琴會打倒幕府嗎？」

「嗯，差不多就是這樣。『在長崎殺死江戶的仇人』這句俗語說不定會變成事實。我也正考慮將來以長崎為根據地向天下宣告己志。」

「到時候一定要帶我去喔。」

這姑娘的眼神是認真的。

龍馬聽著阿龍的月琴聲竟沉沉睡去。

太陽昇至寺田屋的屋頂之上，然後又落下。他一定累壞了。這陣子龍馬簡直是馬不停蹄地東奔西走。

「咦？還是晚上啊？」

龍馬看行燈還亮著，如此自言自語道。他還沒完全清醒。

「是天亮了又天黑了啦。」

坐在枕邊的阿龍道。龍馬大吃一驚，天亮了又黑算什麼，阿龍還坐在枕邊看著自己才更教人吃驚呢。

「妳一直待在這裡嗎？」

「不……」

阿龍似乎這麼說，同時搖搖頭又道：

「偶爾來看看。」

她說因為擔心龍馬死掉，每四半刻就到這裡來坐著。

「死？我不會死的啦。」

龍馬坐起身來。

「可是人都會死吧。」

「不，我也是最近才明白，事情並不是這樣。」

龍馬就像是說給自己聽似的：

「大和有座名叫三上岳的山，據說是在不知一千幾百年前，一個名叫役小角的男人開闢的。那山上有個供奉藏王權現的神殿，該殿有個自役小角點亮後一千多年來一直長明不滅的長明燈。人及事業雖有大小之分，但就是這麼回事，總有人會讓燈永遠發亮而不熄滅，而成就此工作者就是所謂的不朽之人。西方人管這叫civil……civil……」

龍馬想說的似乎是civilization，亦即「文明」。

要是寢待藤兵衛聽到了，一定會調侃地接下去：

「您是要說『受不了』嗎？」

不管怎麼說，龍馬想表達的應該是，人類文明發展應義不容辭參與，如此一來就能如三上岳的不滅光明燈永垂不朽了。

「這樣我就不會死了。我希望能使自己的生命不朽。」

阿龍驚訝地凝視龍馬。

「沒見過這種人。」

她真是太感動了。初次見到如此男人的其實不是只有阿龍。日本歷史上具備龍馬這種生死觀的人是在幕末的某時期才開始出現的。

當初更的鐘聲響起，寺田屋的大門突然出現一名體型精悍的武士。

這麼熱的天氣，頭上還戴著只露出眼鼻的宗十郎頭巾以掩住面孔。

「因另有苦衷，請原諒在下戴著頭巾。坂本老師在嗎？」

說完後又立即補充道：

「忘了說在前頭。請告訴他，我是曾在江戶千葉道場蒙他指導刀法的平助，這樣他就知道了。」

原來是新選組的藤堂平助。

「平助？」

龍馬坐起身來。

他推測是藤堂平助。

「那傢伙是一個人吧？」

他問阿龍。阿龍一言不發走上二樓，從欄杆俯瞰漆黑的路上。

看來應該沒人。

阿龍走下樓梯正想告訴龍馬「看來是單獨一人」，沒想到龍馬已經不在房內。

他站在店頭那邊俯瞰著土間的藤堂平助。

「上來！」

龍馬道。

帳房內的登勢叫阿龍帶他到二樓的十疊大房間。

萬一發生打鬥，房間大一點對被攻擊者較有利。登勢連這都想到了，真是機靈的女子。

龍馬和藤堂在二樓對坐。當然藤堂已取下宗十郎頭巾。

藤堂幾乎是平伏在地鄭重向龍馬行禮。

再怎麼說，對藤堂而言龍馬也是千葉道場的前輩，甚至還曾直接蒙他以竹刀指導，自然關係匪淺。

「昨晚在奇怪的地方不期而遇喔。」

龍馬笑道。

龍馬對藤堂並無任何惡意。稍前也曾提及，後來藤堂因新選組分成兩派而離去時，甚至連局長近藤勇也曾嘆道：

——就是可惜沒了藤堂。

他雖無特別的才能，卻是個性直爽的好漢。

「我就是專誠為此前來道歉的。」

「哪有什麼好道歉的。不過你來的目的不只是為了這個吧。」

「沒錯。」

畢竟光是到寺田屋私會土佐藩士坂本龍馬有遭隊上嚴懲之虞。新選組可是史上對隊內統御最嚴格的的團體呀。

「那你究竟為何而來？」

「我是想請您多留意安全。因涉及隊上機密，恕在下無法多說，但請您一定要隨時謹記在心。問題出在……」

藤堂接著道：

「問題出在那個叫信夫左馬之助的人身上。那人頻頻建言近藤及土方兩人來取您性命。」

「隨他去。」

龍馬請登勢備酒。

「對了，我聽說清河八郎在江戶死於非命。藤堂君知道內情嗎？」

東山三十六峰

從前無聲電影時代，總有人稱「弁士」的說明者站在螢幕旁為登場人物代言，或以獨特口吻描述情景，或加以解說。當時的電影有一半是以「說書方式」進行的。

描寫幕末的武打片，一定會有勤王、佐幕的正反派人物登場。

螢幕上先是打出京都的東山，再來是夜霧氤氳的加賀川，然後是霧氣中若隱若現的祇園燈火及三本木的紅燈籠，最後出現的則是夜色籠罩下的三條大橋。

這時弁士就會唸出一段接近古文的經典句子。

「東山三十六峰，萬物沉睡中的丑時三刻……突然傳來劍戟交鋒的響聲！」

接著就是形容刀劍交戰場面的伴奏聲，並加入三味線彈奏〈越後獅子〉之曲，節奏活潑而充滿朝氣，足以讓人興奮得手心出汗。

不過，那是電影。

若直截了當地斷言，這段電影「東山三十六峰劍戟交鋒響聲」的時代，可說就是由出羽庄內浪人清河八郎開創的。

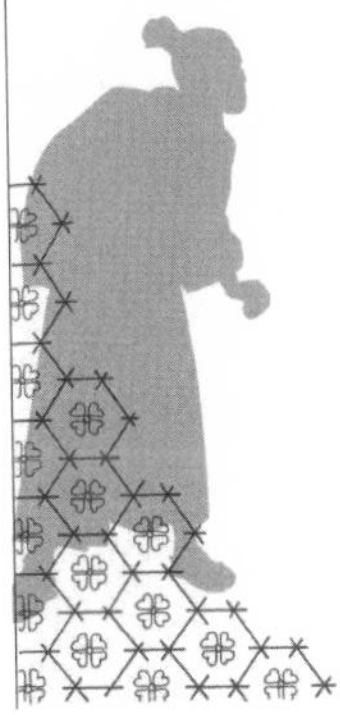

清河是北辰一刀流的高手，容貌清秀一表人才，不僅學識豐富、辯才無礙，還頗具智謀，卻不把人放在眼裡。此外也具有非凡的行動力，還有老家源源不絕的生活費。

幕末群雄中若以才智而言，清河的確高人一等，可惜卻是所謂的「有百才而獨缺一誠」。就人品方面而言，並無足使萬人甘願簇擁他共赴黃泉的魅力。

不僅如此，前文或許也曾提及，俗語說：「大樹底下好乘涼。」清河並無龍馬之於土佐藩、西鄉之於薩摩藩、桂之於長州藩、勝海舟之於幕府般的活動背景及基礎。

因此清河若要發動大事，就必須操弄這一方再誆騙那一方，只能用這種掮客式的手段。

清河遊說九州。

——攘夷倒幕之時機已成熟。大家快上京吧，再磨蹭下去會錯過大好時機啊！

他到處如此煽動。

九州有志之士競相奮起，陸續趕往京坂。

清河本希望率領此浪人團與薩摩藩共同起事，但薩摩藩卻按兵不動，害他希望落空，還釀成去年文久二年（一八六二）四月二十三日的寺田屋慘劇。浪人留在京都，就此揭開所謂志士橫行、天誅事件頻發時代的序幕。

清河又遠赴江戶，說服幕府招募浪人團並將此團置於京都。

然而清河其實是打算一抵達京都，就將此幕府招募之浪人團當成朝廷的親兵。換句話說他是在誆騙幕府。

姑且不論誆不誆騙，清河催生的這個浪人團中，殘留在京都的佐幕攘夷集團就是新選組。

清河百策皆敗，只得形單影隻返回江戶。這回改在江戶召集同志，計畫放火攻入橫濱的外國人居留地。

「深不可測」這句話，簡直就是專門用來形容清河八郎這種男人及其行動的成語。

昨天還高倡勤王倒幕並煽動九州志士前往京都，今天卻玩弄起幕府、組織官設浪人團，而才剛組成卻又轉而遊說公卿：

——那個浪人團是專供朝廷差遣之用。

這些話清河說來面不改色。論起戲法，可說再無任何戲法師能出其右了。

只是被操縱的一方也不是傻瓜。

——被耍了。

他們事後一定會發現的。戲法的底細終將一層層拆穿。

但清河膽子夠大。

即使底細遭拆穿仍能保持冷靜的微笑。因為被拆穿時，他已經在構思下一個戲法了。

文久三年（一八六三）晚春，他只催生了浪人團（其中一部分成為後來的新選組，大部分則成為後來的新徵組）就返回江戶。

隨即著手策劃下一個戲法。他計劃與駐江戶的長州藩士聯手，於四月十五日進行暴動。準備在江戶及橫濱放火攻擊並砍殺外國人以引起外交問題，讓幕府陷入困境。

幕府已暗中查知此計劃。江戶幕府在日本史上的歷代政府中尤其長於間諜政治，一向樂於接受密告，此能力簡直已達可恥之地步。

清河方面也完成了放火攻擊用的爆裂彈。這是由同志上州伊勢崎藩的火藥專家竹田元記製作的。此外也準備攻擊泊在品川海面的黑船，連登船的舢舨及梯子都備妥了。

至於軍火資金則是由交遊廣闊的清河老同志石坂周造負責籌措。此人維新後便至越後開創當時尚未受世人矚目的石油開採事業，是此領域的創始人。

石坂遍訪江戶富商，勒索似地要他們提供「獻金」。伊勢屋四郎兵衛三千兩、伊勢屋善兵衛一千兩、田端屋淡右衛門一千兩、坂倉清兵衛一千兩、十一屋善八米八百俵……如此挨家挨戶收款。

「清河似乎又在動什麼歪腦筋了。」

如此消息這時也傳到幕府了。

當時有位名為板倉周防守勝靜的老中，後來改稱伊賀守，是備中松山藩主。有稱職之才，性格也沉穩。幕末以英國公使館專屬口譯官身分而活躍一時的英人薩道義初見板倉就留下「板倉是位善良紳士」的印象，對其人品頗有好感。

這位板倉雖是位「紳士」，身上卻有著幕府家傳本領「間諜政治」的體臭。

板倉查探得知後即派刺客去暗殺清河。

老中板倉挑中去暗殺清河的刺客是幕臣佐佐木唯（一作「只」）三郎。

他是公認的小太刀名手。當時獲提拔為幕府講武所教授，等於獲得刀壇的奧斯卡獎，由此不難推知其實力。

他並非生來即為幕臣。若為道地的旗本家世，多少會染上一些世代遺傳都會人特有的柔弱性格，根本不敢殺人。

更何況這位佐佐木雖然刀術高強，但又怎稱得上一流刀客？有些人可透過劍道而進入深奧的哲學境界，才配稱為此道的第一流人物。正因如此，刀可謂日本精神文化史上的特異之物。然而佐佐木唯三郎並無如此特質。

他只是個殺手。

希望藉暗殺來伸張自以為是的正義，並展現自己的政治主張。他就是這類人之一。

他本為會津人，出身於會津藩公認之名門手代木家。會津藩主松平容保擔任京都守護舉藩移居京都時，其親生大哥手代木直右衛門便成為容保的公用人，負責管理會津藩底下的新選組。

唯三郎離開手代木家而繼承旗本佐佐木家，後又成為與新選組並稱的京都武裝警察隊「見迴組」組頭，在鳥羽伏見之戰中負傷，不久即過世。

此時清河正在志同道合之幕臣山岡鐵太郎家吃閒飯。他前一夜起就因受了風寒而發著高燒。

「頭好疼啊！」

他臉色都發青了。

卻仍沐浴更衣做好外出的準備，然後若無其事到隔壁的高橋泥舟家。高橋已做好登城的準備，但看到清河的臉色也不禁大驚。

「怎麼啦？」

受了風寒。清河如此回答。連高橋的妻女都正色阻止他外出。

「沒辦法，跟老朋友約好了。」

清河搖搖頭。

但這時清河卻有了怪異之舉。他要求高橋夫人取來三把素面白扇。

「突然想作詩。」

說著就在白扇上揮毫。他寫了三首。清河或許並無此意，但其中一首卻碰巧成為其辭世之歌。

> 率先衝吧！率先衝吧！衝往黃泉！
> 沒有任何猶豫。尊王之道。

清河終究還是出發了。

他戴著韮山笠，身穿以甲斐絹為裡襯的黑色外褂，裙褲則是鼠灰色直條紋的仙台平布料，大小佩刀也相當精緻，這身裝扮怎麼看都像是個祿高千石以上的大旗本。

他口中的老朋友是出羽上之山藩的儒者金子與三郎。此人住在麻布一之橋的藩邸宿舍中。

出賣清河的正是這個金子。他透過藩主松平山城守向幕閣告密，閣老板倉隨即命佐佐木出動。金子在自宅備好酒菜，正等著老友清河八郎到訪。

清河終於來了。

這天江戶是萬里晴空的好天氣。
清河依約到位於麻布一之橋的上之山藩藩邸，拜訪住在宿舍的金子與三郎。
金子正等著他。
兩人立刻喝起酒來。
「哎呀，不喝了，因為我受了風寒。」
才第二杯，清河就猶豫起來。酒喝起來似乎都不香了。
「無所謂。咱倆好久不見了呀。」
金子道。在安積艮齋的私塾求學時，這位上之山藩儒者的學識曾與清河同為人所稱頌。其鼻頭泛紅，臉現貧相，又有低頭抬眼看人的習慣。
「哎呀，陪我多喝一點吧。」
「我頭疼得要命。高橋（泥舟）的夫人還叫我今天得睡上一整天，甚至堅持不讓我出門。但我告訴她，即使是老朋友，若爽約可是攸關個人信用啊。所以我還是來了。」
「真讓人感動啊。」
金子拿著酒壺的手微微顫動。自己竟想背叛如此老友……
金子—松平山城守—板倉閣老—佐佐木唯三郎。以如此連絡路徑而奉命暗殺的殺手佐佐木早已埋伏就緒。
佐佐木埋伏之處是在一家位於赤羽橋西側的草棚茶館。茶館前的道路是東西走向。
往西看，幾丁之外就是一之橋。橋的西端可看見上之山藩邸的海鼠塀（譯註：海鼠即海參。海鼠塀是指牆面貼以平瓦且瓦片接縫所填之灰泥突出如海參的牆），此處可謂監視藩邸人員出入情形的絕佳場所。
「千萬不可大意。」
佐佐木數度提醒同夥。不管怎麼說，清河可是北辰一刀流的高手，甚至還開過道場。
佐佐木唯三郎擔心自己一人不保險，又找來講武所的同伴高久保二郎、窪田千太郎、速見又四郎、中山周助四人。

這時清河正喝著酒。

金子很會勸酒。自過午時分起的四小時之間，清河恐怕已被灌了七、八合（編註：一合約〇．一八公升）的酒。

對金子他當然毫不起疑，因為他們是從前安積塾的同窗。他作夢也想不到這個看來懦弱的同窗會與殺手共謀。

金子為何共謀呢？

他畢竟是佐幕派上之山藩的儒者，自然也負責與藩主商議政治方面的問題。

對金子而言，擁有清河這種朋友自然對自己處境不利。他想必心裡害怕吧。

插句題外話，後來慶應三年（一八六七）十二月二十五日發生火攻三田薩摩邸事件時，金子到附近的水野家藩邸玩，碰巧遭薩摩一方所放之流彈傷及而意外死亡。「像這種暗殺人的傢伙，自己也將死於非命。」維新後，清河的至交石坂周造曾在一場史談會如此道。

「該走了。」

清河起身告辭時已是現在計時法的午後四點左右。

他在土間繫上韮山笠的繫繩。但因頗有醉意，雙手不聽使喚而遲遲無法繫妥。

很快就到了一之橋。

清河踏上一之橋。

如此絕代策士竟中了毫不足取的金子之計謀。這一切只能說是命運，怪只怪清河過於自信，總以為只有自己會騙人，萬萬沒想到別人也會騙自己吧。

這就是過度自信的弊病。

更何況即便身為謀策家，清河畢竟是戰國即存在的出羽名門家的少爺。

「醉了呀。」

清河懷中有一本題有「尊皇攘夷發起」的同志名冊。他從諸多友人知己中挑出自己認為堪稱人物的三十人，其中不僅包括幕臣山岡鐵太郎及松岡萬，還有薩摩藩的益滿休之助及伊牟田尚平。此外水戶藩的住谷寅之助、天誅組的首謀之一藤本鐵石、池田屋之變中負傷後遭斬首的京都西川耕藏、土佐勤王之獄事件中自殺的間崎哲馬等人都出現在此名冊中，可見清河交遊之廣。

坂本龍馬。

其中赫然出現這名字。

清河大概是因兩人同為北辰一刀流出身的交情才寫進去的吧。這本名冊是清河計畫火攻橫濱的同志名冊，當時的龍馬正在神戶村、大坂及京都之間疲於奔命，對此根本一無所知。

但這本名冊要是落入幕府手中，必將產生可怕的後果。

他將此名冊收入懷中，過了橋。

——就在幾分鐘之前……

刺客佐佐木唯三郎迅速朝同伴速見又四郎使了個眼色。

「來了！」

佐佐木二人迎上前去。右手邊是東西走向、架有中之橋的下水道溝川。

左手邊是一路往西綿延的柳澤侯藩邸牆壁。路很窄。讀者諸君即便能聯想到現在中之橋附近的情形，也很難想像當時的光景。

佐佐木一夥中的窪田千太郎等三人已充當機動隊，埋伏在一之橋東端附近伺機行動。

這等於是五人聯手對付一人，且這五人都是靠刀吃飯的。

暗殺者哪會講什麼武士之道，只要把人殺死就行了。

更糟的是，清河中了金子的圈套，已喝得酩酊大醉。

又因風寒發燒而腦筋渾沌。

清河雖為北辰一刀流的高手，看來應不是對手。

「但清河的功夫了得，絕不可掉以輕心。」
這念頭始終在佐佐木的腦海裡徘徊不去。
故除了如此安排，還慎重使了點花招。暗殺者似乎總會想到平常人未料到的詭計。
清河走過一之橋，正朝赤羽橋方向走去時，佐佐木二人假裝巧遇，喊道：
「哎呀，是清河老師。」
其餘三人已圍在身後。
清河聞言停下腳步。
「您不記得了嗎？老師您召集浪人時，我曾代表幕府方面蒙您關照，我是佐佐木唯三郎呀。目前在講武所擔任刀術教授。」
說著微微彎腰致意。
實在恭敬得有些離譜。
佐佐木又鄭重其事將斗笠的繫繩解開，看來是要取下頭上的斗笠。這就是刺客的策略。

對方既然都已取下斗笠向自己致意，清河也只得準備解開自己韮山笠的繫繩。他將右手的鐵扇放入懷中，雙手正移往貼在臉頰上的繩結。
這就讓人有機可乘了。
圍在背後的速見又四郎伸手按住刀柄。
「……！」
他冷不防拔刀朝清河後腦杓砍去。斗笠應聲裂開，頭蓋骨也被砍裂了。
「中計了！」
清河握住刀柄。
這時佐佐木唯三郎使出拿手的小太刀拔刀術，以迅雷不及掩耳的速度利落地朝清河右頸根部砍落。
鮮血四濺。
「不甘心啊！」
這是清河臨終吐出的幾個字。
他仆倒在地時早已氣絕。
屍身還有餘溫。

速見又四郎道：

「為慎重起見……」

說著打算一刀砍下首級。但即便是得以在講武所任職的刀客能手也難免緊張吧，手竟不聽使喚，只砍中下巴，結果徒然把屍體毀得亂七八糟。

消息迅速傳開。也傳入人在馬喰町的同志石坂周造耳裡。

石坂先是打算為他報仇，但轉念一想，還是別讓清河的首級和那本名冊落入幕府官僚手中比較重要。於是立即雇了一頂由兩名轎夫抬的、當時人稱「大早」的轎子趕往現場。

他膽識過人。

一趕到現場，發現藩邸就位於附近的有馬家及松平山城守都已派了足輕在現場警戒。

看來不易接近。

石坂突生一計。

他臉色大變地告訴衛兵：

「倒在那裡的人叫清河八郎，他是我的仇人，君父之仇不共戴天。至少讓在下在他屍身上砍一刀洩恨吧。諸位若從中阻撓即是我仇人，那我就跟你們拚了！」

說著唰地抽出長刀。衛兵怕萬一被砍到就太倒楣了，連忙迅速往左右讓開。

石坂上前割下清河首級並將手伸入懷中掏出名冊。

——我真服了他。平常身上似乎沒什麼錢，沒想到腰間的錢兜子裡竟有超過百兩的預備金。（《石坂周造史談速記錄》）

龍馬默默抱著雙臂。

面色凝重。

坐在對面的新選組副長助勤藤堂平助垂著雙眼說不下去了。

「清河八郎嗎？」

龍馬陷入沉思，想起清河為期雖短卻精采非凡的人生。

「倜儻不羈。有這麼一句漢語，清河簡直就是這詞的真人寫照。將來恐怕不可能再出現如此人才了。」所謂倜儻是指才氣高至無法見容於他人之意。所謂不羈是指過於非凡而無法任他人操控之意。

龍馬對清河的批評不勝枚舉。

例如過度使用奇策。在龍馬看來，所謂奇策縱百亦不足一用。若從一到九十九用的都是正面攻法，最後再來一記奇策，必有相當的效果。所謂奇策應該是這樣用的，而所謂真正的奇策縱橫之士就是如此男人。

清河卻仗著自己的才能而過度使用奇策，這是龍馬對他最大的不滿。

此外，強拉人參與，卻未能掌握人心，故總是臨陣遭同志唾棄，一路走來老是失敗。寺田屋事變前後之情況是最嚴重的，清河的所作所為，可謂百策無功。

清河沒能發現自己的缺點，還以為這全因世人毫無自覺且同志又懦弱無能。

龍馬也知道清河曾作了一首和歌。

武士之身不容於世，
但既晴朗無雲，太陽就當大放光明啊。

看來他還覺得自己的策略不容於世很不可思議吧。

還有一點。

清河是個窮追猛打的批評家。他憎惡同志的無能，視對方的慎重為怯懦。且攻擊時所用的言詞及表現往往尖銳如匕首，即便對方辯輸了也不收手，總是要逼到對方完全說不出話來才甘心。

留下來的自然只有恨。

龍馬認為除非重要大事的緊要關頭，若只是一時閒談，那麼即使辯贏也無濟於事。對方絕不會心服口服地認輸，甚至反覺得自己名譽受損，遲早要以其他方式報仇吧。

即便是酒宴上的談話，清河也常目中無人地冷嘲熱諷，非把對方逼得形同死屍般沉默，否則絕不罷休。

「不過，藤堂君，我還是認為他堪稱真正的風雲人物。」

「這樣嗎？」

藤堂並未附和，只覺得清河就是個單純的叛徒。

「坂本兄喜歡清河嗎？」

「喜歡？」

龍馬的表情很怪。

「哪有什麼喜歡不喜歡？我只是覺得男子漢要死就要像清河。多聊聊清河的事吧。」

擔任新選組副長助勤的藤堂平助本就討厭清河。

藤堂吃過他的虧。

被他擺佈。

「幕府正在召募浪人。」

藤堂平助和同門的山南敬助將聽到的這個消息告訴近藤勇。近藤勇是天然理心流的刀客，當時在江戶小石川小日向的柳町開間小道場。

當時小石川這一帶自夏天起就流行霍亂，此時疫情才剛趨緩，但這鄉下流派的小道場本就不熱門，如今門人都不來了。

「芋道場！」

其他刀客一向如此鄙視近藤勇經營的「試衛館」。

此流派重視實戰，竹刀刀術卻很弱，故特地收留一些其他流派的刀客為食客，萬一有他流派之人來挑戰，就要這些食客上場代打。

北辰一刀流的藤堂平助、山南敬助及神道無念流的永倉新八都是旗下食客。

幕府的浪人募集活動是清河承辦的。他要同志們到江戶內外各道場發出通知，希望他們協助召集同志。

如此招募活動並未漫及近藤的小道場。大流派出身的食客如藤堂等人早從自己出身道場的老朋友那邊聽到這項招募活動，進而告訴近藤。

近藤與土方歲三及沖田總司等道場幹部商量後，決定參加。於是收起道場，於文久三年（一八六三）二月四日在小石川傳通院的會議所集合，與其他來自各地的二百數十餘人一同接受清河的訓示。

他們在二月二十三日上京，隨即分宿在京都西郊的壬生村。

抵達京都的翌日傍晚，清河便將眾人集合在壬生的新德寺，並發表大型演說。

眾人驚訝得下巴都掉下來了。

「上京來的名目是為了支援將軍上京的警備工作。但這只是表面上的，其實是要各位充當尊王攘夷的先鋒。我將立即上書朝廷，表明此意。」

接下來浪人之間的混亂自不待言。總之，幾經曲折後，當然大多數人都返回江戶了，但仍有一部分人與清河斷絕關係而繼續留在京都，此即後來的新選組。

他們隨即成為京都守護職松平容保管理的御領浪士，負責鎮壓在京都囂張作亂的「不逞浪人」。

如今已過半年。

「清河一再失敗。但姑且不論對錯，他的失敗總是帶來意外的結果。」

龍馬道。

清河周遊關西各國，被其三寸不爛之舌說服的人又呼朋引伴到京都來，因而開創了所謂的志士橫行時代。

這回，清河在關東召集上京的浪人團卻成了打壓關西各國志士的新選組。

這一切全是清河這位劇作家的傑作。

然而劇情並未全依清河的劇本演出，意外頻生的結果，竟演變成連清河都為之詫異的迴異劇情。

此即本節小標題「東山三十六峰」時代。

「藤堂君，我這是基於同門之情才說的，你還是自新選組抽腿較好。」

龍馬道。

「但新選組是……」

「我知道。新選組的口號是尊王攘夷，任務是守護皇城，聽說連中川宮都十分讚揚近藤，對吧？」

龍馬對此相當清楚。因為管理新選組的會津藩常透過公用方廣為宣傳。

「但其實際立場卻不是尊王攘夷，而是狙殺尊王攘夷之士的機構。換句話說是為維護幕府權力而設的，不是嗎？」

龍馬並未說出「走狗」二字。龍馬認為要說服對方，絕不能使用激烈的言詞。換成清河，肯定會使用這類字眼，結果就是遭人怨恨而一事無成。

「藤堂君，我並未對德川懷有任何怨恨。你回頭看看歷史吧。京都的公卿政治自古即日漸不合時宜，無法好好治理國家，賴朝因而興起於關東並建立武家政治，總算安定了世局。後來足利幕府失去主政能力而進入戰國亂世，信長於是上場推翻足利家、比叡山延曆寺等舊秩序及於世無益的舊權力，另闢嶄新之政局。當今德川幕府的情形也是如此。」

「……」

「外交上一無是處。就算與外國締結條約也訂得像下女的僱用契約，根本就被人踩在腳下。何況所謂的政治，應以提升庶民生活為目的，但德川幕府卻是為保護將軍家的繁榮而存在。世上哪有如此昏庸的政府？」

藤堂不懂。所謂武士就是要對自藩主君盡忠，而大名就是要對德川家盡忠，這才是武士之所以為武士的道理呀。不是嗎？

姑且不論藤堂平助本身的想法，近藤勇等人之所以奮起，是因無法坐視諸大名因時勢影響而變節，甚至忘卻應盡忠於將軍家。他們出生於武州多摩上石原的農家，這些地方屬天領（幕府直轄之領），此地農民都自詡為將軍直屬的農民，近藤甘願充當德川將軍最終後盾的原因大概也是源自這種想法。

「藤堂君，德川家為維持自家的統治而固定了三千萬人的身分階級，制度及法律也是自家康時代起一成不變持續至今，光這點就堪稱日本人之敵了呀。」

「敵？」

如此主張藤堂還是第一次聽到。

「沒錯，敵。即使不是敵，以如此陳腐的制度及官僚，無法背負起現在日本的重任。必須徹底改變這世間，成為一個擁有適合日本人的制度及擁有法律的國家。藤堂君，你也是日本人吧！又不是德川人，怎會反過來與日本人為敵，甚至欲以殺人為業呢？」

藤堂大受衝擊。

當夜一語不發離開寺田屋。

「回去了嗎？那個壬生浪？」

登勢進房問道。

登勢愛打扮，早晚兩度有船進出時總是穿著黑領的短褂，但這兩個時段忙完後一定立刻換裝，就像搖身一變的舞台演員。

她不穿特別講究的時裝。雖愛打扮卻喜歡樸素的衣服，花樣總離不開深底色的條紋，外露的襯衣衣領也都比實際年齡老成。

也不化妝。

寒冬時也不穿足袋。但腳背飽滿的一雙裸足卻好看極了。

「回去了。」

龍馬躺著回答。

「他不是來殺坂本大爺的嗎？那個壬生浪。」

壬生浪這名稱是新選組成立初期，京都市民因為不喜歡他們而起的渾名。或許也因壬生浪人的駐紮地是在京都西郊的壬生村吧。

「那人叫藤堂平助，和我一樣是江戸千葉道場出來的。是個直爽之人。」

「但他的確是壬生浪沒錯吧。」
好人不可能加入新選組。登勢心想。
如此嫌惡感其來有自。
京都人對數百年來一直佔上風的關東勢力極為反感，這份嫌惡感就是源自於此。
「壬生浪也有各式各樣的人啊，怎能就此判斷一個人呢？」
龍馬道。
「不知為何那位藤堂爺從土間走出去的時候，從背影看雙肩都垮了下來，似乎很沒精神。」
「這算是那夥人也會有他們的煩惱啊。」
「您是說壬生浪那些人？」
「沒錯，他們裡面的人形形色色。近藤勇、土方歲三之類的領頭份子或許不至於三心二意，但同樣身為幹部，千葉門北辰一刀流系統的人恐怕無法像近藤、土方他們那樣堅定。裡面和我一樣同為千葉門的有山南敬助、藤堂平助……」
「千葉門人為什麼會這樣呢？」
「周作老師傅過去一向深受水戶烈公寵信並拜領俸祿。不僅如此，與我頗熟、人稱青出於藍的榮次郎師傅雖不幸於去年病逝，但生前一直任職於水戶家定駐江戶的大番組。三男道三郎去年也受聘，現應已升為大番資格。故此道場雖為刀術名門，卻也深受水戶學尊王攘夷思想的影響。門人又大半是水戶人，他們也會影響他藩出身的同門，藤堂平助、山南敬助想必已深受影響。」
「哦……」
這些男人社會的結構登勢聽來津津有味。
「藤堂當初與近藤等人協力組成新選組，結果卻成為那種幕府走狗，他一定很煩惱而無所適從吧。」
「……」
「不過……」
龍馬又接著說：
「為此時勢感到苦惱也無濟於事，只能靠自己的信念了。」

幸好龍馬的傷口沒化膿。

但因登勢堅持留他好好養傷，這三天來都待在寺田屋。

這段期間，阿龍整天心不在焉。直覺敏銳的登勢早就發現了，她的心情十分複雜。

「他們兩人應該會有更進一步的發展吧。」

她心裡有些吃味。

以登勢的立場而言，她一直自命取代龍馬掛在嘴邊的家鄉乙女姊來照顧龍馬。

「其實是因為喜歡他。」

這才是登勢的真心話，她自己也心知肚明。

然而……

她也知道這不只是普通的喜歡，而是著了迷似的。

「不是那種情愫，而是覺得要是沒有我，那孩子一定會很無助。應該是這種感情吧。」

她自己也搞不清楚。

總之登勢雖未表現出來，其實心裡十分在意龍馬。

「阿龍就某些方面而言是個好姑娘，但可不是理想的媳婦啊。」

她如此暗想。

月琴、花道、茶道，這女孩都會，針線活和廚房的事卻完全不懂。不僅不懂，似乎還極不喜歡。

「我這恐怕是多管閒事，不過真不希望把阿龍嫁給坂本大爺。」

她心裡如此打算。

登勢認為最適合龍馬的還是千葉家的佐那子。

她也聽龍馬提過田鶴小姐這人，可惜兩人身分地位過於懸殊，絕不可能開花結果。

但以登勢個性又實在無法對養女阿龍說：

「不可太常到坂本大爺的房間去。」

她說不出口。

她不希望被認為自己是在嫉妒。且就算沒人如此認為，登勢也已察覺自己那份小心眼的女人心思。

正因如此，甚至討厭起幾乎克制不住此一衝動的自己，而對自己說：

「啊！實在很討厭（這樣的自己）。」

她如此制止自己。

登勢就是這樣的女性。

但阿龍似乎對義母登勢的感情絲毫不覺。沒感覺這點表示阿龍不會小心眼，也算是優點吧。

她整天泡在龍馬房間。

現在就是這樣。

龍馬正給家鄉的乙女姊寫信，而阿龍就一直坐在一旁。

信上要她寄些書籍到寺田屋再轉交給自己。這些書籍不是龍馬自己要讀的，種類包括小笠原流派有關諸般禮儀的書、《新葉和歌集》、習字的字帖等，全是為女性教養之用的書。乙女姊一定會覺得奇怪吧。

……

龍馬正給家鄉的姊姊寫信，而阿龍就坐在一旁盯著他的筆尖。

「喂，喂，不准偷看。太沒禮貌了。」

龍馬道。

因為他正好寫到請姊姊寄小笠原流派諸禮的書及習字帖等，這些全是為了讓阿龍學得婦女應有的教養。

「哼，我偏要看！」

阿龍道。最近她和龍馬愈來愈熟了。

「真傷腦筋啊。我正考慮要找些有關禮儀的書籍讓妳讀，希望妳舉止比較有教養。像這時候就不可以這麼沒禮貌。」

龍馬嘴上雖然責備她，眼裡卻滿是笑意，因此阿龍一點也不怕。

「給我看嘛！」

說著像小女孩似地把臉湊了上來。

「就跟妳說不行！」

其實龍馬對阿龍身上充滿年輕的女性魅力十分困擾，因為會忍不住想抱住她。

「可是，這樣好像不大對吧？龍馬大爺，若說要學禮貌、學規矩的話，您才更該學習吧？不是嗎？」

阿龍覺得好笑。

龍馬明明是全天下最不守禮法的人，如今卻要自己讀禮法之類的書籍。

「我不一樣，我天生如此。妳還是學點婦人該懂的一般禮法吧。」

「為什麼？」

「妳真傻。世人總是想要正常的事物。我擔心妳這樣嫁不出去，這才為了妳寫信的。」

「我才不嫁呢！」

「還是嫁了好吧。」

龍馬又繼續寫。

「阿龍，妳到那邊去。」

阿龍肌膚的香味讓龍馬氣血幾近沸騰。

······

「龍馬大爺，雖然您這話是衝著我說的，但叫人家『到那邊去』也實在太沒禮貌了吧，不是嗎？」

「無所謂啊，我一向就是沒禮貌又不守規矩。妳是女人，那就不行了。不是跟妳說過好幾次了嗎？這樣會嫁不出去啊。」

「可是……」

阿龍想了想，終於下定決心道：

「既然如此，阿龍就嫁給沒禮貌又不守規矩的人。」

「哇哈哈，妳還是沒搞懂嗎？這遼闊的世上，除龍馬之外哪還有這種人呢？」

龍馬假裝沒聽懂阿龍的意思，繼續寫他的信。

「龍馬大爺，這世上除龍馬大爺外，阿龍再無任何可依靠的人了。我不嫁任何人，只要嫁龍馬大爺！」

龍馬一驚，停下筆來。

龍馬沉默半晌後，道：

「阿龍小姐，妳別嚇人呀。」

龍馬不想繼續寫信了，因為筆尖實在抖得厲害，沒辦法寫。

「嘖，都怪妳在旁邊講些無聊話，害我都寫不下去了。」

說著露出苦笑。

「這是無聊話嗎？」

阿龍似乎生氣了。

不，阿龍天生急性子，應該說她是沉不住氣了。

連筆者也忍不住要同情阿龍。女性主動告白實屬情非得已，得像阿龍這種女孩才敢不顧一切說出口。

然而——

「把人家當笨蛋，說什麼這是無聊話。這人到底是怎樣啦？」

龍馬自己也以生氣的表情茫然盯著信上的文字。

那表情逐漸轉為悲傷。

「我也很想得到她啊。」

他感到一股錐心的刺痛。男人想要女人應該是天經地義。真想當場把阿龍撲倒，龍馬正拚命克制住這股衝動。而這些難道她都不知道嗎？

「笨蛋！」

真想這樣大聲罵。

罵自己和阿龍。

「同一間房裡居然剛好有兩個笨蛋……」

龍馬這麼想。

該如何回應呢？龍馬這下也沒了主意。

「阿龍小姐，妳暫時別說話。」

龍馬道。他得仔細想想這件事。只見阿龍悶不吭聲，不高興地嘟起嘴。

不用你命令我也不會說話啦。她臉上的表情彷彿這麼說，雙眼閃閃發光。可以的話，我一輩子都不跟你說話了。她就是這副表情。

好半晌龍馬才道：

「阿龍小姐，當我妻子很不划算啊。」

「不划算？」

因為龍馬的回答太讓人意外，阿龍終於還是開口了。

「我相信我生來就是為了推翻德川幕府。在推翻德川幕府前我絕不娶親，因為我沒時間疼妻子呀。」

「不疼也沒關係。」

「但我想疼啊。」

「喔……」

「只是，要推翻德川談何容易，那得害幾千同志曝屍路旁。而我也希望自己就是其中之一。當這種人的妻子很不值得呀。」

新選組副長助藤堂平助自與龍馬見面以來，一連數日陷入憂鬱。

「他說得沒錯。」

他心裡這麼想。

——文明必須與日俱進。同樣是死，那才有意義。

龍馬如此道。他的話言猶在耳。

……………………………………

——若不想這樣，那乾脆停止這種搏命的工作，回老家討個妻子、生幾個孩子吧。

龍馬還這麼說。

「打從我們在千葉道場時，我就很欣賞坂本老師。他主動跟我打過一次招呼，當時的興奮之情到現在都能讓我的心隱隱作痛。」

以藤堂的個性，往往不是為理由而行動，而是因衝動而行動。

即使有其他人說了相同的話，藤堂可能也聽不進去，但出自龍馬口中，卻足以讓他刻骨銘心。

「但我實在不明白。」

於是私下去找上江戶後認識的同志、也是同門前輩的副長山南敬助商量。

老實把這祕密告訴山南，他應該會理解，也應該不會洩露出去吧。藤堂如此相信。

山南露出溫和的微笑點點頭。

「平助君，我不會告訴任何人的。」

他如此承諾。說出去的話會遭到誤解，甚至被隊上肅清。

話說新選組在江戶的起源幾乎是山南與藤堂所創，而不是近藤及土方。

聽到幕府招募浪人之消息的，是在江戶刀客同志和攘夷志士間交遊廣闊的山南和藤堂。

此二人會見了清河八郎的同志石坂周造，並聽取他的真正心意。

「最後將在京都高揭尊王攘夷的旗幟，成為義軍。」

就連如此祕密也老實告訴二人。

正因如此才會建議近藤及土方：

「不如一同前去應召吧。」

如前所述，山南及藤堂二人一直寄居在位於小石川小日向柳町的近藤道場。當時的小道場經常有這種雇請來的代課師傅。

近藤勇及土方歲三聽了他們的建議也十分心動。

近藤及土方同為武州多摩出身，是天然理心流近藤周齋的同門，近藤成為周齋養子並繼承其家業。土方則是日野宿之名主佐藤彥五郎之夫人阿信的胞弟，而彥五郎又是周齋的經濟支援者，故土方在道場地位頗為重要，與近藤可謂親如兄弟。

為慎重起見，兩人還到幕府浪人的浪士取締役松平上總介忠敏家去打聽幕府的真正用意。松平自然與清河的說法完全迥異。

「是為了安定京都全市治安。」

他是個幕臣，自然如此深信不疑。

因此山南及藤堂的新選組形象一直與近藤、土方截然不同。

「喔，平助兄，這事你可千萬別告訴旁人哪。」

山南敬助以仙台腔如此叮囑道。

「土佐的坂本爺，我還在江戶道場時就認識了。他是桶町那邊的塾頭，我跟他沒什麼接觸，不過我想他見到我一定認得出來。」

「對喔，因為都是同門啊！」

藤堂故意強調「同門」二字。這關係在某些情況下甚至勝過血緣關係。

新選組成立並展開行動後，便由近藤勇、土方歲三、沖田總司、井上源三郎四人掌握了主流方向。此四人同為天然理心流出身，彼此只要一個眼神就能了解對方心意。

即使自創立以來即位居幹部之職而備受禮遇，山南及藤堂等其他流派出身者總是被當成外人。

山南在千葉道場習劍時坂本龍馬曾是桶町千葉的塾頭，故對山南而言這位「同門」之名突然感覺比近藤及土方更親密。

「沒錯啊。」

山南心想。

「不過……」

山南道：

……

「倒也不是因為這樣。但我確實認為自己對目前時勢的看法與坂本爺一致。」

「啊？」

藤堂也緊張了起來。

「不過，藤堂君，事到如今也無可奈何了。我也一直努力改變近藤、土方二位之想法，但那兩人實在是沒救了。我已經死心了。」

「死心……」

「沒錯，已經死心了。不過凡事還得等時機成熟，說不定時機成熟就會出現轉機。藤堂君，在時機成熟之前可別輕舉妄動，以免白白犧牲性命啊。」

「這我知道。」

「就包在我身上吧。你呢，只要盡心執行隊務就成了。」

「是。」

藤堂道，卻又偏著頭說：

「可這又該如何是好？隊上有人已鎖定坂本爺為狙

殺對象。他是個普通隊員，名叫信夫左馬之助。」

「這人不是你組裡的嗎？」

「是啊。但以目前新選組的整體氣氛而言，即便是我這個組頭也拿這信夫無可奈何。在局中，信夫反而是正義的代表啊。」

「你說得沒錯。」

……

當時信夫左馬之助正與隊上四人商量計畫襲擊龍馬。

信夫想到一個好主意。

利用隊上的密探與助把龍馬騙出來。與助已前往伏見寺田屋。

這時龍馬正與阿龍談到前文有關娶親那一段。

「什麼？與助？」

龍馬坐起身來。

「沒聽過這人啊。」

路上一片寂靜，酉時的鐘聲才剛響過。

「是。他說是長州藩桂小五郎爺派來傳話的。說是有十萬火急之事，請您務必趕往河原町的長州藩邸。連轎子都備好了。」

夥計如此道。

「有桂的親筆信吧？」

「好像沒有。」

「嗯……」

龍馬起了疑心。當時武士之間很少派人未帶親筆信光來傳話的。

順帶一提，要研究維新史，資料方面十分便利，因為當時往返的書信非常多，就連鄰近同伴之間也經常以信件交換意見。

「其中必有蹊蹺。」

龍馬很懷疑。但轉念一想，萬一真是桂派來的，那就非去不可。

因目前長州藩已說服朝廷，藉此推動幕府，且已有了驚天動地的某計畫。所謂的某計畫是，除以往部分浪人所為之暴行（諸如火燒橫濱的外國人相關建築物或殺傷外國人）之外，更進一步將在長州藩及薩摩藩等局部地區的對外戰爭提升到國與國之間的層級。

天皇將以天子親征攘夷的形式前往石清水的八幡宮或大和的橿原宮。既然天子登高一呼，幕府及諸大名就不得不起而響應攘夷之戰了。

為將此計畫付諸實現，駐在長州藩邸的益田右衛門介、根來上總、久坂玄瑞、桂小五郎、中村九郎等人正四處拜訪有力之藩的在京藩邸，設法說服並博得其贊同。

長州藩正以「此乃天皇之御旨」的時下盛行新權威為後盾，陸續進行上述的「說服行動」。「天皇御旨」這東西竟成了實際權威，這恐怕是自奈良朝以來睽違千年的現象吧。

幕府及諸大名對長州藩用這種最終手段頗不以為然，甚至感到憎惡。對長州藩獨占天皇之舉最感憎惡的首推幕府，其次便是薩摩。西鄉隆盛這時也著實懷疑起來：

「長州藩恐怕是有開創新幕府的野心吧。」

龍馬故作安分。表面上維持「攘夷論者」的立場，實則以他深藏內心的獨特開國主義而言，是反對長州藩如此行動的。

但他仍心想：

「桂這個人就是這樣，一旦他說有事商量，我就不能不去。」

他不顧登勢及阿龍的勸阻便拿起佩刀，走到土間出門去了。

一走出大門龍馬即道：

「啊，你就是與助嗎？」

說著仔細打量與助。

與助站在轎旁，右膝著地一禮。不愧是新選組的密探，演技還真不賴。

「是的。」

語尾還不忘帶點長州腔，演技堪稱細膩。

這頂轎子是兩側垂簾較講究的輕巧街頭客轎，一般都是町內醫師在用的。

龍馬抱起大刀坐了進去。

「……」

沒多久前，新選組隊員信夫左馬之助已領著四名隊員自京都西郊的壬生村屯駐所出發。

「與助那邊應該進行得很順利吧。」

信夫將左手放在懷中，刻意不穿隊上的外褂只穿印有家紋的黑棉服及馬褲，裡面還穿著鎖甲。

只要穿著鎖甲背心，除非受到刺擊，否則即使稍微被砍中也無妨。

「那些人……」

信夫左馬之助等人的組頭藤堂平助碰巧在自己房裡。他們經過走廊時高聲說話的內容，隔著紙門的他全聽得一清二楚。

「咱們就埋伏在大佛街道七條西角吧。」

連這都聽見了。

「目標該不會是坂本兄吧？」

他十分擔心。

他到副長山南敬助的房間。

「山南兄，有件事要請您幫忙。我要暫時離開屯駐所一個時辰，能不能假裝說是在您這裡喝酒？」

「沒問題。」

山南不會囉嗦地追問原因。他就是如此個性。

藤堂悄悄走出屯駐所，在隔壁大和郡山藩邸的後門邊攔到一頂碰巧經過的空轎。

「到大佛的七條。」

他要轎夫加快腳步。他在轎中戴上那條宗十郎頭巾。

另一方面，龍馬在轎子狂奔過京町通、行至郊區後也開始起疑。

「果然不對勁。」

自稱與助的這個僕人跑步跟在轎旁，卻未發出絲毫腳步聲。

「若只是單純的僕人，不可能跑得如此有技巧。」

這人學過某種跑法。難道他是捕快之流嗎？龍馬不禁如此懷疑。

「哎呀，反正就走著瞧吧。」

轎中的龍馬預先拉開刀鞘，但以他的個性，天生就疏於警戒。

警戒維持不了多久，開始愈來愈想睡。

轎夫收起休息用的轎撐，不停疾奔。

經過稻荷神社及東福寺。

繁星閃爍，星光下路上不算太暗。

信夫左馬之助等人抵達大佛街道七條西角時，目的地的茶館已經打烊了。

「叫他打開！」

信夫道。

同伴用力拍門，幾乎要把門拍碎了。茶館老闆只得心不甘情不願地打開遮雨窗。

「會津中將手下的新選組隊員有要事，必須利用這茶館。快打開！」

他仗著權勢道。

「是。」

老闆已是滿肚子不高興。

「拿酒來。」

「小店已經打烊了，請見諒。」

這樣寫感覺似乎很不客氣，其實老闆是搓著手堆滿微笑說的。

這可說是京都人的執拗。

「不好意思，實在沒有酒啦。」

「那罈是什麼？」

信夫指著土間一隅道。

「是水。」

插句題外話，京都人對長州人頗有好感。

也沒什麼難解的理由，只因長州藩刻意在京都慷慨花錢以拉攏與市民之間的感情。長州人本就對政治格外敏銳，認為要想在京都成事，最好先收買京都人，於是特地在花街撒了大把錢。

祇園及三本木的藝伎自然多偏袒長州，進出此地的商人也受到感染，就連附近民眾也是只要一提到「長州爺」就大表歡迎。

在此先透露一點，本小說緊接著將寫到長州藩因薩摩藩及會津藩的陰謀而潰敗甚至被逐出京都，後來陸續發動池田屋之變、蛤御門之戰及長州征伐等一連串所謂的「長州騷動」。新選組也不管是在路上或室內，不管地點是否恰當，只要看到長州人就殺。但京都人並未對長州人失去同情，許多民眾仍私下窩藏長州人。因此幕府特地在京都市中二十餘處公告欄貼出告示：

「長州藩假借勤王之名，使盡種種手段蠱惑人心，豈可相信他們……」

大意如此。希望能挑撥京都民眾與長州之間的感情。

以上為題外話，目前只進行到如此情況之前。

這位茶館老闆自然也喜歡長州，不喜歡幕府，甚至更討厭新選組。

「水？真的是水嗎？如果不是水，可饒不了你！」

信夫拔起新酒罈的塞子，把酒罈整個翻過來往土間倒。

真的是水。

「喂，老闆，如果是舊罈就算了，新罈裡面怎會裝水呢？真怪啊。原來你這店是把水當酒賣啊？」

信夫恨得牙癢癢的。

藤堂平助坐在茶館內室，頭上依然戴著宗十郎頭巾。

藤堂較信夫早一步到此茶館來打點。

「大叔，我是壬生新選組的副長助勤，名叫藤堂平助。」
說著拉下蒙面部分鄭重行禮。
藤堂有雙孩子般清澈的眼睛，很討人喜歡。
「哇，新選組中也有如此人才呀。」
老闆甚至如此暗想。
「那種浪人集團，不可能全聚集到素質好的人，我是以組頭身分，巡邏監督隊員是否胡作非為。」
「是。」
老闆完全相信藤堂。
「對了，再過一會兒有五名自稱新選組組員的人來此。他們的確是新選組成員，但聽說老是做些勒索或打家劫舍的勾當，可惜苦無直接證據。我想借用一下內室，看他們究竟有多惡形惡狀。我這兒有點錢，就充當茶資吧。」
說著把錢塞進老闆手裡。
「不過，老闆……」

藤堂又道：
「那幫人酒品不佳，要是讓他們喝了酒，不知會鬧出什麼事來。所以請你告訴他們沒酒了，並預先在酒罈中裝滿水。」
「遵命。」
老闆依言照辦。
信夫一幫人果然來了，且真的要了酒。
「大爺，您可別胡說，我這小店開了二十年啦。您想想，若小的是拿水當酒賣，這店可能經營二十年嗎？」
老闆理直氣壯。
當時提到新選組，大家免不了要打個哆嗦，即便後頭有藤堂撐腰，萬一對方臨時抽刀砍來就完蛋了呀。
「這傢伙！」
信夫為之語塞。
「老闆，你這是跟武士說話的態度嗎？你再說一次！」
說著唰地抽出大刀。
老闆頓時面無血色地逃進內室。幸好信夫沒追進內室，只是把酒罈扔向土間一隅的灶。
那口灶應聲碎裂。
在當時庶民生活中，灶肯定不是便宜的設備。何況還有所謂的三寶荒神信仰，這設備一向被視為神聖之物。
「竟、竟然這麼做！」
老闆氣得渾身發顫。
藤堂趕緊安撫他。
——這些全都會拿隊費賠償。
藤堂向老闆借了一套衣服，以商人之姿把衣襬折起塞進腰際，並在腰間插了一把刀。臉上依然蒙著宗十郎頭巾，一身怪異裝扮。
轎子進了京都市裡。

「麻煩停一下轎。」
龍馬道。
自伏見出發已連趕二里半的路程，龍馬腰都麻了。
「我要走走。」
說著就想下轎。一直跑步跟在轎旁的與助連忙上前道：
「大爺，就剩一點路了。您瞧，三十三間堂的大銀杏就在那裡，七條很快就到了呀。」
龍馬把酒錢塞給轎夫後，說：
「與助呀，你還真怪呀。」
說著邁開大步。
「您為什麼這麼說呢？」
「剛剛還有長州口音的，現在怎麼就不見了？」
「……」
與助把提燈換到左手，右手伸進懷中。裡面顯然暗藏著短刀或捕快的隨身鐵棍。
龍馬眼神銳利地盯著他。

「這傢伙準是密探沒錯。」

心裡頗覺厭煩。

要不是被這笨蛋拐出來，就能繼續和阿龍討論重要大事了呀。

「阿龍竟說要嫁給我。可總得留得命在，才有辦法成親呀。」

龍馬環顧四周，偏偏是個近視眼，晚上實在看不清楚。

「與助呀……」

龍馬以朋友般的語氣道。

與助的戒心也稍稍解除。

「是，什麼事？」

「前面恐怕有某人埋伏，等著收拾我吧？我眼睛不好，請你乾脆一點告訴我地點吧。」

「大爺，那……」

與助差點就被套出話來，連忙閉緊嘴巴。

「喏，與助，你跟我都是活人。看在同是活人的份上，就先告訴我吧。」

「大爺，您別逼我呀。沒有人埋伏呀。」

「哎呀，別這樣說嘛。」

龍馬繼續走著。

「你還好，但我就要被殺了，這可麻煩啦。」

「說得也是。」

與助也不經意地隨聲附和。附和之後立刻覺得尷尬。

「真是個怪武士，害我腦袋也跟著怪了起來。」

與助一直在町奉行所的同心（譯註：在與力的指揮下執行維護治安的工作，類似現在的警察）手下工作，現也兼做新選組的工作。因工作關係自認見多識廣，但這樣的武士他還是頭一次見到。只是如此短短的接觸，竟莫名奇妙對他有了好感。

「這人不是壞人。」

與助突然道：

「大爺，走到大約離七條茶館還有一丁距離時，請特別留意。」

他快快說完後，便吹熄提燈，迅速消失在黑暗之中。

「哦？這樣啊。」

龍馬正想向與助道謝時，與助已不見人影。

但與助說的七條茶館不就在那邊嗎？

龍馬十分好奇。

「到底是誰想殺我？」

龍馬大步前行，走到清楚看得見三十三間堂那棵大銀杏時，突然有個傢伙從某房子的簷下衝了出來。

龍馬倏地後退，但已是這邊房子的簷下。路很窄。

「來了！」

龍馬連調整呼吸的時間都沒有。一把虎虎生風的真刀正朝自己頭上砍落。

龍馬側身閃過。

刀刃落在僅距龍馬右側衣袖一分之處，把凸格窗的柱子都砍斷了。

龍馬回到路上。

說時遲那時快，地上突然出現兩條人影並不約而同舞了過來。

龍馬間不容髮地沉下身體，然後撲向其中一人並抓住他的雙腳。

就在對方跌倒時躍過其上，這才抽出刀來。

他迅速調整呼吸。

對方也已彈跳起身。

龍馬以刀面橫拍向那人臉頰。

「呃啊——」

那人怪叫一聲昏了過去。雖只是打個巴掌，但畢竟用的是鐵器。因是全力一擊，顴骨恐怕已經碎了吧。

方才在簷下的傢伙悄悄逼近龍馬身後。

「後面我可贏不了啊。」

龍馬橫向飛出，把一扇有錢人家的格子門當成盾牌。

對方立即攻到。

龍馬使勁攻擊那人的手部，然後逐步往旁移動，並點了點人數。

「五人。」

其中一人已倒在地上。被擊中手部的傢伙只是稍微退後，依然舉著刀。

「這夥人居然都穿著鎖甲！」

龍馬怒從中來。

一人刺了過來。

龍馬剛閃過隨即撲上前去，用力朝那傢伙右胸刺入。

這已夠讓他吃不消了。

那人倒地不起，但刀尚未沒入三分，大概只戳壞鎖甲吧。

「還有三個嗎？」

才這麼想，路上突有一條黑影自北如疾風般衝了過來，並在龍馬眼前沉下身體後隨即砍向其中一人右腿。砍倒對方之後，那黑影旋即繼續往南疾衝而去。

「這怎麼回事啊？」

就在這一瞬間，龍馬以刀鍔險險接下敵方一刀。

接著是一場刀鍔相抵的較勁。

「喂，是信夫左馬之助吧？」

龍馬大感詫異。

「沒錯！」

彼此以自己的刀鍔壓住對方的刀鍔，設法使對方無法使刀。

使用腕力得見好就收。

過度使用的話，對方恐怕會利用對抗之力，變化攻勢反擊過來。

此時可謂性命交關之際。

「信夫，你真是執迷不悟啊。刀被你這樣用也不會高興呀。」
「我就是愛記仇！」
信夫道，同時技巧性地輕施壓力。
龍馬並不回應。若傻傻地反壓過去，右肘會自然高起，這時對方一定會順勢退後，隨即攻擊自己的身體。
情勢對主動發起刀鍔較勁的信夫左馬之助較不利。
龍馬身型高大，光是這身材信夫就飽受壓迫。
「葛西！葛西！」
信夫朝剩下那人叫道：
「你在幹什麼？還不出手嗎？」
信夫因為開了口，導致原本凝聚在下腹的力量往上散去。
趁此機會，龍馬利用身材優勢把刀頂在信夫脖子的左側，左腳迅雷不及掩耳地朝信夫右腳踝踩下，瞬間把他擊倒在地。
但信夫也不是省油的燈。倒下的瞬間又揮刀掃向龍馬。龍馬驚險避過，又以刀背砍向信夫右手腕。
信夫手上的刀終於掉落在地，龍馬趕緊把它踢得遠遠的。
「信夫，別動！」
說著以刀尖抵住對方咽喉。
路上已無人影。
解救龍馬的那人迎面朝最後一人砍落後便消失了。
「那是誰啊……」
龍馬事後仍無從知曉居然就是這幫人的組頭藤堂平助。
「信夫，我很忙，實在沒法奉陪。還是說這一切並不是你的主意，而是奉隊上之命嗎？」
「是隊上之命。」
「那你最好去跟近藤及土方說，要殺我的話先來找我談談。他們也是領導一黨之才，應該不是蠻不講理之人。」
龍馬向後縱身一跳並收刀入鞘。

然後直接返回寺田屋。
登勢和阿龍都擔心得睡不著，一直在等他回來。
「我剛派人去找你。」
登勢道。
「哎呀，不好意思讓妳們擔心了。只是點小事而已。」
龍馬立刻鑽進被窩小睡一小時，天一亮就離開伏見趕往神戶村。

京都政變

龍馬目前所處的時期是文久三年（一八六三）的夏天。

世局動盪不安。

人們總說，坂本龍馬所到之處必風起雲湧，可見他對時代趨勢的判斷十分敏銳。然而此時他卻尚未躍入風雲之中。

他遠離京都志士團體，獨自致力於海軍事業。

已返回土佐的武市半平太等人皆憤慨道：

「如此時局，龍馬還在做什麼呀！」

此種傳聞自然也傳入龍馬耳裡。

但龍馬只是默默笑笑，對同志道：

「光靠嘴巴是無法推動時勢的。」

總之龍馬目前仍僅以組織「浪人艦隊」為目標。希望靠此艦隊經營海運，再藉其利益籌措倒幕基金，一旦要開戰，便卸下貨物改載砲彈，藉其威力可號令天下。此即龍馬獨特的做法。

但這事他從不對任何人提起。即使對陸奧陽之助、高松太郎等不僅是同志、甚至可說是龍馬貼身祕書者也絕不洩漏。

但世局仍不斷變化。

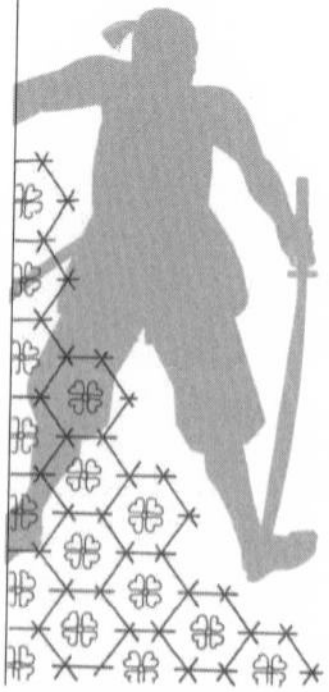

要冷眼旁觀又同時堅定地繞著遠路獨行，的確需要相當的忍耐力。

讀者諸君。

現在請您暫時把目光自龍馬身上移開。因當時京都發生了重大事件，即便身在神戶村的龍馬起初也不敢相信，甚至大呼：

「騙人的吧？」

今年初，京都政界在三大藩的手下終於有了變動。

長州藩

薩摩藩

會津藩（兼任京都守護職）

即此三藩。

然而卻偏發生姉小路少將（公知）遭到暗殺的怪異事件，因此薩摩藩的宮廷勢力頓時大跌。

這是之前五月二十日發生之事件。

當天朝議較晚結束，這位膚色黝黑的公卿步出皇宮時已是晚間十時左右。

眾所周知，姉小路公知與田鶴小姐之主三條實美並列長州系公卿的兩巨頭，而他也以激進攘夷主義者自居。

隨從是最近雇請的保鏢，即負責持刀的金輪勇及隨扈吉村右京，兩人都是具戰鬥力的武士。此外還有三、四名持提燈、草鞋及長槍者。

因為要返回位於梨木町的宅邸，故出了公卿門即往北走。行經朔平門前，再走到通稱「猿猴十字路」的地方時，突從暗處跳出數名可疑份子。

刺客共四人，個個穿著裝有齒的差齒木屐。其中一人先削落隨從手上的提燈，其他二人趁機逼近姉小路公知。

一人揮刀過頂然後朝姉小路公知肩頭削去。

「啊——」

這叫聲並不是出自被砍傷的姉小路少將，而是手捧少將大刀的保鏢金輪勇發出的。

少將是公卿中罕見的剛強之人，他摀著傷口道：

「大刀！大刀拿來！」

他打算親自上陣，便想拿金輪手上那把刀。

不料這位保鏢一點也不像刀客，似乎更適合當喜劇演員。他驚慌失措得連耳朵、眼睛都不管用了。竟把口口聲聲「大刀！大刀拿來啊！」並逐步逼近的主人當成可疑份子，驚慌地四處逃竄，最後甚至抱著少將的大刀轉身躲了起來。

隨扈吉村右京個性剛毅。

「有刺客！有刺客！」

他如此大喊，同時揮刀砍向其中一名刺客。可惜第一刀砍偏了。

吉村想趕到少將身邊，卻遭眼前的刺客阻擋。

少將只得以手中的笏板勉強抵擋敵人的大刀攻勢。臉被劃傷，身軀也遭掃中，但他仍不屈服。他伺機抓住刺客的刀柄並死命揮動，終於將刀奪下。

——糟了！

刺客似乎如此驚覺。

向同伴打了信號，一夥人便疾步往北逃走。

少將滿身是血佇立著。

頭上的傷長四寸且深及見骨，不僅如此，鼻下傷口也長二寸五分，左肩鎖骨附近還有長約六寸的口子，各處傷口皆不停湧出鮮血。

吉村右京繞到少將左側，把少將的左手放在自己肩上邁步前行。

少將的右手則以自己從刺客手上奪來的那把刀當拐杖。

好不容易走到家。

「枕頭……」

說完便昏了過去。

趕緊找來皇宮的御醫大町周防守及杉山出雲守再加上四名民間醫師來縫傷口。但縫到第二十八針時脈搏便趨弱，終於不治。

姉小路的橫死在第二天早晨就帶給京都政界極大

的衝擊，但還有影響更大的，那就是凶手留下來的刀。

刀長二尺三寸，刀柄為鯊魚皮且纏法為平卷法，柄頭為鐵製，銘文刻的是「薩摩鍛冶和泉守忠重」。

搜查凶手的工作自是由幕府進行。但一向擁戴姉小路的長州及土州志士也著手進行，尤以土佐藩的土方楠左衛門最為熱心。此外，去年在高知城下暗殺吉田東洋、目前藏匿於薩摩藩邸的那須信吾等人也加入搜查行列。

「此刀應是薩摩的田中新兵衛所有無疑。」

根據那須的鑑定終於真相大白。

提到薩摩的田中新兵衛，在群聚於京都的志士中是以「殺手新兵衛」之渾號聞名。

土佐的岡田以藏

肥後的河上彥齋

薩摩的田中新兵衛

此三位是讓整個京都聞之喪膽的三名殺手。

個個都是武士，但皆出身不佳。

岡田是足輕。河上為侍茶僧。新兵衛則是鹿兒島某藥房老闆之子，據說鄉士資格是父親用錢買來的。

身分如此，故都有強烈的自卑感。此外新兵衛沒讀過書，以藏也一樣，沒什麼見識。這點自然讓他們在與諸藩志士打交道時感到自卑。偏偏他們的自卑感又倍於常人。

而且都有倍於一般人的出名欲望。

——我來！

顯得有些盛氣凌人。他們都希望能從同伴中脫穎而出，故陸續殺了幾個頗有名氣的反對派要角。最後竟形成類似三人彼此競爭的情況。

——這你們可學不來了吧。

希望向同伴如此炫耀的心情恐怕正是他們殺人的動機。

此三人的刀術遠遠不及龍馬、桂小五郎及武市半平太，卻都想出獨特的暗殺法，被鎖定的目標絕無法倖免。

三人之中以田中新兵衛個性最為豪爽開朗。

他一直努力表現得像個典型的薩摩武士。或許正因本非武士出身，反而特別覺得「武士」具有獨特的美感吧。

事件經過六天後，新兵衛便在租屋處，位於東洞院蛸藥師下的一戶人家遭京都守護職（會津藩）逮捕。與他同住的薩摩藩士仁禮源之丞及藤田太郎也同時受逮被縛。

此次的逮捕行動幕府顯得十分膽怯。因對方乃天下雄藩之士，委實不希望引起該藩反彈。

然而朝廷方面一再催促幕府，要求將凶手繩之以法，幕府於是下令給會津藩。

會津藩特派重臣安藤九右衛門及井深茂右衛門負責逮捕行動。為了逮捕一個新兵衛竟動員了百名藩兵。

一衝進租屋處隨即宣告：

「奉敕命前來，請隨我們回去覆命。」

表明是奉朝廷之命而非幕府之命。幕府的治安能力已衰敗至此地步。

至於收押，會津藩深恐與薩摩藩之間發生無謂的摩擦，故拒絕替幕府代押。

最後將他收押在幕府旗下機關町奉行所。即使如此，還是怕薩摩藩士大舉來劫獄，故仍委託會津藩戒備。

目前已是如此時勢。

當時的京都町奉行是幕臣中首屈一指的人才永井主水正尚志。

他是勝海舟的朋友，出身幕府海軍，也曾任軍艦奉行等職。個性溫和，幕府瓦解時曾遠赴箱根作戰，投降後獲赦又改仕維新政府。

奉行所給嫌犯田中新兵衛客人般的禮遇，雖然其身分不過是薩摩藩的最下級武士。幕府怕的當然不是他，而是背後的薩摩藩。

新兵衛也不把奉行放在眼裡。

一名同心道：

「腰間佩刀請交給我們保管。」

新兵衛竟瞪著他道：

「不，刀乃武士之魂。我絕不會交給你的。」

因不敢使勁硬搶，便任他懸著佩刀進去了。

既然身上有配刀，奉行所的處理方式就不同了。不是要他跪在庭院的白砂上接受審問，而是帶進備有警戒用長槍的房間「槍之間」。

奉行永井主水正就座。

未經與力預審即直接由奉行審問，這是高級武士的待遇。如此待遇田中新兵衛一生想必就這麼一次經驗吧。

審問時他徹頭徹尾否認犯行。

「不知道。」

他一直堅持這點。

那麼——永井主水正朝一名同心使使眼色，要他把「鐵證」新兵衛的佩刀拿過來。

「怎麼樣？聽說這是你心愛的佩刀。這你總不會否認吧？」

「……」

截至目前為止新兵衛毫未顯出驚慌之色，但這下也不禁變了臉色。

這其中有個不解之處。若新兵衛是凶手，一定知道自己佩刀遺落在案發現場，此時臉色理應不該大變。如此推論也有道理。

根據「忠正公勤王事蹟」的記載，當時薩摩藩中多數否定新兵衛是凶手。他們的推論如下：

若是新兵衛幹的，手法不可能如此拙劣。他一定會殺得乾乾脆脆。他喜歡殺人。有傳聞說，島田左近（九條家諸大夫）和其他那些人被殺，多半是他幹的好事。

「喔，是不是我的東西，得拿在手上看才能確定。讓我看看吧。」

新兵衛瞇起眼睛道。

這時幕府官員的確有所疏失。一心惦記著要給新兵衛較優的待遇，竟糊裡糊塗把刀交給他了。哪有人笨到把凶器這麼重要的物證交到嫌犯手中的。

因此，永井主水正等人後來都遭禁閉處分。

總之田中新兵衛就從官差手中接過自己佩刀，同時也是重要物證——二尺三寸大刀和泉守忠重。

突發狀況就發生在這一瞬間。

他抽出刀來隨即反手往自己腹部刺了進去。

新兵衛動作十分迅速。

他很快往橫切開後，又拔出刀刺向自己喉嚨並割斷頸動脈。

鮮血狂噴，濺到旁邊的紙門上。

啊！

奉行永井主水正立起單膝，早已面無血色。

與力和同心趕緊撲上前去奪下新兵衛手中的刀。

但他已倒在血泊中，一聲不吭只是面露微笑。

醫師來了。

但醫師把脈時，新兵衛早已成了死屍一具。奉行所也已無法審判凶手。

關於此事件有諸般說法。

姉小路少將之前曾在勝海舟的推薦下搭乘幕府汽船順動丸自大坂灣航經紀淡海峽。龍馬當時也以無名小卒的身分同船。

當時勝曾溫和地舉出實例提醒姉小路，以世界趨勢來看，其攘夷思想實在可笑，又說日本的防衛工作若依攘夷家之建議只著重於沿岸的防衛根本無濟於事，還不如拿那些錢來整備船艦。

整備船艦的主張進一步說下去就是航海貿易論，

接著必將導出開國論。

姉小路在船上被勝這番實例教育徹底感化了——姑且不論是否屬實，但此消息很快傳了出去，京都志士得知後皆憤慨不已。

攘夷主義殺手新兵衛的暗殺理由據說就是為此。

但這說法有些不合理。姉小路雖因勝的關係而眼界大增，但仍與三條實美同為宮廷中的第一激進份子，志士的期待也與其思想息息相關。新兵衛雖是個輕率的殺手，但並無非殺姉小路不可的動機。

此外還有一件怪事。

新兵衛的朋友吉田嘿曾說：

「那把刀的確是田中新兵衛的隨身佩刀，但事件發生前數日，新兵衛在三本木附近的料亭吉田屋（或作茨木屋）喝酒時，不知被什麼人偷走了。田中十分懊惱，還親口告訴我這件事。沒想到才過兩三天就發生凶案了。最重要的是，當晚凶手顯得十分狼狽，由此看來實在不像新兵衛。不管怎麼說，新兵衛之所以在奉行所自殺，應是基於薩摩人特有的武士風氣，是因自己佩刀遭竊之事為人所知而感到羞恥的關係。」

還有另一奇怪說法。

此說認為暗殺長州系激進公卿姉小路公知的凶手其實是長州自己人。

為了讓人以為是薩摩人下的手，刻意偷來田中新兵衛的佩刀並遺留在現場。

此說若為事實，真可謂設想周到。

推理小說迷一定會喜歡此說吧。若從此說，首先要研究的是：

——殺死姉小路，誰能得利？

這是偵查犯罪案件時最一般性的推理。

「誰能得利？」

若被問起這問題，筆者也不得不回答：

「長州人。」

為什麼得利呢？這是理所當然的。薩長二雄藩將京都的勤王政界一分為二，希望高舉官軍旗幟號令（這詞或許不太妥當）天下。

只是顏色總有濃淡之分。

即便同為紅色，長州是豔如剛噴出的鮮血，充滿熾熱的情感。往往喪失理智。

薩摩藩的紅色就不同了。濃濃的暗茶色，有著理性的深沉。希望見機採取適切的行動，可說成熟而穩重。但若以長州人的立場看則顯得狡猾。

而幕府看來則以為暗茶色部分是對幕府的同情（事實絕非如此。那是薩摩人實事求是精神使然）。

總之，若假設當時的長州人是一觸即發的汽油，那麼薩摩人就是即使火柴逼近也點不著的原油。不過二藩都屬可燃，這是無庸置疑的。

薩長二藩之間並不和睦。

甚至可說極端不和。

在日本已成統一國家的現今二十世紀，很難想像當時二藩志士的對立意識，但他們至少絕不把對方當成同樣是日本人，而是視之為外國人，是異人種。

薩長如此心態卻同屬勤王陣營，故關係反而更不和睦。

彼此之間也有強烈的競爭意識。

薩摩藩在東海道生麥村殺傷英國人時，長州藩全體只想到：

——被薩摩搶先了！

長州藩也得加把勁砍死幾個外國人！正因抱著如此想法，才會發生高杉晉作等人火攻御殿山的事件。

如此薩長同時集結在京都。

且兩藩在勤王工作上的競爭意識也極為強烈。雙方爭相對朝廷關說。

但長州人進行得較順利。

朝廷已逐漸染上長州色彩。薩摩自然也不可能坐視，他們已緊緊掌握中川宮及近衛等公卿。

此說即主張是長州為將薩摩一舉踢落，而暗殺自派的公卿再嫁禍薩摩。

雖然這只是謠言，不足採信，但此說愈傳愈盛，導致兩藩之間的關係愈來愈糟，且薩摩藩在京都政界的聲譽也的確因此事件而大幅滑落。

筆者目前正身處幕末史之中。

我生活其中，同時遠望著坂本龍馬這名年輕人。但這一段卻與龍馬沒有一點關聯。

不過幾年後，此時段發生的事件將悉數漸與龍馬發生關聯。這時段的紛爭會留下幾條尾巴。

尾巴指的是薩長之間感情不睦的問題。不是一般的尾巴，而是宛若兩隻恐龍的尾巴在歷史中大肆翻騰。數百人甚至因此喪命。

這翻騰的尾巴最後被一個男人鎮住，歷史也逐漸恢復運轉。因此必須再稍加描述，才能呼應本部小說極後段的部分。

嫌犯田中新兵衛自殺了。

姉小路暗殺事件成了無解之謎，只留下有害的疑惑。

「薩摩人乃賊人也！」

京都志士間湧出如此激烈的攻擊。浪人志士、長州藩勤王派及土佐藩勤王派一夜之間全變得不喜歡薩摩人。不過仍有如此聲音：

「這種大藩……」

也不是沒有如久留米出身的浪人指導家真木和泉如此為薩摩辯護的人。

「即使出一兩個田中這樣的人，也不能就此斷定這是薩摩藩的真正心意。」

可惜如此深思熟慮的言論，在輿論沸騰的時期根本發揮不了任何作用。

因為被害人姉小路少將公知實在太受過激勤王派份子愛戴了。

由其臨終前的奮戰可見姉小路雖是公卿，卻有過人膽識。後來公卿之中出現一位被當成怪物的岩倉具視，但有人認為相較之下「姉小路在膽識上尤勝一籌」，應是激進志士擁為攘夷及反幕首領的絕佳人選。

眾人對他的死十分惋惜，這份情感全轉化為對薩摩藩的憎惡。

因此薩摩藩在事件後的第九日便遭撤除皇宮乾御門的警備職務，形同喪失在京都朝廷參與政論的資格。時值文久三年五月二十九日。

自然成為長州藩獨大的情勢。

長州藩勤王派的謀士並非同藩藩士，而是曾任久留米天水宮宮司的浪人大頭目真木和泉。

和泉的思想主導了長州藩激進份子的動向。他的想法是請天皇親征攘夷，再進一步以攘夷為藉口推翻幕府。

長州藩如此動向已傳遍整個京都市，當然也傳入佐幕派代表會津藩。

但會津藩風氣純樸，其政治能力頂多只夠管管新選組，對長州藩如此「陰謀」竟只是袖手旁觀。

這時，一時失勢的薩摩藩使出一記外交奇策。仗著卓越的政治能力，暗中與「敵方」會津藩結盟，以期使長州藩失勢。這發生在此年的八月。

憎恨長州。

在此觀點上佐幕的會津藩和反幕的薩摩藩可說完全契合。

起初是薩摩藩主動提出的。

會津藩公用方（外交官）秋月悌二郎及其他數人在會津藩經常惠顧的三本木某料亭喝酒，入夜之後突有一名年輕武士來訪。

秋月看看他的名牌，上面寫著：

島津修理大夫部下高崎佐太郎。

「這人我不認識啊。」

秋月歪頭道。同席的都是同藩的公用方，有廣澤富次郎、大野英馬、柴秀治等人。這些人在京都交遊都十分廣闊，但誰也沒聽過這名字。

「請他進來。」

秋月雖如此吩咐，心裡卻有些不安。薩摩藩的人把會津視為佐幕藩，根本不屑與之往來。但既是對方主動來訪，也不好拒絕。

高崎佐太郎。

此人以高崎正風之名為後人所知。他是個歌人，維新後擔任宮中的御歌所掛長，成為明治歌壇之御歌所派總帥。晚年轉任樞密顧問官，獲封男爵。

不久，進來了一位年輕但眉間卻已出現皺紋的男人，身穿印有家紋的樸素和服。

高崎指出：

——請將在下的話視為薩摩藩之藩論。其實本應由地位更高者前來拜訪，但為了先探聽貴藩意向，故派我至此。

他進一步道：

「正如諸位所知，長州正計畫請天皇行幸大和。其實他們是打算藉此機會，直接在大和當地挾天皇以號令天下並征討幕府。」

會津藩這方也同意如此觀察結論。

「不僅如此……」

高崎又道：

「長州藩還濫發偽旨。因滿廷公卿有八、九成都已被長州藩拉攏，他們於是偽造聖旨，藉以恐嚇諸大名。」

偽造聖旨一事並非高崎信口胡謅。

孝明天皇自己也曾幾度發過牢騷。而天皇擔憂的情況也透過薩摩系的中川宮及前關白近衛等人洩漏至薩摩藩。

孝明天皇直到駕崩前，都未曾考慮倒幕之舉。說來諷刺，他是京都朝廷中最傾向佐幕派的，因此在三百諸侯中最喜歡會津藩，其次則是穩健派的薩摩藩。

他最討厭的反而是長州藩及那些激進志士，由這點看來，歷史還真有意思。但公卿幾乎全已染上長州色彩，故他只是一直被推著走。

有一封他暗中寄給薩摩島津久光的親筆信函。內文「都是些表面高呼忠誠，內心充滿奸計、唯恐天下不亂之輩」，指的就是長州藩及長州系公卿。

薩摩藩士高崎佐太郎提議的是薩摩與會津結盟，一舉將長州勢力逐出京都。

要實行如此計劃，武力不可或缺。

「竭誠希望薩會兩州能結為同盟。」

此即其言下之意。這是以政變為目的的政軍同盟。

「貴藩如不答應亦無妨，不過就是敝藩獨力進行罷了。只因貴藩乃朝廷及幕府所任命的京都守護職，所以特來商議。」

會津藩的秋月悌二郎等人因茲事體大而緊張不已，當夜即從料亭乘轎火速趕回位於黑谷的會津大本營，與藩主松平容保商議。

容保決定與薩摩聯手。己方平日提防有加的薩摩藩竟主動提出如此主張，簡直正中下懷，甚至還說要結盟，容保興奮不已。

這就是東北人涉世未深之處吧。

不管怎麼說，薩摩藩畢竟在京都政界吃得開且手腕高強。

他們巧妙地利用了會津藩。

此後數年，薩摩又與遭打壓的長州藩祕結同盟，聯手攻擊會津藩，推翻幕府，並將沒心機的會津藩趕進若松城，演出因白虎隊慘劇而名聞天下之會津征討戰的戲碼。其政治能力之強，可謂無人能出其右。在薩摩藩的眼裡，會津藩及長州藩根本與小兒無異。

政變於八月十八日付諸行動。

政變兩日前，薩摩系的中川宮就進宮與天皇私下交換意見，進而得到天皇批准、甚至取得御旨，當天便對長州系的二十餘名公卿發下禁足令，並解除長州藩設在堺町御門的警備。
想當然，會津藩及薩摩藩即以他們在京的總兵力前來護衛皇宮，準備迎接長州藩反擊。
此即世稱「禁門政變」之大變。
長州藩方面自然大感詫異。截至目前為止，他們一直自認是勤王第一藩而在京都作威作福，沒想到某天早晨醒來就被當成罪人。
家老益田右衛門介等人率領藩邸藩士及長州系浪人，帶著長槍及步槍湧至堺町御門，人數愈來愈多，最後甚至拖來大砲並瞄準皇宮御門。
這下公卿個個嚇得面無血色。
薩摩藩方面立即連絡會津藩。
「長州無意遵旨。既然如此，便為『朝敵』，應即討伐之！」
會津藩對此也頗感為難。
——不，在宮門之外交戰實在太不像話。
他們如此安撫薩摩藩。

長州藩等於在這天一下子失去原本在京都的勢力。
總之，堺町御門的長州藩兵憤慨不已，可謂幾近發狂。
他們恨死薩摩藩了。
討厭的薩摩藩擋在皇宮門前，把槍口對準長州藩士且不斷惡口咒罵。
與薩摩藩站在同一陣線的會津藩兵也跟著仗勢欺人。
「長州兵在此守衛之職已遭免除，退下！退下！」
他們語帶嘲諷地嚷道。薩會兩藩的三千兵力加上不請自來的一千藩兵，這四千人就擠在堺町御門的路上，混亂及激昂的情緒可想而知。
長州藩兵叫囂謾罵，有人最後甚至忍無可忍打算開槍。
若朝皇宮大門開槍，就成了朝廷之敵。
薩摩方也故意挑釁，欲逼使長州開槍。只要開槍即可將其當成朝敵，當場殲滅。

桂小武郎、久坂玄瑞、寺島忠三郎及品川彌二郎拚命安撫憤怒激昂的己藩藩兵。

只要開一槍即成為朝敵。別說勤王的理想了，整個藩都得因此滅亡。

「忍耐！忍耐！千萬別中了薩摩的陷阱而背上叛賊之名！真要開槍，就瞄準我彌二郎吧！」

品川彌二郎如此喊道。他擠在這群藩兵之中，衣服都被擠得亂七八糟。

長州藩兵總算自堺町御門前撤離，改至東山大佛集結。

長州人對薩摩全藩抱持勢不兩立的憎惡感，就是自此時開始。

總之長州決定撤離京都，擁立七名官位遭撤的長州系公卿，返回原領國防長二州。

此七名公卿除田鶴小姐之主三條實美之外，還有三條西季知、東久世通禧、壬生基修、四條隆謌、錦小路賴德及澤宣嘉。所謂的「七卿流亡」指的就是此事。

傍晚就開始下起雨來，且雨勢隨著夜色加深而逐漸轉強。

那兩千長州兵護著七卿自妙法院出發，此時仍是十九日的深夜。

武裝被雨濡濕而變得沉重，簑衣只夠兩人共用一套。數百火把在雨中不易燃燒，只見白煙流淌在幽暗伏見街道兩側的成排松林中，形成一幅駭人光景。

領頭的久坂玄瑞頭繫內有鐵絲的頭帶，窄袖和服外穿著劍道練習的專用護具「竹胴」，手上長槍槍尖閃著亮光。他吟著即興的長和歌，邊哭邊走。

世間紛亂如蓬草，
火紅的太陽也晦暗不已。
蟬（譯註：音同瀨見）之小川邊，煙霧裊裊升起。
形成隔絕兩岸的雲靄……

雨下個不停。

衣袖因淚水而濕透。

此去即為海山、淺茅之原。

霜露湧而葦草散。

難波（譯註：大坂）灘上煮鹽的……

久坂玄瑞踏上伏見街道離京，並吟著這首滿懷心痛的長詩。此時，龍馬人在神戶的軍艦操練所。

事件發生兩三天後，京都政變的詳細情報也傳進神戶村了。

陸奧陽之介（宗光）唯恐天下不亂地說：

「坂本老師，塾裡的學生正騷動不安呢。」

年輕的中島作太郎（信行）從京都的土佐藩邸得知政變的詳細情報後，立即返回神戶村。只見他臉色發青，情緒激動。

不僅中島，土佐藩的年輕下級武士多半不挺自藩，反而較認同長州藩。

中島趕回來時，龍馬正拿小刀修著腳趾甲。

「坂本老師，現在正是起義的時機！有人已脫離土佐藩與長州兵同行了！」

「有誰？」

「土方楠左衛門、清岡半四郎、山本兼馬、島村左傳次、南部甕男。」

中島語帶顫抖。

容我插句題外話。這五名土佐鄉士往後將持續照顧七名流亡的公卿。

接著說說他們後來的命運。山本與七卿一同四處流離顛沛，不幸染上結核病，三年後被醫師宣告不治。

他死前告訴同志：

——我本希望死於槍林彈雨中，奈何卻將死在這榻榻米上。身為男子漢卻違反自己所立之誓。我希望至少像個武士般切腹死去。

說完後與眾人以水代酒辭別，接著便切腹自盡了。時為慶應二年（一八六六）五月九日，得年二十五歲。其墓位於太宰府光明寺山，現已覆滿青苔。

島村左傳次後來參與征討會津，當會津若松城投降時，與薩摩的中村半次郎（桐野利秋）一同接收該城。維新後卻未踏上官途而選擇返回故鄉土佐，虔誠為已故同志祈求冥福。明治三十七年（一九〇四）三月才過世，享壽七十六歲。

清岡半四郎後改名公張，維新後任樞密顧問官，獲封子爵。

南部甕男維新後任大審判院長，獲封男爵。土方楠左衛門後改名久元，陸續擔任農務大臣及宮內大臣的職位，獲封伯爵。土方也十分長壽，於大正七年（一九一八）十一月病逝，享壽八十六歲。

「去告訴大家，別騷動不安。」

龍馬道：

「要擔心的應該是這回政變已波及土佐。武市恐怕會遭暗殺。」

朝廷既已一腳踢開長州藩並且反對其藩論，土佐藩的上位者必將趁此時機毫不容情壓制一向與長州藩互通聲氣的武市半平太等人。失勢的不僅長州，對全天下的勤王黨而言，一個極惡的時代已然降臨。

龍馬難得露出沉重的表情。但他正拱背凝視自己的腳趾甲，故從中島的角度是看不見的。

江戸之戀

數日後，龍馬準備出遠門。

塾生都以為他若非去長州，就是上京都探探情況，一時議論紛紛。主角龍馬於是要眾人集合。

「不不不，我是要去江戸。」

他語出驚人道：

——在我回來之前，千萬別輕舉妄動。

又道：

——咱們現在可不能挺身參與任何政治活動。因為神戸海軍塾還只是顆未孵化的卵，即便日後將成為逐步吞食天下的大蛇，目前也仍是顆未孵化的卵。既無眼睛也沒嘴的卵還敢輕舉妄動？若輕舉妄動，隨便三歲小兒都能將它打破。

他如此道。

寢待藤兵衛正好也在，於是照例帶他上路。

神戸村有山陽道經過。右側海面已揚起初秋的海浪。

龍馬沿山陽道往東行。

路上卻一再看見浪人裝束的人往西走去。

「他們是要趕往長州吧。」

龍馬心想。

還有人扛著長槍。幕府全盛時期是不准浪人扛著長槍走在路上的，由此也可看出世間紊亂的情形。

「時勢變得好亂啊。往後不知又將如何。」

「真是太輕舉妄動了。朝廷、幕府及薩會兩州把長州逼急了，如今這頭猛獸已負傷，天下將以防長二州為中心而擺盪吧。」

「那就成了戰國時代囉。」

「是啊，群雄割據的時代已經來臨。滿腔熱血的浪人都支持長州，準備起事，故人人都往西走。」

「大爺您卻是往東走。」

藤兵衛不解地歪著脖子。如今天下之中心已非江戶而是京都，這連藤兵衛都知道。

江戶不過是個單純的施政處。京都早已成為政治鬥爭的場所。

除最主要的將軍家茂，輔佐將軍的後見人德川慶喜及老中、若年寄、大目付、外國奉行等幕府官員也都到大坂出公差。

江戶城只剩一些事務官，根本是座空城。

「大爺您究竟有何打算？」

也難怪藤兵衛覺得詫異。自京都政變的剎那開始，群雄割據的戰國時代即已降臨。果真如此，這位大爺究竟做何打算呢？

「我也將成為群雄之一。」

「這就對了。大爺，您一看便知是如此人才。只是您怎麼往東走呢？真是太奇怪了。」

「我是為了去籌軍艦的錢呀。」

龍馬笑道。言下之意是軍艦到手後就要躍入天下風雲了。

「我要一手鎮住如此亂世。」

好大的口氣。

在大坂時住的是位於道頓堀的旅館鳥毛屋。屋後臨著道頓堀川。龍馬倚著欄杆眺望流動的水面。

下游那邊的天空已染紅，川面升起夕霧，就連霧氣都染紅了。

川下游的大坂城也在視線之內。

「大爺，晚餐好像準備好了。」

藤兵衛小心翼翼對龍馬道。

「是喔。」

龍馬抬眼望向對岸。北岸是宗右衛門町成排民宅的後門，女人正在石牆下洗著衣服。洗衣服、煮飯，不管時勢如何改變，這些日常生活也不會改變。

龍馬一反常態地感到悲傷。

因為進大坂之後，他已聽說大和天誅組之亂的詳細情況。

此武裝暴動團的主力都是與龍馬頗有淵源的土佐藩脫藩者。

有吉村寅（虎）太郎。有那須信吾。有池田藏太。有安岡嘉助。此外還有森下儀之助、前田繁馬、上田宗兒、土居佐之助、森下幾馬、伊吹周吉、島村省吾、田所騰太郎、葛目清馬、澤村幸吉、島浪間、安岡斧太郎等。他們脫藩後便投靠長州藩，並接受其庇護。

真是悲慘。因母藩旗幟不夠鮮明，只得投靠他藩。即使遭幕府捕快追捕，土佐藩邸也不肯讓他們躲，不但如此還想以脫藩者之罪名捉拿他們。關於這一點，薩長土三藩雖一向並稱，唯獨土佐出身者無法像薩長二藩藩士般以己藩為靠山，依仗己藩之力。天誅組也是如此。這個浪人團中連一個薩摩人或長州人都沒有。

長州藩本就持續計劃並積極推動天皇行幸大和事宜，打算充當先鋒部隊，搶先離開京都趕往大和，襲擊幕府的五條代官所，並在該處成立一個堪稱革命政府的組織。

然而他們出發之後，京都即發生前文所提的大政變，長州藩也因此被迫自京都流亡。

他們於是成了孤兒。

卻未因此解散，鬥志反而更加激昂，往後近一個月的時間都在大和與天下諸大名為敵苦戰。

「他們大概會死吧。」

龍馬心想。

但並非白白犧牲。他們的武裝暴動勢必嚴重撼動已失去肩負國家及社會重任的德川體制。

但龍馬也不認為家康以來的三百年政權會因幾十名浪人而崩壞。他們恐將難逃一死。而他們死後又將有其他人犧牲，然後又有更多人犧牲。如此前仆後繼之後，目前屯駐於大和的吉村等人心目中的理想時代才會真正來臨吧。

「吃飯了喔。」

龍馬坐到飯桌前。

龍馬於此年九月初進入江戶。

他先到鍛冶橋藩邸說明自己到江戶的理由後，便急急走出大門。

「他還真討厭藩邸啊。」

後來藩裡的人傳出如此傳聞。若要說這世上有什麼是龍馬討厭的，莫過於「藩」這限制自由的威權。

往東跨過鍛冶橋御門的橋，就是五郎兵衛町。是一片櫛比鱗次的店家。

「啊，好久沒上江戶來了。」

寢待藤兵衛開心地深深吸了口氣。人們的一舉一動充滿活力。

幕府御用繪師狩野家就夾雜在這些民宅中，自古就位於此町。沿著此屋牆面往東走，隔鄰是同為繪師的樋口家，再過去就是稻荷神社。

似乎適逢秋日慶典。

旗旛迎風飄揚，店家的男男女女往來如織。

「啊，好痛！竟然踩我！」

藤兵衛痛得單腳直跳。一個狀似店員的年輕人連忙向藤兵衛陪不是。

藤兵衛凶巴巴瞪著那人。

「既然要跟我陪不是，那又何必踩我呢？」

「不，我絕無惡意。是因為一直看著那邊才不小心踩到您的。」

「藤兵衛，別太過分吧。」

龍馬朝他背後捶了一拳，然後繼續前進。

其實也難怪藤兵衛會被踩到。江戶和京都大坂不同，街上行人走路速度都很快。

即便是藤兵衛這個土生土長的江戶仔，似乎也因為在京坂住了好一段時間，走在路上的速度就不夠快了。

「都怪你自己還維持著京都的步調。」

但依龍馬看來，江戶人走路的速度雖未改變，江戶街上的光景卻已不似往昔，逐漸有了改變。

最明顯的是不景氣。

景氣極差。理由不勝枚舉，最重要的是將軍及幕府要員全都留駐京坂了。

其次，這些年來因攘夷及勤王運動的潮流，各藩大名屋敷的派駐人員也多半遷往京都及大坂，或逕回領國了。

江戶市街乃當時世界最大都會之一，人口多達百萬，足堪媲美紐約及倫敦。

但此都會與其他世界都市不同之處在於，半數的五十萬人是武士。這五十萬人包括旗本、諸藩定駐及輪駐於江戶的武士，他們皆非生產者，全靠家鄉送來的錢過著只知消費的生活。

三百年來，商人就靠著供這五十萬武士消費來營生。

如今這些武士人數頓時銳減。這就是經濟不景氣的最大原因。

其次是物價年年攀升。有傳聞說物價高漲的原因是幕府開始與外國進行貿易。這點也導致幕府的開國主義遭到批判，攘夷論也就成了無知民眾較易接受的輿論。

龍馬走進位於桶町的千葉家。

貞吉老人、重太郎及其妻八寸都十分高興。

他到貞吉老人跟前請安，貞吉老人對他說：

「咱家裡沒有一天不提起你的。我一個月總會想到好幾次，要是你在江戶就好了。」

又道：

「兵法（刀術）有進步嗎？」

「都在忙別的事情，完全沒進步。」

「你是在忙海軍的事情吧。我聽重太郎說了。聽說你連重太郎都想拉進海軍呀？」

「哎呀，是這樣沒錯。」

「真是傷腦筋啊。重太郎可是北辰一刀流千葉家的繼承人呀。你竟要他把竹刀丟下？我還真拿你沒辦法。」

龍馬尷尬地苦笑。

「龍馬，自你十九歲我就開始照顧你了。我發現你很會拉攏同伴，讓他們與自己站在同一陣線。重太郎還差點自道場出走呢。」

「哦——」

龍馬看看一旁的重太郎。

「真有這回事嗎？」

「是啊。和龍老弟在大坂分道揚鑣返回江戶後，就怎麼都無法靜下心來。現在想想，簡直就像患了熱病似的。」

「哎呀，重太郎他……」

貞吉老人道：

「患的不是海軍熱吧。龍馬，我看他恐怕一直以來就想與你同行。龍馬你這人啊，就是有辦法把朋友搞成這樣，真傷腦筋呀。」

老人絮絮叨叨地說，可見這事對他而言似乎相當困擾。

「害您操心了吧？」

龍馬瑟縮著說。

「哇哈哈，的確操心了呀。因為重太郎這小子說要不顧藩方（鳥取藩）並拋下老父、妻子去找龍馬。這可是千葉家最大的危機啊。」

「原來重兄也有優點哪。」

「喂喂，龍馬。」

老父連忙道：

「你可別再煽動他了。現在重太郎好不容易才退燒呀。不過當時就連佐那子都吵著要上京都、大坂去呢。」

「咦？連佐那子小姐也……」

「那千葉家可就滅絕啦。」

後來龍馬和重太郎去到重太郎的房間。此時太陽早已西沉。

「佐那子怎麼還沒回來？」

重太郎一臉擔憂。

「她會上哪兒去了呢？」

「嗯……一早就上本家（神田玉池千葉）玩去了，還說太陽下山之前會回家。不知發生什麼事了。最近江戶也是浪人猖獗，經常發生街頭隨機殺人及行搶等亂象。」

龍馬假裝要上廁所而離席。

他是想到半路上接佐那子。

龍馬大概猜得出佐那子會走什麼路線回來。

龍馬往北跨過一石橋。

走到北鞘町後點亮提燈。這一帶商家林立，故尚有人跡。

又走到駿河町。

「咦？兩人不會走岔了吧？」

龍馬有些懷疑但仍頗有自信。

對佐那子個性的了解有自信。

當時不管出身武士家或商人家，許多男男女女都對自己的習慣十分執著。即便是微不足道的日常生活習慣也不輕易打亂。

從神田玉池返回桶町自宅之間的十五、六丁路程，該走哪座橋，要在哪個屋角轉彎，哪戶人家旁邊該往哪邊拐，這些細節佐那子自少女時期起就已明確決定。

如此特點約束著自己，而成了萬事之準則。這三百年來封建文化的建立或許就是基於這美的一面。

不僅如此，佐那子也極少坐轎子。箇中原因龍馬並不清楚，但或許是她雖為「皆傳」資格的刀術高手，卻不習慣坐轎子。

道淨橋對岸就是護城河終點堀留。

才上橋走了兩三步，龍馬就突然定住，抬起的腳還停在半空中。

「哇哈哈哈！」

他沒頭沒腦地笑了起來。

「果然不出我所料，這不是來了嗎？」

……武家裝束的姑娘用很噁心的眼神盯著龍馬。

是佐那子。她手上提著印有千葉家家紋的提燈。

龍馬也提著千葉家的提燈。佐那子看到對方手上的提燈頓時明白：

「是道場派來接我的。」

然而卻未發覺這人影就是龍馬。

等她發覺時，還刻意挺了挺背脊。她得以如此姿勢才能克制跳起來的衝動。

「我是龍馬啦。」

「喔。」

她心頭小鹿亂撞，卻有點不懷好意地說：

「誰叫您突然在暗處發出莫名奇妙的笑聲。我還以為是瘋子呢。」

「妳該道謝吧。」

「可我即使有意道謝，您突然那樣發笑，我哪有時間說啊？」

「哎呀，我那是代替闊別重逢的招呼呀。一次全解決了。」

「就是那陣傻笑嗎？」

「傻字可以省略吧？」

龍馬說著接過佐那子手上的提燈並把火吹熄。提燈一盞就夠了。

兩人往南跨過道淨橋。

佐那子突然安靜下來。

她自己也覺得難過。胸口彷彿有東西塞住，實在說不出話來。

「她個性真強。」

龍馬也暗自吃驚。在如此紛擾不安的時局中，一個女孩子家還敢晚上不帶隨從獨自走在路上，真有膽識。

「佐那子小姐呀。」

龍馬照例嚼著外褂的繫繩道：

「妳個性強，這我知道。不過最近時局不靖，說不準會有什麼壞蛋從暗處竄出來呀。這陣子晚上最好還是別單獨出門吧。」

「會有壞蛋竄出來嗎？」

⋯⋯

佐那子以充滿興致的眼神抬頭望著龍馬，但隨即蹙起眉頭。

「您這壞習慣還是沒改喔。」

「什麼壞習慣？」

「外褂的繫繩——」

龍馬趕緊把繫繩拿開。手卻沒放掉，繼續在黑暗中甩著那繫繩。口水四處飛濺。

「哎呀，好髒喔！」

佐那子很受不了，但龍馬仍不停手，她只得出聲制止。

「別甩啦！」

「啊，妳說這個嗎？」

龍馬這才驚覺並放開繫繩，但佐那子的手指已抓住龍馬的手腕。

佐那子似乎也沒注意到自己異常的舉動。

「妳的手好小。」

龍馬反過來握住她的手。

「雖然這麼小，力氣卻很強，半夜出門也無妨。」

「好痛！」

佐那子誇張地大喊。因為龍馬的大手掌正使勁握著佐那子的小手，她的手指幾乎要被捏碎了。

「這是不聽話的處罰。」

說完後就放輕力道，然後才鬆開。

「好過分呀！還痛著呢！」

「總比遇上流氓好吧。」

「遇上我也不怕！」

「千葉家千金是仗著自己一身北辰一刀流的本領吧？所以啊，我認為女孩子還是不要學武藝。」

「您真這麼認為嗎？」

佐那子停下腳步。

「就是因為這樣，他才對我敬而遠之的嗎？」

她如此暗想。

「開玩笑的啦。我的基本武藝可都是跟乙女姊學的。現在我雖在刀術上贏過她，但提到馬術，她還是認為自己略勝一籌喔。」

「您喜歡那位乙女姊吧？」

「嗯。」

「那麼，也喜歡佐那子嗎？」

佐那子屏住呼吸等龍馬回答。

龍馬踢著小石子道：

「嗯。」

這是將滿二十九歲的堂堂武士該有的動作嗎？

走過一石橋後轉往南方，沿著右手邊的護城河走去。

「您回江戶來做什麼？」

佐那子抬頭望著龍馬問道。

龍馬逐漸走近護城河畔。佐那子不得已只得跟著往右走去，後來發現龍馬是為了小解，她驚訝道：

「我幫你拿燈。」

說著把龍馬手上的提燈拿過來。

龍馬對著城那邊捲下褲子。

右側吳服橋御門警衛室的燈光清楚可見，換成白天，門衛一定要鐵青著臉飛奔過來了吧。

「真沒規矩。竟正對著千代田城……」

佐那子驚訝不已，提著提燈獨自走了開去。

龍馬回頭道：

「是為了籌備軍艦啦。」

這是方才那個問題的答案。而他是邊小便邊回答的。

「真教人不敢置信。」

佐那子繼續走著。

龍馬終於解完，有幾滴尿液沾到手上，他順手沾到兩側鬢髮上，並往上梳了梳。佐那子要是知道，恐怕連話都不想跟他說了。

起風了。

龍馬望著三十步開外佐那子那盞提燈，漫不經心跟在後面。

他突然停下腳步。

因為前方佐那子的提燈停了下來。提燈旁突然竄出三條人影。

「果然出現了。有些話就是說不得。」

龍馬心裡覺得好笑。

人影正調戲著佐那子，看來應該是武士。

龍馬緩緩走近。

「她這女孩子，心裡不知作何打算。」

他反而對此較感興趣。

那三人想必是在某道場打混的浪人吧。這類人變多了。

太平盛世時，江戶的町道場幾乎屈指可數，最近卻增至三百多家。

鄉間的年輕農民都離開鄉下到這些道場學劍，髮髻也梳成武士風格，甚至私自冠上姓氏並佩帶雙刀，搖身一變成了浪人。這就是眼前的時勢。若是在之前階級制度嚴謹的時代，這根本是無法想像之事。
其中一人操的是房州口音，另兩人則操上州口音。
「應該是農民。」
龍馬如此猜測。
佐那子看看他們，與他們說了兩三句，隨即不屑地走開。
——等等！
其中一人把手搭到佐那子肩上。
說時遲那時快，只見那人的小倉褲飛到半空中，然後咚地重重摔在地上。
「這姑娘的習慣真壞啊！」
就在浪人被佐那子摔出去之際，龍馬也迅速走上前去。
「好慘啊。」
說著握住浪人的手把他拉起來。
「都怪你竟敢對這種潑辣姑娘出手。快走吧。」
「……」
看來這幾個浪人沒猜出這個半路殺出的彪形大漢究竟是何來頭。
「你是什麼人？」
其中一人迅速推開刀鍔問道。
「我是這姑娘的弟子。」
「喂，我問你名字呀！順便報上這姑娘的家門來聽聽。」
「這裡是護城河畔，可不是訊問犯人的白砂庭院。難不成諸位是何方長官嗎？」
龍馬咄咄逼人，佐那子早知龍馬吵架技術向來很好。
對方自然是為了打架而故意找碴的。
三人把龍馬團團圍住。
龍馬倏地往後退並將大刀連鞘拔出，遞給佐那子。
「您這是做什麼？」
「幫我帶回去。」

佐那子心想，接下來就要打架了，怎麼還做出這麼奇怪的事來。但隨即了解。這把陸奧守吉行是龍馬脫藩時姊姊阿榮送的，且後來阿榮還因前夫追究責任而自盡。這事佐那子也知道。大概是因為這樣才不想用此刀跟人打架吧。佐那子心想。

「上啊！」

一名浪人如此大喊時，龍馬迅速往右跳去。

龍馬手中竟握著一把出鞘的刀，是從右側那人腰間快速拔過來的。動作之敏捷有如扒手。

「真受不了——」

佐那子拿衣袖包起刀抱在懷裡，然後提著燈在一旁看熱鬧。

「喂，喂，右籠手露出破綻啦。」

看來龍馬有意耍耍對方。接著又指導左手邊那人說：

「你的刀尖已經死了。這麼僵硬的話是無法隨機應變的。」

「這傢伙！」

刀尖凝滯的那人將高舉過頂的刀朝龍馬劈下。龍馬只是以刀面打了他臉頰，他就飛出四、五間的距離並蹲了下來。

「停手吧。」

龍馬把刀丟至原主腳下：

「別浪費時間了。我是贏定了。你們也別搞得渾身是傷吧。你們如此胡作非為，還不如加入海軍。加入海軍吧。若真要打的話，就到桶町千葉來找我坂本龍馬吧。」

「啊！」

手受傷的那人抬起臉來。

其他兩人也嚇得趕緊收刀入鞘。他們都聽過龍馬的名號。這群笨蛋謝道：

「多謝您的指導！」

說完便驚慌失措逃走了。

第二天清晨龍馬走出桶町千葉家，穿過黎明前的街上，去拜訪位於赤坂冰川下的海舟勝麟太郎家。

「哎呀，是龍馬呀。」

勝把他迎入書房。

此時的勝，除了原來的軍艦奉行並，又兼任了名為「海陸備向」的新職務。此職可說就是負責日本防衛體制的立案者。

——勝似乎全身就是個腦袋。

這是筆者朋友打趣的說法。但他的確是左右幕末政局的最大首腦人物。若以為只循龍馬、西鄉隆盛、桂小五郎等行動家之「行動」就能了解維新史，那可就大錯特錯了。

這一切都不離勝的頭腦。這個頭腦就坐在一個奇妙的坐墊之上展現輝煌的功能。所謂的「奇妙坐墊」，指的是勝本身雖為幕臣，卻不以幕府之利害為標準來解讀時勢，而是站在更高的立場、亦即整個日本的立場來掌握時勢，然後再依此斟酌一切。站在如此超然立場的頭腦，別說幕府，當時就連京都公卿和薩長志士中亦找不出第二人。

此頭腦因不具偏頗立場，不僅龍馬，就連薩摩的西鄉等人也頗能接受勝的意見。西鄉對日本所處之國際環境的理解可說多來自勝。

但此頭腦並非學者的死腦筋，而具有行動力。

比方說，勝此年四十一歲，而自新年至初秋，他已乘軍艦在江戶和京坂之間往返了三次。

「還要再去呀。」

勝如此告訴龍馬。他接著又要前往京坂。這回是今年第四次了。

「老中酒井雅樂頭也將同船。預計兩三天之內就要從品川出發了。你若能一起搭此艦回去就太好了。是順動丸。」

「就這麼辦吧……」

「不過你才剛到江戶，像蜻蜓點水般立刻趕回去也實在可憐。除了找我，還有其他事要辦嗎？」

「好像沒有吧。」

「你怎麼說得好像別人的事。我聽說啦！千葉重太郎說的。他家佐那子對你一片痴心呀，不是嗎？」

「哎唷，別嚇我，是真的嗎？」

「龍馬，你真狡猾。」

「沒這回事呀。其實是我對她一片痴心，可惜對方根本對我沒意思呀。」

「那你就向她求愛啊！」

「您這話真教我為難。再怎麼說，對方也是師父的愛女。我要是敢向勝老師的千金求愛，老師您一定很困擾吧。」

「那當然啦。你這傢伙就像在塵世奔馳的韋馱天，哪能把寶貝女兒嫁給你這種人呀！」

「像韋馱天嗎？彼此彼此。」

龍馬不禁苦笑。

龍馬這天提出了許多報告。

他在大坂曾帶著勝的介紹信去見大坂町奉行松平大隅守信敏，與他討論萬一外國艦隊攻擊大坂灣該如何防衛。

——到時候，神戶的海軍塾就能大大派上用場，定能在戰事中發揮功能。故懇請大力支援海軍塾的建設工作。

聽了如此言之有理的話，大隅守也答應：「在我町奉行權限許可範圍內，必全力支援。」

正好越前藩士三岡八郎及同藩顧問格橫井小楠也在大坂的越前藩邸，龍馬便與他們討論創辦海運貿易公司的構想。

勝邊聽邊點頭。

「最重要的是要有軍艦和汽船呀。沒有這些，海軍塾就不成樣，海運貿易公司也沒法成立啊。」

「說得也是。」

「至少也要有一艘。」

龍馬伸出一根手指。

至少先有一艘，那就能讓學生實習，另一方面也能進行貿易。這就是他的構想。

也才能向諸大名招募「股份」（當時還沒有這種字眼），「公司」也才能自立。生意好的話，就付得起向幕府租借船艦的租金，也才能陸續買進新船艦。

船艦就是這些資金之母。即使只有一艘也好。這就是龍馬對幕府的懇求。

「我正努力說服。觀光丸和黑龍丸都正交涉中。不管怎麼說，這回西上老中也會同航，所以我會在船上慢慢試著跟他交涉。」

「我也去見見誰吧。不管是誰我都願意見呀。」

「哇哈哈，你當然願意啊。對了，你在江戶期間去找大久保（忠寬），幫我跟他說明要旨。我會在城裡先告訴大久保，說龍馬會去見他。聽說大久保很欣賞你，你們應該會聊得很投機吧。」

大久保忠寬。

說到大久保這個姓，其系譜中曾出現大久保彥左衛門的名字，可見在幕臣中也算是名門。此姓之中心為小田原藩主大久保氏，但忠寬所屬的大久保家是分家的分家，關係已相當疏遠，不過是個小旗本。

忠寬同為小旗本出身卻身居樞要職位，皆因他才學過人。

他是幕臣中的洋學派份子之一。且洋書還是跟較他年少的勝學來的，故可說是勝的門人。

他陸續擔任蕃所取調所頭取、駿河町奉行、京都町奉行、將軍側用取次、外國奉行等職，之後便退職了。

退職隱居後稱一翁。今年又再度奉召擔任將軍顧問（維新後，大久保一翁奉新政府之召擔任東京府知事及元老院議員等職，晚年獲封子爵）。

翌日午後龍馬決定出門。不料才走到門口，就發現佐那子也已做好外出準備，坐在門邊的小房間。

「哎呀，妳好啊。」

龍馬把刀插進腰帶，同時向她問好。

「妳還是一樣漂亮，真是太好了。」

「好怪的問候啊。不過我比較關心的是，坂本大哥您是要上大久保一翁大爺家去吧？」

「沒錯。」

「那我來帶路。」

她輕快走到門口並穿上草鞋。夾腳帶似乎很緊，只見她右腳使勁踢著。

「咦？非得帶女人同行不可嗎？」

「路上情況很亂，所以需要保鑣。」

「佐那子小姐要當我保鑣？」

「是啊。」

說著便走出大門。

佐那子認得大久保一翁。他年輕時學過北辰一刀流的刀術，這在幕臣中十分罕見。父親貞吉還在玉池當師範代時他曾是門徒。

那時佐那子年紀尚幼，自然不記得大久保一翁的模樣。

但一翁是個老實人，每逢貞吉之兄周作忌日，必定帶著供養的錢和物品前來，故佐那子也熟識。

「他是個很有意思的人。自從獲封從五位下的官位後，陸續擔任過志摩守、右近將監、越中守等，官名一變再變，但他每回都會告訴我該怎麼稱呼。佐那子小姐，『這回要改叫我志摩守』，『這回要改叫我將監大人』，或是『這回要改叫我越中大人唷』。還說：『官員在殿上被侍茶僧這麼叫就高興。真無聊。』」

「拜託妳安靜走路。」

龍馬似乎若有所思。

佐那子平時不太愛說話，但只要龍馬一來就變得喋喋不休，還真怪啊。

「真沒禮貌。」

佐那子不高興地說。

龍馬沒理她，只管抱著手臂一步步走著。

「你到底在想什麼呀？」

「別吵我。是在想軍艦的事。」

只要弄到一艘軍艦即可逐漸擴充，增加到兩艘、三艘，最後再推翻幕府。這就是龍馬的計畫。而軍艦打算向幕府拐來，故從某些角度看，龍馬也與清河一樣，簡直就是個變戲法的。

終於走到大久保家。

佐那子經常被派來傳話，因此很清楚後門的位置。她故意不走正門而繞至後門，想先去向夫人請安。

龍馬則從正門進屋。

他被領至客間。

才等了一會兒，大久保一翁就來了。

「你是為軍艦的事來的吧？我聽勝爺說了。」

大久保一翁和藹地說。

他的臉長得像朵張開的香菇。額頭寬闊，鼻梁挺直，下巴彎翹。這臉型若到橫濱去，簡直就是道地的西洋人。勝也有西洋人的五官。難道學了洋學就連相貌都像起洋人來了嗎？

當時幕府三百年來的門第主義已多少有些鬆動，許多小旗本出身的優秀人才逐漸獲得提拔。勝、大久保及榎本釜次郎（武揚）等人就是例子。他們都是御家人之後，若生在太平盛世恐怕只能學學三味線之類的。不過他們之所以能如此平步青雲全拜洋學所賜，因名門之後是沒辦法在海軍、陸軍、外國方之類的新機構就職的。

推動末期幕府的，就是這些堪稱新官僚的優秀人才。

「觀光丸、黑龍丸沒辦法讓你一次都看到，但只看一艘的話可能還有希望。我會親自向將軍提出建議，至於閣老（老中）那邊，勝爺應該會去說。接下來只要海軍答應，應該就完事了。不過因為是官方作業，凡事可不如坂本君所想的按部就班喔。」

「那塾生怎麼辦？沒有實習船，所有人都精力過剩，只得每天玩相撲，要不就只會打架。萬一京都出了亂子，這些學生說不定會衝破籠子哪。」

「那就解散吧。」

大久保一翁並未如此道。他不是個單純的官僚，而是個有自己意見的官僚。不管幕府未來如何，他認為如此商船學校式的機構對國家而言是不可或缺的。

「哎呀，不必這麼著急。要制止他們爆發，不是坂本君最拿手的工作嗎？」

他巧妙地給龍馬戴了頂高帽子。

「軍艦的直接管理工作是由海軍頭（艦長級）負責的。這些人盛氣凌人，不會輕易把船交出來的。」

「軍艦奉行並（海軍局長待遇）勝老師出面也沒用嗎？」

「勝爺這人對上面的人而言是壞人，對下面的人而言也是壞人呀。」

說著忍不住笑了出來。

勝是個激烈的批評家。閣老不太喜歡他，現職的海軍後進對他的評語也很糟。勝平常一開口就挖苦人，要不就故意大聲說人壞話讓人聽到。中槍的個個懷恨在心。勝如此萬能卻偏有個缺點，就是對他人的感受很遲鈍。

「人的情緒什麼的，我才不管。這就是我勝爺的作風。」

因此事情進展得並不順利。

「不過太在意上級及同僚的感受也是三百年來幕府官員的惡習，你說是吧？過分在意固然無法成事，不過勝爺的作風也著實令人傷腦筋。」

「我準備了點酒。」

大久保留龍馬喝酒，並要妻女準備。

屋後傳來大久保妻女請佐那子幫忙的聲音。

「佐那子小姐，請妳負責溫酒。」

終於準備好了。

下酒菜是一根房州送來的竹輪，此外就只有一盤冷豆腐了。

「來，喝點。」

大久保把酒壺挪向龍馬。

龍馬讓他為自己斟酒。

時勢所趨。直參的武士竟與諸藩家臣對飲。若是在幕府全盛時期，這根本是想都不敢想的事。

何況大久保的頭銜還是越中守，甚至還擔任大目付之職。而龍馬卻是土佐藩士，還是鄉士之次男，根本沒資格直接對談。

「昨天我在殿上聽到一個傳聞，聽說土佐藩在鎮壓勤王黨。」

「是……」

大久保知道得比龍馬還清楚。

「坂本爺，您認識貴藩一位名叫武市半平太的人嗎？」

「不僅認識，還是至交。土佐藩的小格局根本配不上他。」

「聽說這位武市爺也入獄了。」

「……」

龍馬放下酒杯。

「真的嗎？」

「我也不是很清楚。這只是柳營（江戶城）那邊的傳聞。坂本爺也要多注意自身安危。」

「哇，幕府官員竟給我忠告，那還有什麼好說的。」

龍馬不禁覺得可笑。

龍馬為何感到可笑，這得稍作說明。

薩摩、長州、土佐三藩各自以天下為己任而自命不凡，對己藩的營運卻都採十分保守的方式。尤其是薩摩及土佐完全無意修正其死板的身分制度，就算再有才能，若為不得直謁主君的身分，便不得參與藩政。

被此三藩藩士視為眼中釘的幕府反而較長進。好比出身不得直謁將軍之家系的大久保及勝等人都一再受到提拔。

「武市若生為幕臣，天下之營運定已操在他手中了吧。土佐藩真笨。武市也有笨的一面，如此不可救藥的土佐藩他竟不放棄。同志們對藩死心而陸續脫藩，武市卻執意堅持到底。從頭到尾抱持著理想主義，堅持要統一藩論，以二十四萬石之領齊心努力。」

龍馬激動了起來。

大久保只是靜靜微笑。

「把他關進監獄也太過分了吧。」

龍馬站起身來。酒杯跌落，龍馬的小倉褲都濕了。

「請恕我失禮。我要去一下鍛冶橋的藩邸問問情形。」

龍馬把佐那子留在大久保家，自己趕往鍛冶橋的藩邸。

「你知道武市的消息嗎？」

一走進藩邸，逢人便如此問道。

「不知道。」

眾人神情都十分怪異。

幸好家老福岡宮內也在藩邸。他是田鶴小姐之兄。不僅如此，龍馬的坂本家又是家老福岡家旗下的直屬鄉士，故世代都是類似主從的關係。

龍馬走進福岡宮內的專屬房間又提出相同的問題。

宮內五官不甚立體，臉型瘦長而浮腫，生性又懦弱。論個性、論才氣、論相貌都與田鶴小姐不像，讓人不禁懷疑他真是田鶴小姐之兄。

「領國那邊的飛腳還沒到，所以詳情尚不清楚。與其擔心武市，龍馬你更該擔心自己的安危吧。」

「啊？」

龍馬覺得可笑。

「您的意思是我也會被抓嗎？」

「像你那樣跑來跑去的，遲早會惹火老藩主。你大哥權平給我寫了封信，千叮萬囑拜託我看著你。可你根本不來找我，我哪有辦法監督啊。」

龍馬也道：

「要是接受福岡爺監督，哪還能成就天下大事呀。」

「竟然這樣說。」

宮內不禁苦笑。

「言歸正傳，武市的事您也毫不知情嗎？」

「不知道啊。相較之下我還比較擔心田鶴呢。」

這人格局真小。

田鶴小姐之主三條中納言實美因思想過激遭朝廷放逐而流落長州，是所謂「七卿」之首。

在偏向佐幕思想的福岡宮內眼裡，他簡直就是天下罪人。

田鶴小姐是其手下，且雖身為女子仍是個過激份子。看來福岡宮內是怕田鶴會害得全家入罪。

「龍馬，未來的時勢是無法預料的。去年（文久二年）一直到今年，勤王派在天下及藩內都那麼得勢，如今卻又成了佐幕主義者的天下。」

「還會再轉變的。世局三十年就會一變。如今世局雖紛擾不定，但兩三年後應該就會改變。對了，三條大人流亡長州，田鶴小姐是否已因此返鄉呢？」

「是返鄉了。但那個笨女人……竟說要繼續在那個主人不在的家裡工作。真傷腦筋呀。龍馬。」

龍馬走出藩邸。

簡直就像專程來聽福岡宮內吐苦水似的。

大久保家這邊，主人夫婦挽留佐那子，要她等龍馬回來再一起走。

「龍馬一定會回來的。」

大久保一翁自信滿滿地斷言。

「所以妳別急著回去，就在這裡等他吧。」

話雖如此，佐那子卻不這麼認為。龍馬是上土佐藩邸去探聽武市的消息。藩邸離千葉家不遠，所以他應該會直接回桶町吧。佐那子如此認為。

「佐那子小姐，坂本爺一定會回到這裡來的。」

大久保的妻女也含笑道。

「但他是個怪人呀，他不是丟下全席的人跑到別的地方去了嗎？」

「那情形不同呀。」

大久保等著看好戲。

「您怎麼知道？」

「哇哈哈。因為我聽勝爺說龍馬喜歡妳呀。」

「哎呀。」

佐那子滿臉通紅。

「沒這回事。」

「妳別生氣。換成男僕一定要賭上一把的啦。雖然龍馬來找我的要事已經談完了，但妳既然還留在這裡，他一定會擔心妳回家路上的安危。天就要黑了，他一定會想來帶妳一起回家的。要是我猜錯了，就讓妳拿戒尺打也沒關係。」

大久保拍拍自己的手腕。

「我才不賭呢。」

佐那子趕緊坐正。

「我要回去了。」

「喂喂，龍馬會失望的呀。」

「請您別再那麼說了。」

佐那子滿臉怒容瞪著大久保一翁，似乎真生氣了。

她慌慌張張地走出正門。

「讓誰送送妳吧。」大久保道。但佐那子拒絕了。

她走出大門。

太陽已下山，街上顯得昏黃。大久保家隔壁是官差的組屋，再過去是細川越中守的下屋敷。圍牆很長。來往的人影已逐漸融入黑暗之中。

其中一道人影是龍馬。

「哇，您回來了呀！」

佐那子驚喜之下竟忘了控制音量。

「嗯，為保險起見還是回來了。妳等我一下。」

龍馬面無表情地錯身而過，然後走進大久保家，在正門大聲喊道：

「軍艦的事就麻煩您了。」
如此叮囑後又衝了出來。
大久保走到正門時，龍馬已帶著佐那子離去。
龍馬快速走著。
佐那子拉著裙襬，根本跟不上龍馬。
「您究竟在想什麼呀？」
轉過聖天神社時佐那子小聲問道。龍馬似乎沒聽見。
「啊，抱歉，很暗吧？」
說著把騎馬用的長柄提燈拿近，讓光圈照亮佐那子腳邊。
「不，沒關係。」
突然吹來一陣強風，燈火被吹熄了。左手邊的聖天之森沙沙作響。
感覺星星似乎突然亮了起來。龍馬茫然望著其中一顆星：
「熄滅了。」
那聲音聽起來毫無生氣。看來他滿腦子仍惦記著家鄉的武市。
「真拿他沒辦法。」
佐那子抱著提燈蹲下。
「您身上有打火石跟引火木條嗎？」
「沒有。」
「真是粗心啊。」
「我就不了解怎麼有人會小心翼翼地把那種東西帶在身上。我最討厭那種活著只知留心身邊小事的傢伙了。」
「我可沒問您這些啊。我是問您身上有沒有打火石。」
「是喔。」
龍馬摸摸懷裡。只有茂盛的胸毛。從沒想過要帶打火石，懷中當然不可能憑空出現。
「沒有吧。」

「好像是。」

「我懷裡有個紙巾袋。裡面有。麻煩您幫我拿出來。」

「妳還真謹慎啊。」

龍馬道，同時把手探進佐那子懷中。裡面出奇溫暖。

「我這還是第一次把手伸進別人懷中。好怪喔。感覺好像混進另一個地球。」

他絮絮叨叨地說。

終於取出打火石。他把引火木條叼在嘴裡。

喀擦！

他打著火石。引火木條的硫磺一下子點燃了。但隨即被風吹熄。

「我用衣袖幫您圍起來。您就在中間點點看吧。」

佐那子把提燈放下，然後以衣袖圍成一圈。

龍馬把臉鑽進去，趁衣袖擋住風，「喀擦」一聲把打火石打著了。

引火木條也點著了。

「哇，點著了，點著了。」

「這是理所當然的吧。快把火引到蠟燭，否則會熄掉呀。」

佐那子一肚子氣。至於為什麼要生龍馬的氣，自己也搞不懂。

佐那子原本似乎有所期待。

但期待落空了。

龍馬在江戶時造訪了築地的軍艦操練所，拜見了眾教官。

包括佐佐倉桐太郎、鈴藤勇次郎、肥田濱五郎、濱口興右衛門、松岡磐吉、山本金次郎、伴鐵郎等人，個個都是幕府海軍草創時期的知名士官。

他們都對龍馬頗有好感。

但對龍馬的了解程度應只限於⋯

——是個喜歡海軍的有趣男人。

戰前軍港總有些人稱「海軍爺爺」或是「軍艦婆婆」的好事者，他們自願伺候海軍士官並照料水兵。幕府海軍的人想必頂多也是把龍馬當成「好事的土佐藩士」吧。

「坂本爺，神戶方面進展如何？」

士官們問道。

「船的租借問題進行得不是很順利，所以教學都是紙上談兵，光這樣是不會有任何效果的。目前正設法拜託將軍把觀光丸或黑龍丸租給我們，請大家也多多支持。」

他努力試著打動眾人的情感。「勤王志士」不勝枚舉，但潛進築地做這種事的唯有龍馬一人。

「我們當然會幫忙。」

眾人半開玩笑地笑著說。

明天就要離開江戶了，龍馬卻深夜才趕回千葉家。

「哎呀，重兄，這些天多虧您關照。明天天未亮軍艦就要自品川海面啟航，我今晚不能住下。半夜就得走了。」

「怎麼這麼趕？還是要搭軍艦回去嗎？」

重太郎很不開心。

「沒辦法。搭軍艦到大坂的話只要兩三天。這回上江戶來都沒時間跟重兄好好聊，真不甘心啊。」

他以土佐口音致歉。

「龍老弟，來喝酒吧。給你餞行。」

重太郎特地起身到廚房交代妻子八寸。

只剩佐那子一人了。

「您幾時出發？」

「子夜零時吧。」

還剩不到三小時。

「下回什麼時候來江戶？」

「嗯，什麼時候嘛……」

龍馬明知佐那子的心情卻故意裝傻。

「船的租借問題還沒搞定，所以最近應該還是會上江戶來吧。」

「今年之內嗎？」

「嗯。」

龍馬點點頭。這時佐那子突然把自己的小指頭和龍馬的小指頭勾在一起。

「到時候，佐那子要鼓起勇氣告訴您一件事，請您先做好心理準備。」

佐那子笑著掩飾，但顯然已下定決心。她打算主動告白。

龍馬並未看著佐那子。他只是盯著自己裙褲的繩結。繩結鬆了。

他拉起繫繩重新打結，同時問道：

「什麼心理準備？」

然後便噤口不語。

佐那子眼裡蓄滿淚水。

「千萬別這樣呀。」

他逃也似地跑到走廊上。

重太郎正好從廚房回來。

「哎呀，要上廁所嗎？」

說著看看龍馬的裙褲。

「不是啦。是裙褲滑下來了，想說在這裡把繩子重新繫好。」

「哇哈哈！真是笨手笨腳呀。佐那子，來幫他繫吧。」

重太郎催催佐那子。

佐那子在走廊上採高跪姿勢，並準備從龍馬手中接過裙褲的繫繩。

龍馬卻不吭聲。

「請把繫繩借我一下。」

龍馬把繫繩交給佐那子，沒想到佐那子卻迅速脫下他的裙褲，並使勁往走廊一角扔去。

「喂喂！偷褲賊！」

「那麼髒的裙褲誰要偷啊！」

佐那子身子一閃消失在走廊一端。一會兒就拿著一件假縫線還牢牢縫在上面的小倉布裙褲。

「來，腳來。那一腳。抬起來！」

心情很不好。

「這誰的裙褲啊？」

「是我縫製的，一直想送坂本大哥，可您一點也不討人喜歡，所以本來已經打消主意了。」

「佐那子，說得太過分了喔。」

不明就裡的大哥重太郎板起臉來訓斥她。

佐那子沒睬他，依然使勁「咻咻」地扯著龍馬腰間的繫繩幫他繫緊。

「哇，好緊！鬆一點吧。」

「因為您人太鬆懈了。」

緊緊幫他在肚臍附近打了個十字的褲頭結。

龍馬才剛回到座位，八寸已捧著為龍馬餞別的酒菜來了。

「啊，嫂嫂，對不起。」

佐那子趕緊接過八寸手上的酒菜迅速擺好。

她刀術的「皆傳」資格果然沒白拿，手的動作精準確實，且一如舞蹈手勢般優美。

她舉起酒瓶。

「請。」

龍馬拿起朱漆酒杯讓她斟酒。

佐那子接著也為重太郎斟滿酒。

兩人相視為禮後同時舉杯。

「下回何時——」

「你是說上江戶來嗎？年內還會再來。」

說著看看佐那子。

是燈影的關係吧？佐那子的雙眸閃閃發出亮光。

淒風慘雨

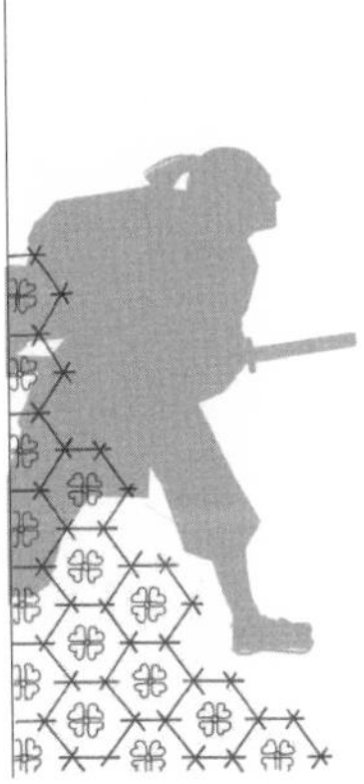

龍馬乘幕府軍艦抵達大坂天保山海面時是文久三年九月底。

大事件正等著他。

一件是發生在老家高知，武市半平太入獄了。另一件是在大和平野舉兵的吉村寅太郎等人被諸藩之兵包圍，奮戰後幾乎悉數陣亡。龍馬在神戶村的海軍塾聽到這些消息當場道：

「真幹了呀！」

說著提刀衝進庭院，一刀將庭前的松樹砍成兩截，然後任刀垂著茫然佇立。

開始鎮壓了。

「坂本老師，您想拿那刀怎麼樣呀？」

陸奧陽之助笑著問道。

「不怎麼樣。」

說著收刀入鞘。

自己有自己的做法。龍馬認為能忍才是大丈夫。但土佐勤王黨委實太悲慘了。龍馬滿腹怒氣卻也莫可奈何。

他一屁股坐在地上。

「要我拿草蓆過來嗎？那地上濕濕的呀。」

「為什麼濕濕的？」

「因為我剛在那裡小便。」

「不准在這種地方小便。」

龍馬道，卻無意起身。

「陸奧君，你是紀州人，所以一副滿不在乎的態度。」

「您是指小便的事嗎？」

「不，是指土佐人的事。」

龍馬說得沒頭沒腦，陸奧陽之助聽得一頭霧水。

那天晚上陸奧和塾裡的土佐佬聊過之後，才逐漸了解白天盤據在龍馬心中的悲痛。

陸奧聽說土佐藩自古便分裂成上下兩種階級。

上士與鄉士之間的嫌隙十分嚴重，不僅僅是階級上的嫌隙，似乎更攸關族群。這點正如龍馬所說，是他藩之人無法了解的血統問題。

上士是藩祖山內一豐因關原之戰有功，自掛川的小大名一躍而拜領土佐一國時帶來的武士後裔。

鄉士則幾乎都是關原之戰中慘敗的長曾我部家的家臣子孫。

鄉士被上士喚作「輕格」。輕格要是敢對上士無禮，上士可格殺勿論。

土佐藩情況之所以複雜，是因這些鄉士多半投入勤王黨，而上士為佐幕派，雙方在幕末形成主義之爭。

武市入獄可說是上士的陰謀。

鄉士們無法忍受藩的冷酷頑固而接連脫藩投入勤王活動。這回在大和對抗諸藩之兵而幾乎悉遭殲滅的十六名土佐浪人所組的天誅組，就某些角度來看也可說是被上士逼上絕路的。

陸奧猜想龍馬之所以衝去砍斷松樹，是因他對土佐藩上層階級的怒氣爆發了。

「土佐老藩主」山內容堂今年三月一返回領國隨即重登政治寶座，全盤改變藩內的人事安排。

吉田東洋遭暗殺後，武市乘勢發動政變組成的內閣此時已悉數瓦解。
容堂使舊吉田東洋派的人物復活重掌藩政，希望趁此機會扼殺、根絕勤王派。彈壓政策之一環是命令平井收二郎及間崎哲馬等人切腹。
他們於六月八日切腹。
但三個多月後，總首腦武市半平太還未遭逮捕，依然每日登城。
——我早有必死之覺悟。
他似乎依然神色自若。
容堂也知武市即為暗殺東洋的幕後黑手，卻拿他沒輒。若無證據強行逮捕武市，恐使鄉士及輕格惶惑不安，影響之大不堪設想。
武市照樣登城會見反對自己之重臣，提出自己的主張，偶爾謁見容堂並直言不諱地侃侃而談。
武市的理論主要是否定幕府。主張土佐藩應與薩長聯手擁護朝廷。

容堂就不同了。他主張有幕府才能勤王，是不喜革命的勤王論。這是貴族的通病，要他們推翻現行秩序，根本想都別想。
容堂也很狡猾。
明明不贊同武市卻又不捨棄他，這是因當時京都情勢有利於長州藩且獨鍾激進理論。換句話說是因與武市相同之意見目前在京都政界居於領導地位。只要善加利用武市，即可順利調節此過激勢力。
證據是，七月二十九日是在京長州過激勢力的巔峰，而這天容堂特別召見武市。
「很久沒聽聽你的意見了呀。」
據說容堂心情特好。
武市熱烈地陳述自己的理論，差點激動得拍打榻榻米。他主張提拔人才。主張打破門第主義。主張率先對天皇盡忠以為諸侯之表率。
要是平常，倔強的容堂定要一一打岔或反駁，但這回卻意外地始終點頭聆聽。據說兩人會面時間是從早上十點一直到下午兩點才結束，時間相當長。

武市留下如此記錄。

——提出種種主張後並無任何爭論。如此看來，尊王攘夷之活動在土佐藩已不需擔心。我放心了，退下時幾乎都要雀躍起來。

此即最後的會面。

不久之後，長州藩在京勢力遭驅逐的消息一傳到土佐，容堂立即翻臉無情，將武市及其手下之勤王黨逮捕入獄。

文久三年九月二十一日，山內容堂下令要藩廳悉數逮捕以武市半平太為首的土佐勤王黨。

前一天夜裡，容堂私下召見藩廳重臣。

「那幫人你們也知道。」

語氣中滿是不屑：

「聽到領袖被逮捕，城下的鄉士不知要如何鬧事。說不定會在路上搶人。為防萬一，要眾上士各自到組頭家集合待命。」

他已有街頭大戰的覺悟。

雖同為藩士，但上士和鄉士至此已徹底反目。容堂也瞧不起鄉士，簡直把他們當成不同人種般歧視。

這天早晨，武市半平太在城下新町田淵町的自宅中醒來，內心一點預感都沒有。他打開遮雨窗。

「天還暗著呢。」

廚房傳來妻子富子的聲音。

「真的，還滿天繁星呢。看來今天也是晴天。」

半平太穿上馬褲，拿著皮鞭走到廚房拍拍富子的肩膀。半平太從未進過廚房。他經常說「君子遠庖廚」這句古語，絕不評論食物美不美味，也絕不進廚房。因此富子覺得有些不安。

「您怎麼啦？」

「沒啊。很久沒騎馬了，天氣看來不錯，想去騎騎。就到浦戶海邊一帶看看日出吧。給我一杯水。」

「原來是這樣啊。」

身材嬌小的富子這才放下心來。

半平太把馬從馬廄中牽出來，先在庭院繞圈，不一會兒噠噠的馬蹄聲就往門外漸行遠去。

這時同志島本審次郎家的門口傳來急切敲門聲。島本親自出來查看。對方遞給他一張藩廳發出的傳喚狀，要他立即出庭。不知為何，藩廳只對島本發出傳喚狀。

總之島本頓時有了預感。

「一齊檢舉」

但他仍十分沉著。

他把妻子叫進房間。

「這恐怕是最後一面了。」

說著與她交杯喝了酒才出門。

途中遇到同志岡內俊太郎，島本將事態告訴他，並道：

「情勢已然如此，藩廳恐將命我切腹。到時就請你當我的介錯人吧。」

他如此請求後，並不直接前往藩廳，而先到南會所去。

這裡擠滿警戒待命的上士。眾人看到島本來訪似乎都嚇了一跳。

「哎呀，大家都在呀。」

島本閒聊了一會兒。他是想套出會被逮捕的名單。可惜沒得逞，於是直接前往武市家。

——無論如何得趕緊通知武市。

島本審次郎心想，並火速趕往新町田淵町。這天早晨天氣十分晴朗，城內天守閣的白牆亮得有些刺眼。

審次郎身型肥胖而個性詼諧，成天只知說笑，此時腳步卻急得幾乎要向前仆倒。

——冷靜！冷靜！

他邊走邊如此大聲告訴自己。路上的行人都回頭打量。

一走到武市家正門，夫人富子就出來應門。審次郎把食指豎在鼻尖道：

「在家嗎？」

富子見他如此滑稽忍不住失笑。

「他說要騎馬天沒亮就出門了。我想應該快回來了。」

「這樣嗎？那我去鄰居家，老師回來的話請代為轉告。」

島本慌慌張張出了門，又去拍隔壁的島村壽之助家門。

壽之助也是勤王黨的幹部。

小門打開了。

審次郎肥胖的身軀擠進門內，從正門到客間之間的路上就把事情告訴這家主人島村壽之助了。

「首領這位最重要的主角出去騎馬了。請你立刻派人去找他，叫他先到你這裡來吧。」

「好。」

壽之助立刻叫兩三個人到路上找。

不一會兒就傳來馬蹄聲。武市回來了。

島村壽之助家地板下的橫梁彎了，高頭大馬的武市小心翼翼穿過走廊朝客間走去。想當然，在客間坐定之前，他已得知事情的來龍去脈。他一坐定便道：

「那是不可能的，我不相信。我與容堂公對談良久，他對我的意見大為讚賞，這不是不久前的事嗎？」

「容堂公比狐明神還精。此一時彼一時，天下的勤王情勢已大逆轉。長州藩撤離京都，持反對論的公卿悉數被逐出朝廷，京都已轉而成為佐幕派天下。容堂公本就是戴著勤王面具的佐幕派，咱們得勢時他就不作聲，但如今天下情勢大變，他便趁此時機取下面具。」

說著說著，岡內俊太郎衝了進來。

——我剛到南會所去探聽，他們告訴我被檢舉者的名單。有武市半平太、島本審次郎、島村壽之助、島村衛吉、安岡覺之助、小畑孫二郎、小畑孫三郎、河野萬壽彌。

「原來如此。」

武市依然面不改色。

「那應該會賜死吧。真沒想到這麼早就要到黃泉之下與在大和吉野犧牲的吉村寅太郎他們相會了。」

接著針對說詞做成協議。

這是必要的。武市的土佐勤王黨暗殺參政吉田東洋後掌握了部分藩政，並著實利用了不平的權勢豪門，包括藩主之弟山內民部及深尾鼎等家老。

「無論受到何種拷問，絕不能供出他們的名字。」

大家達成如此協定。

最後武市握著島本及島村兩人的手道：

「事態發展至此都是天意。我們三人應會被關入不同牢舍，此時別後，恐怕就只能在黃泉相會了。咱們應彼此凜然維護男子漢之氣節，讓那些俗吏膽戰心寒。」

武士實在不可思議。他們的自律性及審美觀似乎在此時更顯得凜然而生氣勃發。筆者認為，明治維新並不似法國革命或義大利、俄國革命。最與眾不同之處在於，革命是由堪稱德川三百年來最大文化寶藏的「武士」所擔綱演出。

武市走出島村壽之助家。隔壁就是自己家了。

門口站著幾個人。

一名藩的監察頭戴斗笠，身穿高叉的外褂及便於行動的束腳褲，手背上戴著護甲，腳上紮著綁腿，一副特來逮捕犯人的姿態，正忙著指揮十多名足輕及捕快分別守住前門及後門。

「辛苦各位了。」

武市打過招呼後走進屋裡。才剛在客間坐定，那名監察就穿著草鞋衝到榻榻米上重新喚道：

「武市半平太！」

接著展讀藩命。

「上述之人，實難繼續縱容其於京都。此外亦多有可疑之處。藤岡勇吉、南清兵衛、闕源十郎、島村團六、仙石勇吉、町市郎左衛門、岡本金馬等人負責代管。日後再行關入揚屋（武士身分之牢房）。」

這一連串的人名全是武市家親戚。意思是這些親戚須負共同責任，預防罪犯在入獄之前逃亡或發生其他事故。

武市平伏拜領藩命，隨即抬起頭道：

「我還沒吃早飯，請給我一點時間。」

說完便要富子去準備。

富子立即送來飯菜並為他添飯。富子已知這是最後一次伺候半平太了。

她拚命忍住悲傷。

「龍馬現在不知如何呀。」

半平太低聲自語。土佐勤王黨已分為三派。主張在藩改革的武市派、脫藩並主張武力暴動的吉村寅太郎派以及主張組織海軍的龍馬派。如今武市派已潰敗，吉村派也在大和發起天誅組武裝暴動而遭殲滅，只剩龍馬的徒黨了。

「龍馬想必也要遭到連累。」

武市把飯吃完。

武市夫人富子很長壽，一直活到維新之後。或許是因膝下無子吧，雖成了老太婆，有些地方卻仍像個小女孩，擅長說些讓人開懷的笑話。

「被武市夫人調侃，卻總是出了門才發現而失笑。」

人們經常如此道。

武市夫婦在城下素有「好合夫婦」之稱。夫妻感情如此和睦的例子相當罕見。半平太那麼常進出料亭卻始終未碰過其他女人，這也算是奇談。

半平太換了衣服，走到門口突然轉身望著門邊的富子。

「咱們就此別過。別上揚屋來。」

他如此交代。富子死命地凝視武市。

武市微笑著點點頭，然後背過身子。這瞬間竟是夫妻倆的永別。

武市坐上門前的轎籠，被抬往南會所。

此事件前後，土佐藩的警戒十分森嚴，嚴格下令要土佐七郡的郡奉行及駐村官員：

「萬一發現其同黨有奪人或暴動之類的陰謀應即調派大批人手。若有必要，格殺勿論無妨。」

其他無關輕重的古澤八左衛門、古澤迂郎、岩神主一郎、井原應輔、濱田辰彌、橋本鐵豬、土方左平、戶羽謙三郎、中山刺擊及那須盛馬等人甚至也奉命暫時停職，受到自宅禁閉或親屬代管之類的懲罰。

土佐七郡的勤王鄉士聽到此消息後陸續翻越四國山脈脫藩。

多數遠走長州。武士的「舉藩勤王」大計已成為幻影，土佐勤王黨也形同瓦解。

奉命於自宅禁閉的古澤迂郎不滿容堂這般作風而寫下如此長詩：

昨日殺一人，

今日殺一士。

君家一口屬鏤劍（譯註：吳王夫差賜給伍子胥自刎的名劍），

忍使忠臣相逐死。

忠臣死，

美人驕，

姑蘇台上月輪高。

君王（暗指容堂）沉醉深宮裡，

胥山（譯註：山名，為紀念伍子胥而得名）秋冷泣波濤。

武市的牢房是士格待遇，因此不是普通地牢，而是個兩疊榻榻米大小的地板房間。附有如廁處，還可用洗手水沖下。

三面圍以木板，另一面是大約四寸見方的格子門。

晚上只能與鄰室共用一盞燈。

獄吏包括十二名上司、六名下司，他們個個同情半平太，甚至崇拜他。獄吏上田圓增等人還暗中與獄中的半平太結下師徒之緣，接受學問上的指導。

接著是足輕岡田以藏。

這位暗殺名人自文久二年（一八六二）末以來即以「殺手以藏」的渾號讓京都人士聞之色變，可惜後來卻耽於酒色。

他本就不是因懷抱思想或政治理論而參與志士活動的。

純粹是為了刺激而出頭。

武市也難辭其咎。以藏在刀術上是武市的門人，又屬足輕身分，因此武市貪圖便利經常利用他。他總是給以藏暗示，讓他去殺人。

——別再殺人了。

龍馬曾如此告誡以藏，並要他去當勝海舟的保鏢，甚至讓他進入神戶的海軍塾，希望將他的行為導正，可惜最後還是白費工夫。以藏當時以殺人為業，個性已完全扭曲。

只要一拿到錢就喝酒、買女人，最後竟成為妓女的情夫，一旦缺錢甚至可以攔路殺人。

武市被召回土佐，在京土佐藩的勤王活動也因此中止，此後他就像隻野狗般鎮日在街上閒晃。

神戶海軍塾的陸奧陽之介等人曾對龍馬道：

「坂本老師，這樣說似乎不太妥，不過岡田君的眼神實在令人毛骨悚然。看來習慣殺人之後，人也會恢復獸性啊。」

武市入獄後，以藏繼續留在京都。

一天，他在路上為一件芝麻小事跟商人起了衝突，竟冷不防就殺了對方。倒楣的是，町奉行的官差正好巡邏至此，於是輕易被捕。若換成以往生活光怪陸離的以藏早就殺出重圍逃之夭夭了。想必是因這段時間一直過著毫無生氣的日子吧。

他被抓進所司代的地牢。

起初還使用假名，但後來想說既然終得一死，不如死在故鄉土佐。

於是老實承認自己名字。

「土佐藩士岡田以藏。」

依德川時期的法律，藩士審判權屬於所屬之藩。

他心想自己一定會被送回土佐藩。

所司代立刻照會河原町的土佐藩邸並說明要旨。

河原町藩邸的要職已全為佐幕派所佔。幕府這項照會讓他們既驚又怕，於是以老套說詞回覆：

「本藩並無此人。」

因此以藏就落在所司代手中，既不被當成武士也不被當成商人，而視為無家之人，還給他取了「無宿鐵藏」的名字。除施以黥刑之外，還將他逐出京都。

流放之刑是由低階官差及僕人把受刑者從所司代的不淨門（譯註：挑糞者及死者專用的門）趕出去，再拉至二條通紙屋川的堤防上。

「滾吧！」

他們如此驅趕以藏。以藏被流放了。

天氣很冷。

僅著一件薄單衣的以藏被放逐到紙屋川的堤防上。

這時他發現早有幾名埋伏在旁的人。

是土佐藩京都藩邸的幾位監察。

「岡田以藏，你有犯罪的嫌疑需要調查，跟我們走吧。」

說著蜂擁而上，七手八腳拿繩子縛住以藏，並將他推進預先準備的轎籠。

老實說，藩的上層人員聽說以藏被幕府官差抓走時無不額手稱慶。

「這下獲得可供出武市一派罪行的活證人了。非將他解送返鄉不可！」

被扔進轎籠的以藏近乎發狂地吼道：

「白痴！哪有這麼白痴的事啊！我在所司代說自己

是土佐藩士岡田以藏時，藩方面是怎麼說的？竟然說咱藩裡沒這人。我因此被降為無宿鐵藏。我現在是無宿鐵藏，跟土佐藩一點關係也沒有了！」

「閉嘴！」

轎籠迅速穿過大街。

唉，實在不可救藥。再無任何事物較德川時代的階級制、身分制及封建制度下的威權主義能使日本人變得心腸更毒辣。

以藏身分是足輕，好歹也是鄉士，照理說不應受此屈辱。藩之上層卻給以藏貓狗不如的待遇。不僅未給遭幕府逮捕的藩士任何庇護，甚至袖手旁觀任他被冠以「無宿鐵藏」之名，然後等他被逐出所司代屋敷後立即逮住他。而這也因他是能夠陷武市入罪的活證。

該說他們奸巧吧。

但上士卻絲毫不受良心的苛責。他們根本就覺得足輕與蟲子無異。德川社會使日本人唯獨這方面的智慧異常發達。

龍馬後來去見桂小五郎時，曾說：

「在美國，總統為政總是站在下女生活的立場來考量。德川幕府只考慮德川家的繁榮，一向把三千萬人壓得死死的。幕府及幕府之下的諸大名都一樣，都是只為藩的利益為政。他們究竟把日本人放在哪裡呀！本應致力追求榮譽的日本人都到哪裡去了？日本人被套上低賤身分，套了三百年，一點政治恩澤也未蒙受到。光是這點就該推翻德川幕府了。」

以藏，不，受了黥刑的「無宿鐵藏」被送回土佐，關進高知城下山田町的地牢裡。

藩的上層可開心了。這下就可拿以藏的自白書揭發管束中的眾鄉士罪狀了。

當日即開始審問。

以藏在庭上只說了一件事：

「我是無宿鐵藏。證據是我被處以黥刑（武士並無此刑），最重要的是，不就是你們土佐藩當初堅持說己藩中沒岡田以藏這號人物嗎？無宿鐵藏不可能知道方才提到的那些藩內事務。」

不久，被捕的所有人都集中到追手門附近的南會所牢房。

牢房也有階級之分。

武市半平太在他自己所組的勤王內閣中最後擔任的是「留守居組」之職，因此雖為鄉士出身卻擁有相當於上士的白札資格。

上士的牢房是個人房，受審時也與審問者同坐在榻榻米上。也不至於受嚴刑拷打。

受審時鄉士被安排坐在木板走廊上，足輕的話就會帶到外廊旁。至於農民、商人，就是在畫中常出現的庭院白砂上了。

其他鄉士的下場十分悲慘。

島村衛吉等人受到地獄般的嚴刑拷打。他們被吊在天花板鞭笞，打得皮開肉綻。

「還不老實說嗎！」

島村衛吉幾度不醒人事，每次獄方都潑水使他清醒，把他丟在牢裡一天後再繼續拷問。

「白痴！我島村衛吉可是堂堂武士，怎麼可能說呢！」

他擠出一絲力氣咒罵道。

最後被施以榨油式拷問。這是土佐藩獨特的拷問刑具，把人像榨菜籽油似地逐步擠壓。

島村衛吉就是被施以此刑。

不只他，島村壽之助和河野萬壽彌也以如此殘酷的刑具壓榨。

他們的慘叫聲迴盪在整座牢獄，也穿過格子門傳入武市耳中。武市難過得說不出話來。

「堂堂武士，要撐住啊！」

他在心中如此大喊，卻不停掉下淚來。

龍馬曾嘲笑武市一藩勤王的理想。

「你不能一味追求完美。土佐藩全藩勤王？那就像鯨穿蓑衣去爬山，不可能啦。我可要脫藩直接躍入天下了。」

武市政治理論的訛誤最後落得如此下場，但獄中的武市卻仍不承認自己的錯誤。

「即使犧牲性命，魂魄仍在。就以魂魄繼續工作。理想的人世到來之前，我誓不成佛。先一步切腹的間崎哲馬死前不是做了一首詩嗎？」

他所指的間崎之詩如下：

請君唷！狂風陰雨夜，

魂魄飄飄繞長天。

意思是——風雨交加之深夜即我魂魄穿梭天際之時，請君記得呀！

慘無人道的拷問下，島村衛吉終於停止了心跳。

斷氣之前，島村赫然張開雙眼。

「理想之世終將到來……」

說完即垂下頭。斷了氣。

說到拷問，以藏是足輕，而上士從不把足輕當人看待。

拷問自然殘忍已極。

何況以藏又遭土佐藩遺棄而淪為名叫「無宿」的最下級之人。他已毫無武士之志氣。

被施以榨油式拷問時，他竟像個小鬼般哭喊。那聲音連武市的牢房都聽得見。

「會因以藏一人而全盤瓦解嗎？」

武市擔心他會供出實情。

並不是說因為他是足輕就沒骨氣。

其實幕末志士中，有骨氣者很多都是足輕出身。筑前福岡藩出身的平野次郎國臣就是其中之一，而長州藩的伊藤俊輔（博文）身分更在足輕之下。

但以藏並非因信念而為國事奔走。只因生性粗暴、個性衝動而投入這個世界，可謂一丁點思想也無。

他有的只是刀。

他是一種殺人魔。靠殺人技術保住自己在勤王同志間的地位。

「若以藏供出實情，其他同志就白白忍受那種能將人折磨至死的嚴刑拷問了。」

他想建議以藏自殺。但以藏與多數殺人魔一樣，對自己的性命異常珍惜。殺人不當回事，自己卻貪生怕死。

「既是以藏，即使建議他自殺，他恐怕也會拒絕。」

這時，毒藥「天祥丸」就派上用場了。

武市早已備有此藥，準備受不了拷問時服用。土佐有位名為楠瀨春同的蘭醫，也是勤王黨同志。武市特請楠瀨調製此藥。此藥中含有大量舶來鴉片。天祥丸這個似乎充滿福氣的名字是武市取的。

效果相當好。

獄中一名同志因擔心自己若再繼續受到拷問恐將心神衰弱，到時不知會供出什麼來，於是服下入獄之前就準備的天祥丸。

這人名為田內惠吉，是在城下井手淵領有宅子的鄉士，年三十。兩人雖不同姓，他卻是武市的親弟弟。半平太對這個弟弟疼愛有加，對他的死一定感到很傷心。

武市想偷偷拿天祥丸給以藏。

獄吏中有人十分崇拜武市，武市一直透過這些人與外部保持聯絡，於是拜託外部同志送些包有天祥丸的壽司給以藏吃。

毫不知情的以藏吃了許多壽司，但卻連肚子都未稍痛。或許是天生體質異常吧。

武市等人入獄期間還發生其他彈壓事件。

一部分土佐鄉士為救出武市等人而群起暴動。

其中有個人稱「獨眼龍」的鄉士。他住在安藝郡田野，名叫清岡道之助，三十二歲。

因傷而喪失左眼。

「我雖只剩一眼，但仍注視著天下。」

他平常便如此道。刀術是跟城下的土方郁造學的。或許是少一隻眼睛的關係吧，其構式的刀尖總是略微偏左，土方的道場無人能出其右。他很早就上江戶留學，先是拜安積艮齋為師，後又與武市半平太同在京都奔走，認識許多長州藩的朋友，包括久坂玄瑞、井上聞多、伊藤俊輔等。玄瑞等人曾說：

「土佐的獨眼人一來，滿座都開心。」

清岡道之助之弟公張延續了家系，維新後獲封子爵。

這位獨眼龍一聽說武市等同志入獄便著手行動。

有位與他同為安藝郡出身又同姓的清岡治之助，是清岡家本家之後。治之助這年三十九歲。獨眼龍先找治之助商量。治之助曾在京都奔走，但倒楣的是數月前亦即文久三年的早春，正當他要跨過四條河原的木橋時卻遇見新選組。

「你們把老子當成誰啦？」

說著當場殺死兩個人。但自己左手筋也遭砍斷。當時粟田宮（即青蓮院宮、中川宮）聽說後曾賜他許多金子。治之助拿那些錢請人打了一把佩刀，上面刻著十個漢字「生為皇國民，死為皇國神」。

這兩位姓清岡的志士，亦即獨眼及獨臂堂兄弟密商後決定：

「既然如此，就集結土佐七郡的所有同志吧。」

兩人於是分頭在土佐國奔走。

所謂土佐七郡包括土佐、長岡、吾川、香我美（今香美）、高岡、安藝及幡多。土佐國東西狹長，東自室戶岬西至足摺岬，光是海岸線就長達五十五里。他們發狂似地東奔西走。

想當然是暗中行動。

藩廳也正處於警戒狀態，故從七郡鄉土中各選出一人為代表，在城下的某同志家中祕密集會。

獨眼龍提出一項驚人議案。

「救出武市、向藩廳建議或陳情以期扭轉藩論的方法太慢了。不如七郡鄉士齊心一決死戰，帶著武器到城外田野集合，抱著對戰的決心提出要求書。若不為接受，就效法祖先長曾我部武士的英勇精神，上馬掄起長槍，襲擊監獄、毀壞牢舍解救同志，大舉聯手棄國改投長州，以完成討幕之志吧！」

七郡中有五郡代表反對，認為「如此手段太過激烈反而無效」，最後決定表面上採取和平陳情的方式，全員上下著武士正式禮服上藩廳請願，其實已有若不成功便求一死或乾脆脫藩的打算。

高知城的南側有座藤並神社，是祭拜藩祖山內一豐的神社。

二十九名陳情鄉士於早上辰時就在神社庭院集合，然後朝南會所出發。

全員都穿著麻製的武士禮服，默默走在街上。

獨眼龍清岡道之助並未參與此行動。他不喜歡陳情這類溫吞吞的方式，他要回到安藝郡的田野村，以武力為背景提出要求，故不斷收集兵器及彈藥。

陳情團的代表是大石彌太郎。

他單名圓。很早就在江戶留學，與長州人交好。與龍馬自小就是朋友，武市的勤王黨成立時還是發起人之一。後成為東征軍之參謀，維新後在新政府任職，但不久即辭去職務返回故鄉香我美郡野市村隱居。大正五年（一九一六）過世，享壽八十八歲。

這位大石擬了一份篇幅相當長的陳情書並呈給藩廳。

內容主要在闡明國家論。批評由幕府掌握政權實在不妥。還說早有此主張的武市所言才是正確之論。藩方面提出「諭達書」作為回覆。想當然是承認幕府之論。雙方針對國家學提出辯論，可謂當時兩種主流國家論之代表文章。

此陳情事件就此落幕。

安藝郡田野村的獨眼龍卻對此不滿。

「何必搞這些溫吞的東西呢！」

他集結了安藝郡及幡多郡的同志，頻頻協商對藩的反抗手段。

「閉城固守的籠城法或許不錯。」

獨眼龍道。

場所以野根山之山險處為佳。萬一被擊破還可抄近路溜往阿波藩，然後脫藩。

藩在野根山設有關卡。只要佔領關卡崗哨，不就成了完美的城砦嗎？

共召集到二十三名矢志成仁的鄉士。不知為什麼，個個都是精於詩文之人。

一行人暗中在田野村一家名為佐野屋的旅館集合，摸黑走進四國山脈的山谷，最後成功佔領了崗哨。

佔領野根山的同時，也向高知的藩廳呈遞一份獨眼龍清岡道之助及清岡治之助聯名的請願書。雖美其名為請願書，其實是份內容激昂的抗議書。

離高知有十六里。

此報給城下上士帶來巨大的衝擊。

「什麼！難不成鄉士已群起造反？」

眾皆譁然。

在上士眼裡這已不是勤王佐幕之類的思想衝突，而是三百年來上士與鄉士對立情緒的大爆發。

「他們本來就是山內家之敵！」

有人公然如此宣稱，還有人四處煽動：「開打啦！開打啦！」藩也對城下發佈戒嚴令，但上士沒接獲命令卻擅自穿上祖傳的甲冑在城下東奔西跑，最後以這身全副武裝的打扮穿過追手門到城內二之丸的「杉壇」聚集。就連城下商人也留下此情況之記錄：

「彷彿發了狂。」

莫非獨眼龍已決定造反？話也不能這麼說。其心境、行動及發表之文章都尚未至此程度，看來只是想嚇唬嚇唬藩方而已。因為他提出的請願書結尾有如下內容：

「我們是為請願而聚集在此野根山，若藩認為此舉本身已屬犯罪，那麼日後無論如何都願服罪。」
可見他們並未捨棄身為藩士的最後服從心。當時的武士並非戰國時代的武士，絕不將矛頭對準主家的道德觀已透過三百年的教育滲入骨髓。
藩方驚慌失措，趕緊探討協議並擬定作戰計畫。最後命外輪物頭森本貞三郎等四人為大將，率領五百名藩兵朝野根山進軍。
「進軍！」
這個戰國時代軍事用語帶有相當的氣勢。但獨眼龍等二十三名野根黨並沒那麼想開戰。
森本一抵達山下就派出使者哄騙。
「請願之梗概已了解。速速下山至裝束野聽命。」
獨眼龍並未上當。他回覆道：
「先把武市等人放出來並將其他事情付諸實行，之後我們自然會下山。」
既然如此就開打吧。森本著手部署並開砲，同時往山上行進。

獨眼龍見如此情況也死了心。
「如此腐敗的藩已不足仰賴！」
於是與一干同志離開原本盤據的崗哨，隱入山林，抄近路逃進阿波藩領，到該藩位於牟岐的郡奉行所尋求庇護。
如此即成了亡命之徒。
戰國時代就有窩藏他藩亡命武士的慣例。即使現在，提供亡命的政治人物庇護也是一種國際慣例。依戰國慣例，獨眼龍判斷阿波蜂須賀藩應該會提供庇護。至少也會讓自己穿過其領地。
但阿波藩並無如此俠義及風流的風氣。因原本就與鄰國土佐藩為了無謂的摩擦而不快。阿波藩竟派藩兵嚴加戒備，把獨眼龍一行趕回土佐藩領。不僅如此，到國境之後還指點土佐藩官差協助逮捕。
官差本以為獨眼龍會極力反抗，沒想到他們卻乖乖交出佩刀，全員分別坐上二十三頂轎籠。

實在很看得開。

獨眼龍早已有所覺悟。他曾將自己心意告訴同志，眾人也一致贊同。若計劃未能成功，那就只剩一條路可走了。

「入獄和武市一起死！」

土佐勤王黨歃血為盟時，曾發誓同志將生死與共。死本身無意義，但如此一來就勉強有些意義。

誰知道……

誰知道事情並不是這樣。

獨眼龍等人之所以甘願入獄且即使切腹或遭斬首也在所不惜，並非完全感情用事只為遵守與武市共生死的歃血之盟，而是希望能在庭院白砂上公然闡述自己的凜然正論並批判藩的不當做法。

只有在獄中才有機會闡述了。正因如此才會乖乖束手就擒的。

誰知道……

轎籠並不是朝西方的高知城前進。

而是往東前進。

真是太讓人意外了。

「難道是想濫殺？」

獨眼龍心裡頓時明白，但終究未發一語。只有第二頂轎籠中的堂兄治之助為此意外發展忍不住嘆息而詠了一首詩：

身在土佐，心留阿波，
玉之梁都將彎曲呀！

藩廳方面早就對審判心存畏懼。要是審判個幾天，此期間內土佐七郡的鄉士必群起造反，以求奪回這幫人。藩廳就怕發生如此內戰。

但這純粹是上士的多慮。因獨眼龍給藩廳的書簡中也寫道：「吾輩雖為地位低下之鄉士，但也有感於國恩（土佐藩之恩），皆願在土佐守大人馬前戰死，絕無反叛之意。」

轎籠行抵奈半利川的河床。

河床上已做好行刑的準備且已圍妥布幔。

雙手遭反綁的眾人被趕入圍起的布幔中。

獨眼龍大聲對同志道：

「事到如今都是命。夫復何言。諸君，從容接受俗吏一刀吧！千萬別玷污志士之本質呀！」

眾人皆點頭，並異口同聲地回答：

「知道。知道。」

各自吟誦自己的辭世之歌。偏愛漢詩的人就吟誦辭世之漢詩。

劊子手卻毫不容情。

獨眼龍清岡道之助以跪坐之姿正高聲吟誦：

「嗚呼男兒，甘受鼎鑊……」

這時突然出現一道白光。只見刑刀一閃，獨眼龍的頭便滾落蘆葦叢中。

田中收吉也是一樣。「不聽請願，我事畢……」吟到一半的嘴巴尚且開著，頭顱就飛了出去。橫山英吉吟道：「諸人所惜之命……」和歌的上半句尚未吟完，鮮血就已飛濺砂上。

此光景悲慘已極。

據說這日雲層低低垂至河畔。有風，且帶著濃濃的水氣。沒多久就下起雨來了。

受難者中最年輕的是十六歲的木下慎之助，其兄二十一歲的嘉久次也在其中，因此木下家就此斷了香火。其他幾位是清岡道之助、清岡治之助、近藤次郎太郎、柏原禎吉、新井竹次郎、宮田賴吉、豐永斧馬、宮田節齋、須賀恒次、千屋熊太郎、安岡鐵馬、田中收吉、寺尾權平、橫山英吉、岡松惠之助、小川官次、檜垣繁太郎、川島惣次、柏原省三、吉本培助及宮地孫市。

老藩主容堂以城邊的散田屋敷為居所。

不到四十，正當盛年，且自信擁有日本第一之智謀、教養及膽識，是個豪傑型大名。
眉目也清秀。
身高五尺六寸，也習得一身武藝。尤其馬術及居合道更是非凡，若是半吊子的武夫恐怕無法接近容堂。
說起話來是口齒清晰的江戶腔，卻有著土佐人應有的好酒量。酒也是他最要好的朋友。自傍晚時分起，一直到進寢間為止，總是杯不離手。醉了就立即進入詩境，當場作出豪放的詩作。
維新後幾乎每日都到新橋、柳橋及兩國附近冶遊，其豪放模樣一直都是明治時期花街的話題。
維新後他在酒樓作的詩，最能表現這位最像貴族之貴族的桀傲精神。

昨日醉橋南，
今日醉橋北。
有酒可飲吾可醉，
層樓傑閣在橋側。
家鄉萬里面南洋，
決眦空闊碧茫茫。
唯見怒濤觸巖腹，
壯觀卻無此風光。
顧眄呼酒杯已至，
快哉痛飲極放恣。
誰言君子修德行，
世上不解醉人意。
欲還欄前燈猶明，
橋北橋南盡絃聲。

相當高明的詩。
但卻不在歌頌酒，而是歌頌玩世不恭的自己吧。
幕末諸侯中像他如此優秀之人才極為罕見。有氣概，有學問，有武功，有思想，有詩才，還是個嚴肅端莊的美男子，可說是個完美的男人。

土佐的史學家平尾道雄氏曾說：「deluxe這個外來語現在日本經常使用。意思是豪華或華麗。但回想起山內容堂的人品及其生活方式，總覺得與這個近代語十分貼近。」容堂，不僅其地位，其人本身就是「deluxe」的寫照。

但幕末，他的豪邁性格卻不許地位卑下的武士囂張。且其詩人精神已喚起他對漸趨衰敗之德川幕府的感傷之情，進而產生超乎必要的感情。

不容二十三名勤王黨陳述一言，便在奈半利河床將他們一一斬首的也是容堂。

容堂對藩裡的官差道：

「他們勤王黨殺了一國之參政（吉田東洋）。若不能查出凶手，那麼國（藩）便形同虛設。若這項追查工作必須掀起內亂甚至導致藩滅亡，我也在所不惜。我一定要確立國權。從中作梗者一概拉到奈半利河床上斬首！」

容堂的舉止十分異常。

因為他甚至親至獄中鞭策藩吏。

「武市一幫人還沒認罪嗎？」

這下藩的監察可緊張了，於是卯起勁來拷問。

檜垣清治是鏡心明智流的刀術高手，也是武市半平太的弟子。

我想前文提到龍馬逸話時應介紹過了。他十分尊敬龍馬，在江戶與龍馬重逢時，龍馬還盯著檜垣特大號長刀道：

「無用之長物。無論刀有幾尺幾寸長也毫無用處，更沒什麼了不起。」

說著讓他看看自己偏短的佩刀。檜垣覺得很有道理，竟把自己的特長佩刀丟掉，改佩帶與龍馬同尺寸的佩刀。後來他將此事告訴龍馬，沒想到龍馬卻道：

「哦？我現在帶的是這個。」

說著從懷中掏出手槍，還興致勃勃地射出一槍。

檜垣驚訝之餘費盡苦心終於弄到一把手槍。第三次見到龍馬時，沒想到龍馬卻道：

「這回我帶的是這東西啦！」

說著掏出萬國公法給他看。據說曾有此事。

如今這位檜垣受到榨油式拷問。檜垣在城下也是知名刀客，又是個性剛強的男子漢。

甚至連檜垣也在庭院白砂上昏了過去。

檜垣在手記中如此寫道：

「前天被帶至庭院白砂之上並遭到嚴刑拷問。大概是因老藩主（容堂）親臨，藩吏才會如此振作吧。這次很丟臉，竟厥過去了。」

厥過去就是昏過去的方言。

檜垣後來出獄，並在維新後進入警視廳擔任警視，但沒多久便辭去職位回故鄉養老。若有客人來訪，便忙著說起武市和龍馬的故事，甚至忘了時間。

不料以藏卻……

只有他耐不住拷問，竟將一切和盤托出。

審判的關鍵是吉田東洋暗殺案，因事發當時以藏還只是個單純的足輕，與事件毫無關係，故什麼也沒說。然而他卻坦承暗殺越後浪人本間精一郎等幾件發生在京都的天誅事件，主要都是在武市「教唆」下由自己動手的。又說下橫目（下級警吏）岩崎彌太郎及井上佐一郎從土佐上大坂搜查時，在九郎右衛門町路上勒住井上脖子又朝腹部刺進一刀使他喪命的，是自己與當時夥伴某人與某人幹的，且這也是因武市有所「暗示」。他絮絮叨叨地供出這些事情。

這份自白透過獄吏之口傳至繫獄同志耳中，人人受到極大的衝擊。

「都怪我當初讓以藏加入同志行列！」

武市恨得咬牙切齒。

監察方握住這些證據，逐步對罪魁禍首武市半平太展開正式偵訊。

牢房的東面牆角有根已腐朽的木樁。木樁周遭長滿綠色的東西。

那是雜草，屬紫蘭及蝴蝶花一類，似乎性喜陰暗潮濕處。要說有什麼能撫慰牢房內的武市，想必也只有這叢雜草了。

每當武市打開格子門前往偵訊所時，就會從走廊上看見這叢雜草。

他總會駐足欣賞。

「請移步。」

每次牢內的同心都會如此對他說。這已成了慣例。只有武市僥倖為上士之格而不必受到拷問。至庭院白砂也不必被強押跪下，同心更不敢對他粗言粗語。

平時不刮月代，任鬍子長到蓋住他的長下巴。只有偵訊那天才能剃掉，也才能打扮整齊。

「若與其他同志相較，如此更教我難過。」

武市暗想。

偵訊的地方有個稱為「屏風圍」的設備。房內以屏風圍起，與大監察及小監察同席而坐，偵訊的語氣也不像在質問犯人，而頗為鄭重。

但這天武市卻被拉至庭院白砂。若是屏風圍內那種溫和的偵訊，武市恐怕不會從實招來吧。

措詞也迥然不同。在屏風圍中尚且尊稱「您」，在庭院白砂上就指著鼻子說「你」了。

「發生在京都的幾件天誅暗殺以及大坂的藩吏暗殺事件，皆出自你的指使，此事足輕以藏已經全盤供出，難道你還想隱瞞嗎？」

「不知道。」

武市面不改色道。

「以藏不是你弟子嗎？」

「他是個背信忘義的大騙子。諸位監察豈可採信那種人的供詞。」

武市就這樣一概推說不知，凡事避重就輕地回答。

偵訊者全是容堂中意的側近，多為已故東洋的高足。

乾（坂垣）退助
後藤象二郎

這兩位是主角。兩人日後都成了維新政府的伯爵，而維新政府卻是武市等人流血才得以創建的，世事真是奇妙啊。後藤及乾等上士中的青年才俊為何會成為維新政府之元勳呢？此事恐怕得等小說後段的龍馬登場後，筆者與讀者才能同時知道吧。

關於後藤象二郎的偵訊，獄中的武市曾寫信給同志島村壽之助要他多加注意：「此人看似溫和，卻笑裡藏刀，極為奸巧。」武市又說：「後藤簡直就像師直（戲劇《忠臣藏》中的反派角色）。」其實也難怪後藤如此。被武市所殺的吉田東洋不僅是恩師，甚至還有血緣關係。他早就想報仇了。

武市夫人富子自半平太入獄後就沒睡在榻榻米上。晚上和衣睡在地板房間，即使冬天也不蓋被。夏天也不用蚊帳。刻意將日常起居狀況營造得與獄中的丈夫一樣。

龍馬此時期是在攝津的神戶村，聽到這傳聞忍不住掉下淚來。

「那麼纖弱的妻子，真可憐啊。」

富子十四歲就嫁給半平太，因此已不似妻子，儼然成為半平太身體的一部分。

半平太在獄中的二十多個月，富子一直沒改變如此習慣。

武市經常從獄中給富子寫信。都是以夾雜土佐方言的口語體文章寫成的，內容深情細膩。果然一如傳聞中的鴛鴦夫婦。

半平太繪畫也很拿手。幼時甚至想過要當畫家。不知為何這位骨子裡是武人的男子特別喜作美人畫，也曾大量創作，可惜這方面卻不太拿手。

其畢生之傑作是獄中所繪的自畫像。此畫完成於已有切腹之覺悟時，當時沒有照片（長崎則已傳入），應該是想給富子留作紀念吧。

以墨水或濃或淡地描繪，並加上大膽的描線（武市以往的美人畫在描線上顯得膽小，色彩也不佳）。為了畫得像，還讓臉映在臉盆的水中畫。

武市雖老是被龍馬「下巴、下巴」地調侃，其實堪稱美男子。

但或許因他一直自認為是醜男吧，把自畫像夾在信中寄給富子時，信上還寫道：

「我畫了自畫像，但畫得有點過於俊俏，自己都覺得好笑。以水為鏡看見自己日漸消瘦，鬍子又多又長，顴骨突出，好生憔悴。但精神還不錯，故毋需掛念。」

武市在信尾又寫道：「繪畫用具及印泥一併送返。」這些畫具是他要富子送進牢裡的，但現在已經不需要了。是暗中通知富子切腹的日期近了吧。

「啊，已經要切腹了嗎？」

富子頓時會意。她趕緊把早已備妥丈夫臨終之日要穿的新衣服、漂布製的內衣、淺黃色印有家紋的上衣、絹製腰帶及裙褲等送進牢裡。

半平太這時正為了臨終要穿什麼衣服而傷透腦筋，故對富子如此周延的安排十分欣慰。

「我這輩子最幸運的事就是娶到富子。」

他開心地如此對獄卒笑道。

即使以藏已和盤托出，武市仍一概否認，更不肯供出同黨之名。

但容堂依然執意要殺武市。

「若殺了罪魁禍首半平太，鄉士便失去指揮者，土佐二十四萬石之領才能平靜。」

容堂如此算計。拷問諸士並嚴加偵訊，說穿了就是要找出誅殺武市的理由。

然而負責偵訊的後藤象二郎及其他官員之才幹卻遠遠不及武市。他們有時被耍，有時受嘲弄，有時反讓武市說教，拿他一點辦法也沒有。

容堂終於逼急了。

「下手！」

他對後藤象二郎如此下令。言下之意是在武市未認罪的情況下就要他切腹。

此舉成了容堂一生的十字架。

容堂與武市兩人的國家論立場不同。其實以個人角度而言，他也不喜歡武市。

武市曾拉住容堂的衣袖道：

「老藩主，您總是將德川之恩掛在嘴上。沒錯，山內家的確因關原之戰有功而自遠州掛川的小大名一躍而領有土佐一國。但此恩澤已以當時之戰功抵消，借貸關係也已了結。關原之戰都過了三百年，豈能抱著昔日的夢想來判斷國難？那豈非痴人之夢？」

他竟毫不容情地這麼說。容堂臉色大變。年輕氣盛的優秀貴族被下級家臣如此數落自然深覺受傷。

「殺了他！」

筆者認為這才是最大原因。

後來時局有了轉變，且還是驟變，土佐藩也迫於時勢不得不與薩長一同成為討幕的主力軍。那時容堂正好在京都。

上士中少數的勤王黨之一乾退助，奉命率領由薩長土之兵組成的東山道征討官軍部隊。正要自京都出發時，曾當著容堂面前挖苦道：

「老藩主，您一向都說過激論者都是瘋子，很討厭。沒想到，到頭來卻成了如此過激之世呀。」

這時個性剛強的老藩主卻連一句辯解或埋怨的話都沒說，只是微笑點頭：

「嗯。」

還賜酒給即將出陣的土佐藩士。

「天寒，請保重。」

只送了他們這句話。言下之意是二月天氣尚寒，千萬別染上風寒。容堂顯然也不是尋常人。

據說維新後，他在新橋、柳橋連日痛飲醉倒後，突然發出囈語：

「半平太原諒我！半平太原諒我！」

看來命半平太切腹一事是容堂一生的悔恨，一直到明治五年（一八七二）四十六歲過世之前都無法向人吐露。

總之藩廳方面找不出要武市切腹的罪名，最後雞蛋裡挑骨頭，說武市平素硬逼容堂改變意見，態度極其無禮，硬是給他扣上「對主君不敬」的罪名。因如此薄弱之罪名而獲死罪，三百諸侯家中實屬罕見，可見容堂有多想殺半平太。而藩吏想必也是費盡苦心體察上意。

此決定隨即洩漏至牢外，後來連獄中的半平太也聽說了。

半平太於是寫信給姊姊和妻子，請她們為他舉行神道式喪禮。

武士的虛榮全顯現在其臨終之際。

就是切腹一事。如何漂亮地切腹，就是說明自己是何種男人的最有力表現方式。

——我就是如此的男子漢。

因此武士之家，在男孩子元服之前，就要鉅細靡遺地教導他切腹的方式。

筆者並不在指出日本人有不重視死亡的傳統，而認為這反而是藉著克服「死亡」之恐懼（人類最難克服之恐懼）並自在完成此舉之過程，以期創造精神上的全然專注、美和真正之自由。如此一來，切腹不過是一種體現，背後其實有著屹立於世界文化史的本國特有精神文化。當然我不是在論斷其是非，只要知道有這麼回事就好。

不過武士切腹被提升至「美」之境界且例子最多的，是在戰國時代及幕末，德川中期的太平盛世根本不受重視。有一種稱為「扇腹」，只是以扇子代替短刀頂在腹部，就由介錯人自背後直接砍下首級。據說連元祿年間的赤穗浪人在切腹前夕都還不知切腹之法，還有人特地請教他人。

但戰國及幕末之類的時代更顯得風起雲湧而緊

張，故男人總是希望表現自己的雄性之美。如此時代總有無數武士切腹，且人人都做得很漂亮。

話說，武市半平太——

依此角度看來，其虛榮心應該更強，故想到一種厲害的切腹法。

根據半平太的說法：

「切腹有三種方法。普通是在腹部橫切一刀，但此外還有『十』字切法及『三』字橫切法。可能的話，我想採取較少人選用的三字切法。」

但眾藩吏對這種事毫無認知，即使認真做了也只會淪為笑柄吧。

——半平太這傢伙竟因痛苦而抓狂了。

因此武市喚來崇拜自己的獄卒門谷貫助。

「我要實行此種切腹法。請你記住的確有此種古法存在，日後若有人毀謗我，就請你當證人。」

但半平太因長期的獄中生活而衰弱已極，究竟有沒有實行如此切腹法之體力，自己也毫無信心。

武市半平太切腹之日終於到來。

半平太沐浴，剃淨月代並梳了個油亮的髮髻，然後換上富子送來的一襲雪白和服，外加寬肩背心，靜候時辰到來。

半平太正是龍馬所說的「死板男人」，故對容堂毫無怨尤。

「為求老藩主之仁而提出諫言。如今終於得到老藩主之仁，承蒙賜予武士應有之死。」

他對此泰然處之，但也忍不住嘀咕：

「龍馬還在。他雖與我作風不同，但往後定將有所作為吧。薩摩有西鄉，長州有高杉及桂。土佐藩雖因循固陋而毫無行動，但天下風水輪流轉，德川遲早要倒台，新的國家必將形成。即使只剩魂魄，我也期待這一刻的到來。」

終於被放出牢房。

天已全黑。

切腹的場所在南會所的大庭院。

就在北側角落鋪上木板，上再鋪以草蓆。周遭燃著篝火，亮得恍如白晝。

武市半平太從容不迫地就位。據說就像舞台上的鹽冶判官（淺野內匠頭）那般優美。

大監察後藤象二郎在稍高處大聲朗誦宣告文後，半平太便行跪拜之禮。

同時，官差也上前在半平太前面放了個白木做的四寶方盆。不是三寶方盆。三寶方盆是盆下之台的三方有孔，四寶方盆則是四方都有孔。至於形狀則無二致。方盆上放有一把短刀。

負責檢視的是藩的監察，有正副二人。

介錯人有兩名。此人選可由切腹者自選，因此武市指定由跟著自己學刀的兩名親戚──小笠原忠五郎及島村壽太郎。

他們站在武市背後待命。四寶方盆一放到定位，他們便依禮法靜靜抽出佩刀，刀尖指向天空，擺出八雙之構式。

「記住，我沒說『好』之前，不准先動手。」

武市半平太取過短刀，鬆開腹部衣服，花了一點時間運氣，然後直接刺進左下腹。

他並未發出聲音。

他把刀往右拉出一道口子後，暫時拔出刀來，但隨即刺入右腹。

呀──

呀──

呀──

他大叫三聲，成功地切出一個「三」字。

鮮血四濺，甚至濺到檢視官差的裙褲之上。

他一息尚存。

介錯人島村及小笠原互相點點頭，分別自左右刺入心臟。因武市此時已整個人伏在地上，故無法砍下首級。

享年三十七歲。

隨著武市被賜死，其他人也分別獲罪。

上士中少見的勤王份子小南五郎右衛門被除去武士身分，自此與農民及商人、工匠無異，不准冠以姓氏或帶刀，完全被貶為庶民。在武士眼裡，此罪遠比切腹之罪痛苦。

在武市全盛時期，小南是派駐京都的大監察。他生來度量大，但被判此罪時也著實不解。他要兒子孫八郎拿出一件陣羽織，只見背後寫著：

「盡忠報國」

那是容堂的字。當初容堂對小南在京的勤王活動相當滿意，特地寫了送他的。

「我完全無法理解。真沒想到我會被判此罪。」

他喃喃自語。

自稱名君的容堂，或許可稱之為幕末最活躍的昏君。

只怪重臣小南有這種過度相信自己是英傑的人為主君，才會招致如此災難吧。總之政治家容堂根本就是個自大狂妄之人。

——英雄必須果斷。

容堂過分堅信這句話，故「果斷」地殺死武市。雖曾極度信任譜代重臣小南的人格，如今卻將他貶為庶民。英雄容堂獨自追尋著英雄式的悲壯，並持續演著喜劇。為了他這齣喜劇，往後還有數人必須犧牲。貴族還是笨一點好，太聰明反而經常釀成災害。

上士園村新作與小南同罪。

鄉士島村壽之助、安岡覺之助、小畑孫三郎、森田金三郎、山本喜三之進、河野萬壽彌等人被判終身監禁。

鄉士村田忠三郎、久松喜代馬、岡本次郎及足輕岡田以藏遭處斬首之刑。

以藏罪行最重，故首級被懸在當年吉田東洋被斬首的雁切河原之獄門。

死者除自白者岡田以藏，皆於維新後獲追贈勳位。沒被判死罪的人在維新前夕也隨世局之轉變而獲赦。小南成為東征軍之將而活躍一時，卻未仕於維新政府。他返回高知市度過餘生，逝於明治十五年（一八八二），享壽七十一歲。其文筆十分出色。

島村壽之助向來禿頭，固有「入道大人」的渾號。出獄後並未步上官途。明治十八（一八八五）過世，年歲不詳。

小畑孫三郎於維新前夕因肺結核而暫時出獄，三天後即過世，年僅三十。其兄孫二郎投身幕末維新運動，後獲頒男爵爵位。

山本喜三之進死於獄中。

森田金三郎出獄後投入東征軍，但因牢獄生活導致體弱，不久即過世。

只有河野萬壽彌在嚴刑拷問及獄中生活之後體力仍未消磨殆盡。維新出獄後改名敏鎌，重新踏上官途，先後歷任農務商、司法、內務及文部大臣之職，後獲封為子爵。

再來看看武市夫人富子的情形。

那夜富子穿著喪服靜候。

「夫人，那麼我們這就出發。」

身穿正式喪服的門徒及同志為領回武市遺體出發了。他們扛著一頂轎子。

可使用這轎子是因半平太在京都得意時，曾兼公卿姉小路家之總管資格。

因是當時用過的高級身分座轎，對故人而言實為充滿回憶之物。

終於至南會所領到遺體，並將轎子從不淨門抬了出來。負責抬轎者及前後隨扈日後多戰死或橫死於幕末風雲之中。有大石彌太郎、上田楠次、阿部多司馬、多田鐵馬、五十嵐幾之助、西山直次郎……皆是身分卑微的鄉士。

他們和半平太雖為同志，卻僥倖逃過這回大獄風波，未遭逮捕。這全因首領半平太未洩露半個人名。

——盡量多留同志活口，即使一個也好，他日或許還有翻身的機會。

半平太也密傳如此密函給獄中同志，交代大家不管受到如何技巧性的盤問，也絕對要守口如瓶。

轎子走在滿天星空下。

「星星似乎也發出哀鳴。」

這是上田楠次的奇妙說法。或許他是想說「星星在哭泣」吧。但南國之人素有如此傳統，喜歡這種略帶傷感的說法。

富子在門前迎接遺體。遺體當晚就暫留在家裡。大批同志及門徒都來參加守靈。

富子隨即換上平常衣服，忙著接待前來守夜的客人。第二天一早，遺體再度被抬上轎子，自城下送往長岡郡吹井村的武市家，並葬在屋後的墓地。

半平太留下遺言，交代自己喪禮要採神道式。藩廳卻不容許如此特例。整個德川時代為保全德川家的支配體系，「所有新規事物一概不准」。自家康以來就有如此病態的保守思想，土佐藩亦不例外。

武市之喪禮不得不採佛教式。儘管他本人並不喜歡，還被取了個戒名。常照院圓頓一乘居士。根本是毫無意義卻又萬無一失的文字組合。

但富子不希望把這戒名刻在墓碑上，於是拜託石工刻成：

「武市半平太小楯（譯註：小楯為武市之名）之墓」

從城下到吹井村這段遠路，龍馬的姊姊乙女一路相隨。

乙女曾喜歡半平太，因此對富子懷有異常的好感，這回也是為陪伴富子才跟來的。

在吹井住了數日，等喪禮結束才將富子送回城下的武市家。

富子在城下新町田淵町的家裡，從此孤零零一人。

人人誇說聰明的富子隨著時光流逝逐漸顯得虛弱。午後突然回過神來才發現自己一直蹲在外廊，茫然望著庭院一隅的百日紅，還曾持續如此直到日暮。

不知為何經常哼起幼時唱過的童謠。

想唱〈如山中之樹〉，也唱了〈寺中之狐〉，然後又唱了〈可愛的小少爺〉。〈小馬小馬〉之類的，一天不知唱幾次。

小馬小馬，竹節做的小馬，
你要帶我上哪呀？
喀噠喀噠，
帶到地藏菩薩廟前啦！
天黑啦！天黑啦！
誰來追我呀！
太郎、二郎就來追呀！

家計捉襟見肘。

武市家為鄉士資格，雖不如坂本家卻也堪稱富裕。但半平太多年來四處奔走，幾乎變賣了所有的山林及田地。

不僅如此，行刑後，俸祿及吹井村的房子全遭沒收，富子從此一貧如洗。

不過維新後多少得到一點好處。

明治十年（一八七七），朝廷恢復武市舊有俸祿的支給，並多賜了三百日圓的祭祀金。

此外，倖存的土佐藩志士多成了明治政府的顯官，他們也都送錢來資助家計。

半平太死後，富子從檮原村鄉士明神家收來一名養子，取名為半太，長大後讓他與半平太的姪女千賀結婚。

富子後來為半太習醫之便而遷居東京，田中光顯似乎對他們相當照顧。田中光顯是從前半平太門下的小輩，此時已受封為伯爵。

明治四十四年（一九一一），宮中下賜了三千日圓的養老金，此時富子已屆八十一歲之高齡。

翌年養子半太返回故鄉檮原村開業時，富子也一起返鄉。大正六年（一九一七）病逝於此，享壽八十八歲。

筆者撰寫此書時，住在明石市的半平太遠親橋田清明氏特別告知，這才了解武市家遺族後來的情況。

他說醫師武市半太於昭和十八年（一九四三）過世，其妻千賀則逝世於昭和三十五年（一九六〇），長男半一氏在東京行醫。半平太的遺物及遺墨皆保存於養子半太之四女的婆家，亦即位於高知縣須崎市橫町的谷脇家。

——言歸正傳，回到文久三年的十月。

武市等勤王黨在土佐相繼入獄時，龍馬蟠踞之處神戶村海軍塾也有人造訪。那是從位於大坂住吉的土佐藩「住吉營區」來的兩位小監察，身邊還帶了五名下橫目。見到龍馬後道：

「這是藩命。回土佐去！」

藩吏個個板著臉。

片袖

回土佐去！此藩命不只針對龍馬，而是所有土佐藩塾生。

顯然藩方面也把龍馬等神戶派視為武市同類。實際上也是。應該是要他們返回土佐，然後將他們下獄吧。

「呵！」

龍馬嘲笑著。他對藩可不像武市那般順從。不僅如此，甚至打從心底瞧不起藩及容堂。

「別小看人哪！」

龍馬差點脫口而出。他把小指插進鼻孔，當著小監察的面從鼻孔深處掏出黑色的東西，並試著搓成丸狀。

「正經點！這可是藩命呀！」

照理說龍馬是應該平伏在地的。

「白痴！」

龍馬本想如此斥罵，但終究沒說出口。不過卻逕自翻身躺下。

「哪有這種藩命？再也沒人像半平太那樣盡心為土佐藩設想的人了。連半平太都抓去關的藩，還發什麼藩命？是打算把我龍馬也送進監牢嗎？我才不聽

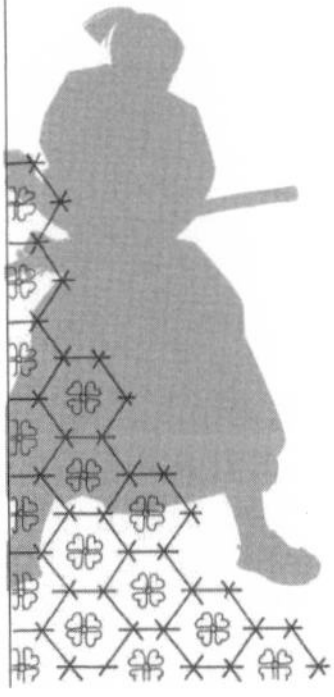

命呢！」

「坂本，你太放肆了！我們可是藩主派來傳話的，你這是什麼態度？」

「胡說！所謂藩主……」

龍馬坐起身來。

「應該心存慈悲。世上哪有隨便把人當成盜賊般關進牢房的藩主？我看八成是藩裡那些惡重臣的詭計吧。」

「大、大膽！」

「別拔刀！」

龍馬抬手制止。

「管你是什麼監察，若在他藩，無故拔刀存心向同藩之士挑釁可是要為此切腹的。搞不好連你們後代最重視的家祿都會遭沒收，甚至家名也就此斷絕。何況我要是在這裡被殺，那就是不幸中的不幸了。」

「你、你區區鄉士身分，說、說這什麼話！」

「別這麼說。你滿口上士、鄉士的，當此日本多難之際，土佐藩上層的腦袋不會還只知拿那種階級差異來找碴吧。半平太還一直對你們這種人說什麼一藩勤王之類根本不可能成功的事，真夠可憐的。不過我可不陪你們玩啊。」

「竟敢對藩吏如此滿口胡言，絕饒不了你！」

「哎呀，我就饒了你們吧！」

「大、大膽！根據藩法，我們上士有權對鄉士先斬後奏而無刑責！」

兩人說著就作勢要拔刀，五名下橫目迅速繞至龍馬背後。

「別貿然行動。我現在雖熱中於海軍，但本業可是刀術呢。你們這種貨色哪怕來個十人甚至二十人……」

龍馬凶狠地輪流瞪視眾人：

「我也能毫不費事殺個精光！」

於是就把藩吏趕了出去。他的態度和武市全然不同，藩吏們十分詫異。

龍馬脫藩了。

或許應該說他是自動成了脫藩之人。因為他違抗藩的歸國令。

不止龍馬。他神戶塾的學生中，只需是土佐藩士都收到召喚令，但他們也都拒絕了。

「別管什麼藩不藩的了。」

他們決定跟隨龍馬這種與武市迥然不同的政治立場，因此全成了脫藩之身。

換句話說全成了亡命客。因屬國事犯，故想當然藩已派出偵查員及捕快。

土佐方面，容堂也十分震怒。

「龍馬這人我沒准他來謁見過，但他以前也曾脫藩。其脫藩之罪當時已因勝海舟及松平春嶽說情而赦免了。他不知感恩圖報，現在竟又違抗君命再度脫藩嗎？」

神戶塾的龍馬也聽說老藩主震怒的情形，但他只是嗤之以鼻。

「小鬼懂什麼！」

龍馬罵道。在武市眼裡是「譜代重恩之主君」的容堂，到龍馬口中竟成了「小鬼」。

但這無關乎年齡。以年紀來說，容堂自然遠在龍馬之上，龍馬自己才是小鬼。

小監察來的那夜，龍馬私下在手帖上寫了措詞嚴厲的文章。想必是對偽裝成賢君的稀世昏君太過反感吧。

「世間生靈，包括人、狗甚至蟲皆為眾生，並無上下之分。」（原文為文言文）

龍馬也是以忠義為唯一教育的封建時代武士。他壓下此感情包袱，寫出這些情緒激動的字句，可見母國的勤王黨大獄事件給他帶來多大的衝擊。

龍馬又寫道：

「本朝（日本）之國風，除天子之外，無論將軍大名或家老，都只是各時代的名目而已。根本不值一提。」

他又寫道：

「俸祿就像鳥食。天道（自然）創造了人，不僅如此也創造了食物。若只知像隻鳥似地被關在籠中領取名為俸祿的鳥食，便不配稱人。米飯隨處都有。因此俸祿等物若不稱意，就當破草鞋丟棄吧！」

脫藩算什麼！如此氣魄充斥在他習自乙女姊的特殊筆跡之中。

第二天一早，龍馬集合所有土佐系塾生，對他們道：

「若老是把藩及藩主的意思放在心上，將無法成就世間大事。要是對方來攻，就餵他刀槍彈丸。只要抱著如此覺悟就對了！」

龍馬每天忙得不可開交。

實習船還沒到手，故每逢幕府的軍艦或汽船駛抵大坂天保山近處海面，他就領著五十甚至一百名塾生上船實習。

這當然是因為勝已經先交涉過了，船艦方面也只得任他們使用。

此時幕府軍艦順動丸已入港，龍馬便指揮塾生痛快地在兵庫至紀淡海峽之間繞行。

龍馬試了添火工作，也試著爬上船桅。乍看之下好像手腳不太靈光，但因他本為刀客，故很快就掌握了操作技巧，甚至勝於鹽飽列島出身的專業水手及火夫。

至於預測天候、測量及機械的操作，陸奧陽之助及望月龜彌太就比龍馬在行了。

船長的指揮工作龍馬已是駕輕就熟。僅次於龍馬的是薩摩年輕人伊東祐亨。

「你幹得好啊！」

龍馬老是如此誇讚他。

祐亨也很欣賞龍馬，甚至還學龍馬走路的樣子。

祐亨經常提起自己同藩的西鄉吉之助（隆盛）。

「西鄉爺身分雖低，但藩人都對他十分敬重佩服。

身形壯如相撲選手，但與坂本老師您有些像。」

「哦？什麼地方像？」

龍馬早聽過西鄉之名。日後龍馬將與西鄉誓為莫逆之交，此時卻對他毫無興趣。

「跟我很像的人肯定不是什麼好東西。」

他如此認為。

伊東祐亨思緒縝密，甚至有些過分慎重。對船的運轉也慎重到膽小過頭的地步，龍馬很不喜歡他這點。

「慎重固然很好，但若不夠果決就不行了。慎重是下級人員的美德，大將的美德是大膽。為將或為士取決於天生個性，你應學習如何當個大將。」

龍馬曾如此道。

伊東後於明治二十七、八（一八九四、九五）年的戰役中擔任聯合艦隊司令長，在黃海威海衛大敗以定遠、鎮遠兩艦為主力艦的清國北洋艦隊。此事前文亦稍有提及。

艦隊實習期間，龍馬的跟班陸奧陽之助有時也調侃龍馬：

「坂本老師，貴藩（土佐藩）正發生武市爺等諸位同志蒙難的事件，您還有心情上軍艦實習呀？」

「我不急。不管幕府現在如何，總有潰敗的一天。腫包也得等熟到發膿才能拿針刺呀。」

龍馬如此認為。即便再多人像長州人及土州武市黨那般急於犧牲也毫無用處。依龍馬判斷，時勢及幕府這些腫包還不到拿針刺的時候。

龍馬自神戶村出發，這是為了上京見勝。

他走西國街道至枚方，再從這裡乘三十石船溯淀川而上，天才亮便抵達伏見寺田屋前的碼頭。正要下船的龍馬身影映入店頭的阿龍眼中。

「啊……」

近視眼的龍馬也看見她忍不住站起來的身影。

龍馬稍稍往土間探了下頭。

「我趕時間，沒有要進來。」

阿龍面紅耳赤地點了點頭。這時帳房裡的登勢喊道：

「怎麼像隻黃鼠狼只露張臉在那邊說什麼話呀？」

「什麼黃鼠狼？太過分了吧。」

龍馬走進土間，但只是坐在門框上，連草鞋都沒想脫。

「天氣涼了喔。」

「都入冬了呀。說正經的，京都那邊很亂唷。新選組的人數與日俱增，鎮日囂張地在街上走來走去。」

「管他的。」

龍馬啜了一口阿龍為他泡的澀茶後，表情變得很奇怪。

「很苦嗎？」

「嗯。」

這茶用的是上等的宇治茶葉。因為出身的關係，阿龍雖過了幾年窮日子，但就只有茶葉依然用得很奢侈。

登勢對阿龍這項奢侈行為一向默許。真不愧是登勢。

「我是鄉下長大的，喝了這種茶，整個胃好像都縮起來了。」

「那要喝點水嗎？」

登勢調侃道：

「還是說土佐人習慣喝海水？」

「真會欺負人呀。」

登勢這才閉口。

「對了，聽說您這回又脫藩啦？」

登勢的消息真靈通。這是理所當然的。因為寺田屋是薩摩藩指定的船宿，且土佐藩的勤王派也常投宿於此，關於天下勤王派志士的情況恐怕沒人消息比登勢靈通吧。

「是啊，脫藩了。」

「一再反覆。」

登勢覺得好笑，但隨即臉色一正：

「昨晚聽一位前來投宿的薩摩武士說，土佐藩有令，哪怕坂本爺您逃到天涯海角都要逮捕您呀。」

「逮捕我做什麼？」

龍馬不解地偏著頭，彷彿事不關己。

「要煮來吃嗎？」

龍馬一本正經說。登勢忍不住大笑。

「一定是想拿來給土佐老藩主（容堂）當下酒菜吧！」

「是吧。」

「不過，不僅土佐藩方面這樣，新選組及見迴組也四處出沒，所以那人說現在最好盡量別接近京都。」

「沒問題啦。」

勝應該是下榻於寺町的町寺中。龍馬走到祇園的石階下，正好遇到同藩且同塾的安岡金馬及千屋寅之助。

龍馬本就命此二人代替保鑣跟在勝身旁。

「怎麼在此閒晃？」

龍馬斥罵道。兩人趕緊回答：

「不不不，是因為勝老師上二條城去了，我們這才趁機逛逛。」

「笨蛋！跟緊勝老師！」

「可是儘管時局紊亂，只要待在城中就沒問題了呀。」

「你們真笨！我的意思是，若不跟緊勝老師，你們會有危險啊！只要待在勝老師身邊，新選組的爪牙就沒法對你們下手。勝老師是攘夷志士的目標，而你們是新選組的目標，只要雙方緊緊黏在一起，彼此互補，就沒問題了。我當初就是這麼想的啊。」

「啊，原來如此。」

金馬搔搔頭。

「可是，坂本老師您自己怎麼辦？在京都單獨走在路上很危險哪。」

「我有老天幫忙。要做大事的人老天爺都會幫他。」

龍馬說著繼續邁開大步。

但天氣實在寒冷。

在南方長大的龍馬怕冷。雖然還是晚秋，但京都的寒風已讓他吃不消。

這天風很強，走到四條的東岸上，龍馬的鬢毛都豎了起來。

走過木板橋後就是熱鬧的西岸。

這時說人人到，迎面走來的竟是新選組的市中巡察隊。

人數約有十二、三人。

個個身穿隊服，領頭的兩三人把短矛像拐杖般拄在地上一路走來。人人頭上都梳著講武所式的大髮髻，聳著雙肩，一副威風凜凜的模樣。旁邊還有幾個僕人幫他們扛大箱子。

「原來如此，難怪這會兒京都浪人聽到新選組都聞風喪膽。」

與從前所見的藤堂平助等人相較之下，龍馬驚訝地發現，新選組的規模及威容在短短時間內已變得十分誇張，足以令人刮目相看。

領頭的是雙眼皮、膚色白皙如演員的男人。安岡金馬說：

「那人是副長土方歲三。」

京都的浪人若遇到新選組的巡察隊就趕緊鳥獸散，逃進小路。據說大家最怕的就是土方。

「坂本老師，萬一被那些傢伙盤查可是很煩人的，咱們還是逃吧。」

「喔。」

龍馬像個傻子。

兩側都是房子。

路很窄。

若不讓開肯定會撞在一起。

領頭的土方已看見迎面而來的三名土佐浪人。土佐人佩刀的裝飾方式特別引人注目。

「金馬、寅之助，我來教你們刀術機微。」

龍馬瞇起眼睛道。

「什、什麼？」

面對新選組，兩人雖不膽小但也緊張得牙齒直打顫。

「人世間萬事之機微都是相通的。」

龍馬道。他要兩人退至路旁人家的屋簷下，自己獨自大搖大擺走在路中央。

「這傢伙是想開打吧。」

土方歲三所率的新選組巡察隊一發現不對勁，立即散開隊形並拔刀準備隨時交手，同時一步步往前逼進。

龍馬黑色印有家紋的棉服因連日東奔西走已嚴重褪色，且帶著濃重的汗臭味。

鬢髮未梳，天生捲毛加上「面」（劍道護具）的摩擦而捲曲得更嚴重，風一吹簡直就如仁王迎面而來。

不僅如此，五尺八寸的魁梧身材穿著髒兮兮的裙褲，臉也已經三天沒洗了。

怎麼看都像個專程來京都興風作浪的浪人大將。

──大家小心！

土方悄悄推開佩刀「河泉守兼定」的刀鞘。

「這人怎麼有些面熟？」

卻想不起來。

濃眉，焦距有些散漫的雙眼，形狀好看而偏厚的嘴唇。

「啊！這不是土州的坂本龍馬嗎？」

土方還待在被人戲稱「芋道場」的近藤道場「試衛館」（位於小石川小日向柳町）時，曾有人帶他去參觀神田玉池千葉道場的大比試。

當時這人也曾上場比試，一眨眼工夫就撂倒三名同組的他流刀客，故土方對他印象十分深刻。

近藤勇、土方歲三及沖田總司等人可謂現在的新選組之催生元老，但他們的天然理心流試衛館，依當時刀術道場的排名，卻連最末位都排不上。

此道場主要是靠教導武州、多摩方面（即近藤、土方出生之地）的農民門人維持生計。或由師傅及師範代親自下農村教授。就是這種鄉下刀術。

當時，即便是閱歷頗豐的刀客，也有很多人不知將軍腳下的武州有如此流派。

正如龍馬等土佐鄉士對同藩上士抱著強烈的敵意，土方等人也對千葉、桃井、齋藤等道場及其他大流派抱著無謂的敵意，甚至有莫名的自卑感。

「土方爺。」

一旁的沖田總司望著龍馬小聲對土方道：

「這人殺不了呀。」

「為什麼？」

沖田是個人稱天才的年輕人。

「這一時說不清楚，不過真是難以下手。這無關刀技，是刀技以外的原因。」

「那我就殺殺看。」

土方並未幼稚到說出這種話。他不僅凡事慎重，還冰雪聰明。

龍馬走到距新選組巡察隊之前頭約五、六間距離時，突然把頭轉向左側。

那邊有一隻小貓。

約莫才出生三個月，拱著背在屋簷下曬太陽睡覺。

龍馬目中無人地橫切過隊伍之前，伸手抱起小貓。

以當時的法規，橫切過隊伍前方者是可以先斬後奏的。

新選組隊員頓時個個大怒，沒想到這個身材魁梧的浪人竟抱著小貓又要橫切過隊伍正中央，嘴巴還一邊發出「啾啾啾」的老鼠叫聲逗弄小貓。

眾人全愣在當場。

正當他們茫然不知所措之際，把貓抱到臉頰上磨蹭的龍馬已優哉游哉穿過隊伍。

龍馬繼續往西走去。

新選組則是往東。

「喏，你看吧，就是這樣。」
乳臭未乾的沖田總司向土方歲三道：
「這人殺不了啊。」
「真是個怪胎。」
土方惡狠狠地回過頭去時，龍馬已遠遠落在後方，正「啾啾啾」地漸行漸遠。
「嚇死人啦。」
安岡金馬和千屋寅之助摸回龍馬身旁道。
「那些傢伙的氣勢看來都被削弱了。」
「就是這樣。」
龍馬道：
「那種情況最忌諱的就是彼此發生衝突。若雙方同時衝動起來，等回過神來恐怕就發現自己正與對方交手了。」
「那要是直接逃走又如何？」
「一樣啊。打鬥、逃跑。這只是積極、消極的差別，氣勢是相同的。這種情況下對方定會沒頭沒腦地追來。人類的動作和舉動有八成是隨如此氣勢而發的。方才的情況只能削弱他們的殺氣。」
——不過。
新選組的領頭土方歲三如此道：
「那人膽子真大呀。」
「就是呀。」
沖田總司點頭表示贊同：
「但不僅如此，咱們的氣勢也瞬間融化了。您瞧，咱們同伴的表情一下子全都變了。就像看到孩童靠上前來似的，人人竟然都換上和藹可親的表情。」
「嗯。」
「我們被耍啦。」
「好像是喔。」
土方歲三無奈地點點頭。
「真是個怪人。看似圖謀不軌，卻又像個單純愛貓的遊手好閒之人。」

龍馬以位於河原町通書商「菊屋」的離屋做為根據地，有時去見見勝海舟，有時與土佐藩士聚會。

「坂本龍馬來了。」

這消息已傳入土佐藩士及土佐浪人耳中，就連他藩浪人也都聽說了。

他們興奮地來找龍馬。

「坂本老師在家嗎？他在嗎？」

負責接待的是菊屋的少年峰吉。光是接待及泡茶的工作就讓峰吉忙得暈頭轉向。

峰吉覺得很好笑。浪人們老師長老師短地，龍馬每次都怪不好意思的。

——我夠格當老師嗎？

龍馬總是忍不住自己偷笑。

「老師終於變得這麼有人望了呀。」

少年也覺頗不尋常。以前龍馬上京來不曾有這麼多浪人來找他。

這天晚上，最後一位客人回去後，峰吉就調侃龍馬道：

「這麼多客人，要是做生意的話可就發啦。我爹說要是一杯茶收個十文錢就賺翻了。」

「這些人也很煩惱。」

難得龍馬並未跟著說笑，臉色甚至有些嚴肅。

「為什麼老師突然變得那麼受歡迎？」

「是因為我受歡迎嗎？」

龍馬立刻收起嚴肅的表情笑了起來，彷彿自己目前情況很滑稽似的。

依龍馬看來是如此。

去年到今年，陸續脫藩上京的諸國浪人受到薩長土指揮者種種指使而進行所謂「天誅」的殺人行動，又遍訪諸位指導者聽取關於國事的看法。

這些指導者包括長州的桂小五郎及久坂玄瑞，長州藩顧問格的久留米神官及真木和泉，以及土佐的武市半平太等。

但長州藩在京都失勢，武市也於土佐入獄（此時尚未切腹），薩摩藩又與佐幕的會津結盟，這些浪人頓時失去指導者及靠山，與被棄諸野外的野狗沒兩樣。

雪上加霜的是，去年尚不存在的新選組及見迴組等非常警備團體的組織及活動開始大肆擴增，他們這些勤王浪人成了這些團體的俎上肉，只要被發現就被當成蘿蔔一樣亂砍。

也沒錢。

已是捉襟見肘。

如此情況下，以往被他們視為怪胎而未放在心上的龍馬自然開始成為繼武市、久坂及桂之後的指導者。

「應該是因為情勢改變了吧。」

龍馬覺得可笑。

京都約有兩百名勤王浪人。

龍馬如此估計。

他把這些人視為失業者。這點與武市、桂、久坂及真木等前期的指導者大不相同，與清河八郎等更早前的指導者也有所不同。

「得設法給他們飯吃。」

龍馬如此盤算。

清河的時代是策動時期。武市及桂的時代則是爆發時期。

——或許明日即能成功倒幕。

無論哪個時期都是如此想法。

正因如此，天下有志之士都帶著家傳寶刀，迎風馳往京都加入討幕軍的行列。

沒想到才一年，時勢就有了大轉變，且還是暗中轉變。討幕之氣勢突然急速冷卻。

——腫包也得等熟到發膿才能拿針刺。

這就是龍馬對時勢的觀感。幕府這個腫包才剛腫起來，尚未發膿。

因此新選組才能耀武揚威任意砍人，橫行京都。

這下龍馬不得不為形同清河八郎、真木和泉及武市半平太所留下之遺產的勤王浪人絞盡腦汁。

「首先得要他們盡速離開京都，才從新選組的刀下解救出來。」

該勸他們返回自己家鄉嗎？

這是不可能的。

龍馬自己也是脫藩浪人所以十分清楚，脫藩者若返國會被當成罪人縛綁逮捕。

不能回去啊。

這天夜裡，縮在菊屋離屋被褥中的龍馬突然想到：

「對了！」

他彈跳起身。

「要他們到北海道去開墾！」

就把他們當成屯田兵。

組成軍事組織，給他們步槍及大砲，萬一北方之敵（俄國）入侵即可當成防衛軍。

然後，討幕時機成熟後，再把他們從北方召回當成討幕軍亦可。

「可能的話就占領北海道，甚至暫時獨立為勤王國家。」

此構想日後偶然被幕府方的榎本武揚採用。他率領舊幕府艦隊及陸軍登陸箱館（函館），進而組織臨時政府彷彿歷史再現。

翌日起龍馬便完全投入此案的實現工作。

幕府正因潛居在京都的浪人而束手無策。

「想必會樂意拿出錢來吧。」

他先到勝海舟住處找他。

勝露出奇怪的表情。

「龍馬，你這主意很奇妙啊。」

但他是個直覺強而理解力超群的人。

「好！我來幫忙。」

他如此允諾。

龍馬隨即叫少年峰吉到附近的長州藩邸跑一趟。長州雖在京都政界失勢，藩邸依然留有少數藩士。

「找長州藩的哪位，有什麼事呢？」

峰吉問道，同時邊吃著龍馬給他的包子。

「幫我把這封信拿給該藩一個名叫寺島忠三郎的人就行了。」

寺島忠三郎這年二十一歲，是已故吉田松陰的門人。翌年將發生蛤御門之變，而這位年輕人最後將與同門的久坂玄瑞互刺自殺。

龍馬要找的並不是寺島。

而是要找由寺島代管並暗中收容於藩邸的幾名土佐脫藩浪人。

這幾名土佐浪人的代表是北添佶摩。

龍馬想見北添。

「那我這就去囉。」

峰吉說著便出了門。

外面似乎正下著雨。是個異常寒冷的午後。

……

「不如我也帶著大家一起去北海道吧。」

龍馬打算若真組織北海道屯兵團，就讓北添佶摩當隊長。

北添佶摩這人不是泛泛之輩。

龍馬有此感覺。他的雙眼大而黑，身材矮小。有點像河童。土佐山川並無河童棲息，而是一種名為「柴天狗」的動物，或許是同類吧。當地人稱之為「柴天」。想當然，與河童一樣，都是想像出來的生物。不過當時人們相信真有其物，故在此也不必為其是否真實存在而爭辯吧。

插句題外話，龍馬還在土佐時，城下也曾盛傳五台山下的河裡有柴天出沒。

龍馬是在武市家聽同伴們說的。

「大家一起去把他們趕跑吧。」

眾人喧嚷道。

那晚龍馬也悄悄來到五台山下的河邊。他對任何事都有興趣，自然也想親眼見見這種傳說中的生物。

據說柴天這種動物喜歡角力，看到人就會說：「來角力吧！來角力吧！」

龍馬坐在堤防上等柴天從河裡出來。

終於，有個柴天的黑影撥開蘆葦逐漸走近。

「來角力吧！」

柴天才剛說完，龍馬便一下子把柴天舉到頭上。

「怎麼樣？以後還敢不敢惡作劇？要是再敢的話，我就把你摔得粉身碎骨。」

這時柴天竟嚎啕大哭起來。

原來只是個孩子。

他說把大人嚇得落荒而逃很有趣，才會一再惡作劇。

後來這孩子因中日戰爭而來到高知，看到街上照相館掛的龍馬相片忍不住驚訝說：「我曾和這人角力！」這才知當年那名武士就是龍馬。

因長州藩邸近在咫尺，故不必等太久。

北添佶摩冒雨跑了過來。

「什麼事呀？坂本爺。」

他在龍馬面前坐下。今天更像柴天狗了。月代長出的頭髮被雨淋濕，看起來就像家鄉傳說中小妖怪頭頂的淺盤。

「看到你就想起家鄉啊。」

龍馬笑道。

「是喔。」

北添或許還以為他這話是因「兩人是同鄉」吧。

「家鄉應該還是秋天吧？京都實在很冷喔。」

北添以家鄉話答道。

他是個好脾氣的人。

但其實渾身充滿行動力，比較不喜歡這種感性的話題。

「到底有什麼事呢？」

他性急地搓著膝蓋道。

北添佶摩出身土佐高岡郡岩目地村（加茂村）。

他是村長之子。土佐村長家多以長曾我部家之遺臣為遠祖，都頗具武士氣概。

不過，此為題外話，與他藩多數村長相較之下，對農民的支配意識卻較淡。說起來反而較像農民之利益代表。

土佐藩的上士若命村長交出看不順眼的農民，準備將他任意處決時，村長絕對不會照辦。這其來有自。就在龍馬才六歲的天保十一年（一八四〇），土佐郡、吾川郡、長岡郡、高岡郡的村長結成一個祕密同盟，彼此約定「務必提付官府裁決」。

且據說理由是「農民並非幕府大名或上士私有之民」，而是「皇民」。所謂皇民在當時應是新出現的社會科學用語，因尚無「國民」這個現代語詞，故被當成同義詞使用。總之早在天保年間，這種反封建式的國民思想即已誕生在土佐窮鄉僻壤的村長之間，真可謂歷史奇蹟。且此祕密同盟的但書中還寫著：「若對方（上士）仍堅持要殺且不聽勸阻，換言之就是想私自制裁身為皇民的農民，可視之為朝敵。此時不必手下留情，直接處死該上士。」

此祕密結盟實在嚇人。到了幕末，這份村長同盟的基礎甚至成為村長所組之土佐勤王黨誕生的一大要因，更影響了維新後的自由民權運動。由這點看來，土佐的勤王運動和長州、薩摩的勤王運動似乎有些根本上的不同。

不管怎麼說，話題還是轉回北添佶摩身上吧。他是切腹自盡的間崎哲馬（滄浪）之門人，尤工於詩，據說詩才甚至在其師之上。

文久三年二月，北添佯稱「要去有馬溫泉療養」，便與三名同志脫藩並立即到神戶村來找龍馬。

這時，龍馬對他吹了個不尋常的牛皮。

「北添呀，上北海道去參觀吧。」

龍馬如此道。

北添佶摩大吃一驚。對當時的日本人而言，要他去北海道就等於今天叫人去南極瞧瞧一樣。

何況北添佶摩等人是為勤王倒幕運動才脫藩的，可不是為了去北海道。

「坂本爺，你這話實在太突然了。你是說北海道有志士嗎？」

「志士當然沒有，熊倒是有。」

「別把人當白癡！」

北添佶摩怒道。和他一起脫藩來此的能勢達太郎、安岡斧太郎、小松小太郎等人也瞪大眼睛站起身來。他們都才剛冒死脫藩，故情緒仍十分激動。

「大家別生氣嘛，好說好說。」

年紀最小、才二十二歲的香我美郡鄉士小松小太郎趕緊安撫大家道：

「諸君，坂本爺一定有他想法。咱們才剛從鄉下出來，還不了解天下情勢。現在突然聽說要我們去北海道就像晴天霹靂似的，無法冷靜判斷。坂本爺……」

小松看著龍馬道：

「這是為何？對我們來說實在太突然了啊。」

「對我而言也很突然啊。」

龍馬道。

他只是突然把原來一直在想的事情說出來而已。所謂志士活動，並不只是說服京都公卿或借天誅之名殺些佐幕派要人，應該還要把規模往北疆擴展。這是龍馬一直在思考的。

龍馬說，俄國一定會來盜取北海道、千島及樺太等地。

「若不知北海道就沒資格評論國事。若不知北海道的存在，只會滿口攘夷亂叫，那全都是空談。」

「喔。」

眾人茫然應道。因雙方思考之焦點不同，故龍馬的話聽起來就像在吹牛。

「順便也要你們視察朝鮮及清國。我打算有朝一日結成日韓清三國的攻守聯盟。」

「啊？」

眾人都被龍馬這番話嚇壞了。

但因龍馬使勁一再勸說，北添等人覺得不去好像說不過去。

「可是沒旅費啊。」

「有。」

龍馬起身到屋內很快從塾的保險櫃取來一百兩金子放在北添等人面前。

「就拿這些當旅費去吧。」

北添等人無奈之下只得就此啟程，行經奧州往北海道去了。

與北添同行的能勢達太郎是安藝郡的鄉士，曾在江戶的藤森大雅門下學習詩文。

安岡斧太郎與他同為安藝郡安田村出身，小松小太郎則是香我美郡片地舟谷村出身。

小太郎似乎患了結核病。旅途中更形惡化，終於死在航向箱館的船上。

北添等人將其遺骸埋在箱館旁，一個名為尻澤邊之漁村的地藏山。

其餘三人帶著龍馬居中斡旋向勝求來的介紹信，去找箱館奉行小出大和守。

或許是因任所在此遙遠的北疆而對人特別熱情吧，小出盛情款待這三名土州浪人。

大和守給三人旅行上很多方便。他們行至江差後折返，然後渡往奧州，從南部藩領大間上岸，再取道盛岡城下行，經仙台、福島、白川之後，於此年的七月十日進入江戶。

——到江戶時就住桶町千葉。

龍馬為他們寫了介紹信給重太郎和佐那子。他們帶著如此內容的介紹信到千葉家住了幾晚。兄妹兩人也盛情款待。

離開江戶後，聽說幕府的軍艦正要西上，於是仗著勝的面子順利搭回大坂及京都。

這時安岡斧太郎受同鄉吉村寅太郎之邀加入天誅組，成為其砲隊的伍長。在大和各地輾轉征戰後，於吉野山鷲家口的最後血戰中身受重傷，遭藤堂藩兵逮捕而關進京都的六角監獄。

龍馬的故事進行至此，斧太郎便以幕府國事犯之罪名入獄（翌年元治元年〔一八六四〕為幕吏所殺，得年二十六歲。遺骸葬於京都二條堤防的竹林中，但墓塚現已不存）。

順帶介紹一下「北海道視察浪人團」後來的下場。能勢達太郎於翌年元治元年七月加入長州軍的浪人隊。蛤御門之變中不幸戰敗而撤至天王山，與真木和泉等十七人一同切腹。

代表者「柴天狗」北添佶摩後於池田屋之變中與新選組奮戰而死。

全都死了。

「北添呀。」

龍馬道。

雨水順著北添長出頭髮的月代滴了下來。

少年峰吉送茶進來。

「什麼事？」

啜飲著熱茶的北添看起來似乎很冷。

「你去看過北海道了。那地方有多大？」

「一望無際呀。」

說著望著遠方。

龍馬了解了。應該可以移住三百或四百個浪人吧。當然，目前仍是德川幕府主政，故必須設法取得其許可。其他如開發基金或武器等，龍馬也打算要幕府拿出來。

「這就非得跑一趟江戶不可了。」

龍馬請北添佶摩負責「北海道浪人軍」的召募工作。

「我才不幹。」

北添斷然拒絕。

「我被你慫恿才去了北海道，但堅決反對你把同志往那邊送。京都還有該做的事。」

北添所想的並不是龍馬那種拐彎抹角的計畫。他打算與長州藩呼應，在京都號召浪人團，一舉攻占宮廷，在各町區放火並襲擊幕府機關京都守護職（會津藩主松平容保）的營區，殲滅所司代後樹立新政府。

萬一失敗，那就擁天皇逃往長州，在當地建立新政府以號令天下諸大名並與江戶幕府對抗。

這是政變。

「如此勇氣值得誇獎。」

龍馬拍拍大腿道。

但其實他並不如此認為。事實上龍馬早就預見，勤王浪人漸被幕府逼入絕境之後一定會出現如此想法。北添此計劃在翌年演變成池田屋之變而躍上歷史舞台。

「但不可能成功。」

龍馬如此斷言。

「為什麼？」

北添凶巴巴地問。

「北添，人要成事必須借助上天之力。所謂上天指的就是時勢，或許該稱為時運。乘著時勢或時運這匹馬進行，大事才能一氣呵成。洞察天意……」

龍馬以指甲摳著鼻孔又道：

「乃是有志成大事者最重要的功課。北添，看看我的家紋。」

「是明智的桔梗。」

「是真是假不得而知，但根據我家系的傳說，我們是明智光秀屬下明智左馬助之子孫。」

武士家就是要誇耀自己家系。

德川家是新田義貞之子孫，土佐藩主山內家之遠祖則是出自藤原氏。這全是胡說八道。三百諸侯中的九成都是戰國時代才突然竄起的，都是有成就之後才著手捏造家系。這情形龍馬也知道。

據說龍馬的坂本家是明智滅亡後近江坂本城主左

馬助之子逃至土佐而落地生根的結果，在土佐是公認的名門。龍馬卻對此嗤之以鼻。

「是開墾長岡郡才谷村的農民子孫吧。土地增加，財富增加後才買來鄉士身分的。其實是勞動者的子孫啦。」

從龍馬口中說出「我是名門明智的後代子孫」，這還是頭一遭。

「明智光秀不察天意，急於成事，故只能走到在本能寺殺死信長這一步而已。秀吉懂得把握時運，故能取得天下。北添，時運還沒到呀。」

「已經到了！」

北添大聲道。龍馬也不甘示弱地大喊：「還沒到！」

「北添，你也是個不明理之人！」

龍馬道。

依龍馬看來，薩摩藩與長州藩的關係會愈來愈糟。

現在浪人團與長州藩共同以武力占領了京都，正值奠定京都政權之際，薩摩藩不可能出手協助。不僅如此，恐怕還將夥同現在的同盟會津藩聯手討伐長州藩吧。

「以目前情勢看來，只要長州藩有意出頭，薩會兩藩就會立即聯手出擊。以武力來說當然是薩會兩藩較為強大，故長州必將成為『朝敵』。什麼？哇哈哈！北添，你說什麼？你說長州不是朝敵？你說長州藩的心志純潔？」

「喂，龍馬！」

北添佶摩把佩刀拉至身側。難怪他要生氣。對當時的勤王浪人而言，長州藩就像正房「母屋」，在尊王攘夷活動上可謂公認接到歷史至高命令的「神聖藩」。

「你是說長州藩會變成朝敵？」

「北添，腦筋靈活一點吧！你看看日本歷史，足利時代數百年中，楠木正成一直都是朝敵。為什麼？

因為他輸了嘛。」

龍馬並非理想主義者。

正當所有志士都被水戶流的尊王攘夷思想沖昏頭之際，唯有他一直保持清醒。他絕不以舊有觀念來看歷史。插句題外話，水戶流的尊王攘夷史觀幾乎一直被當成戰前國史教科書之史觀。把歷史分成勤王與非勤王，評論人物之輕重也以此為評判之標準。

再插句題外話，水戶流的尊王攘夷史觀在維新史上並非毫無意義，甚至還是主角，是推動維新的鮮明革命思想。因為有此思想才能名正言順地否定當時的政府——幕府。且幕府中的知識份子也可說全抱持如此思想。正因如此，幕府之當權者也隨著幕末情勢緊張而漸趨懦弱。

但龍馬此話意思卻是完全兩樣。

簡單說來就是勝者即為官軍之意。日本朝廷總是支持勢力較強的一方，故敗者即為盜寇。

龍馬看得很清楚。正因如此，和北添這種死觀念的殉教者在意見上一向有所分歧。武市半平太也是典型的勤王志士，他也為如此觀念犧牲了。

「薩摩藩和會津藩若聯手，普天之下再無對手。只要勢力夠強即可隨意左右朝廷。如此一來他們將強請朝廷將長州藩列為朝敵，借幕府及三百諸侯之手將之摧毀。」

北添沒答話，因他自己也有如此感覺。

「所以，去打造北海道藩吧。」

咦？北添佶摩大感詫異。龍馬的話跳得未免太快了。

不，其實並不是跳躍。

仔細想想，龍馬的話其實自有其道理可循。

「北海道藩。」

龍馬是這麼說的。稱之為「藩」，只是因這說法比較有趣。當然不是真正的藩，而是屯駐於北海道的浪人陸軍。

龍馬的夢想是在瀨戶內海成立浪人商船隊及浪人艦隊，然後最好再到北疆的北海道成立浪人陸軍。

「如此一來，有朝一日倒幕時，即可海陸相互呼應聯手攻打幕府，希望實力盡量能達百萬之力。北添，如此一來，倒幕和尊王攘夷都不會成為空談。北添，陸軍就由你率領。倒幕成功之後，你就擔任北疆之守認真開墾吧。我也會努力經營海運的。」

「坂本的大牛皮。」

北添想起這個詞。

「我不要。」

他頑固地拒絕且不聽勸。北添終究還是支持京都局部地區的暴動。

「好！我要到江戶去。要去做些事前準備，等我回京都再好好商量吧，北添。」

「你是要幕府掏錢嗎？那是髒錢啊！」

「你說這是什麼話呀。幕府可是自家康以來綿延三百年的政府啊。他的錢全來自日本百姓的租稅。是日本人的錢，而不是德川家的私有財產。若是用在日本身上，何必跟他客氣。」

「那可是敵人的錢啊！」

「幕府也是日本人啊。我可不認為他們是敵人。不管怎麼說，此時此刻還是別爭辯吧。最重要的是錢。」

龍馬圈起手指比出錢的手勢。

「沒錢怎麼辦事？」

這天他試著說服北添佶摩，直到深夜，北添終於答應並允諾：

「龍馬，若你負責的準備工作成功了，那我北添就負責召募浪人。」

「好！我明天就上江戶去！」

龍馬如此大喊。這時他腦海裡想必已浮現出海陸軍的雄偉軍容，甚至覺得天下大事已成功一半了吧。

北添佶摩冒雨回去了。

龍馬請勝寫了封介紹信，勝說幕府汽船正好要自大坂天保山的海上出發前往江戶。

「那我就搭此便船。」

他預先和勝如此講定，然後就去了京都。

來到伏見。

當然不得不搭自寺田屋碼頭下淀川的三十石船，因此也就不得不到船宿寺田屋看看。

「哎呀。」

龍馬走進土間。

老闆娘登勢站起身來對龍馬道：

「阿龍生病了呀。」

到阿龍房間一看，果然滿臉通紅，正躺著休息。

「發燒了嗎？」

龍馬摸摸她額頭，竟燙得像火一樣。

「什麼時候燒起來的？」

龍馬問隨後進房來的登勢。

「這事……」

登勢苦笑道：

「問本人不就得了嗎？」

「說得也是。」

龍馬這才望著阿龍因發燒而濕潤的眼睛。

兩人都不太敢直視對方。

「昨天傍晚開始的。」

「不會死吧？」

「這……」

阿龍和登勢都嚇了一大跳。跟死不死無關吧？不就是感冒嗎？

「只是著了涼。我一感冒就會發燒，每次都這樣，所以您不必擔心。」

「醫師怎麼說？」

「感冒。」

阿龍小聲道。

「坂本大爺，請您住個十天好好照顧她吧。」

「不，不用了。」

「怎麼不用？」

「她說不會死呀。既然如此我就要搭今晚的夜船上大坂去了。因為我還得趕去江戶。」

這時腦海裡突然浮現千葉佐那子的臉龐。他有些疑惑。

「我究竟喜歡哪一個？」

龍馬自己也搞不清楚。說不定自己是個很會討女性歡心的花花公子。龍馬心想。

登勢很厲害。

「你看這表情好怪啊。大概是想起江戶千葉家千金了吧？」

「還真瞞不了妳啊。」

龍馬衷心佩服。

登勢也拿他沒輒，終於忍俊不住。阿龍也無奈地露出微笑。

「坂本大爺，就算真是這樣也得說『不，沒那回事，是工作的關係』呀。否則阿龍就太可憐了。」

「不過，我真的沒法照顧她。」

龍馬老實道。

「你這人真討厭。你這樣一定會惹女孩子討厭的唷。」

「那我也沒辦法。」

「阿龍。」

登勢湊近枕邊道：

「像這種人，妳就別再為他神魂顛倒啦。」

「但他對我有恩。」

突來的幽默。登勢笑翻了。

「阿龍呀，原來妳是因他對妳有恩才喜歡他的嗎？那妳還真現實呀。」

「不不，不是這樣。」

「就當這樣吧。這說法很好。像這種薄情郎最好這樣跟他說。」

「也是喔。」

龍馬一臉落寞。他到現在還摸不清阿龍的心。

醫師正好來看診。
這位是伏見知名的內科醫師山根祥庵。祥庵詳盡地為阿龍看診。一方面也因她是同業楢崎將作的遺孤吧。
「這怎麼……」
他不解地歪著頭。
「好像不是單純的感冒。」
阿龍不但發高燒又咳得厲害，還帶痰，龍馬雖外行也看得出她脈相肯定不尋常。
「拖久了恐怕會轉為痰結痛唷。」
所謂痰結痛就是肺炎。那就很可能要命了。
「這兩三天得好好觀察，千萬別掉以輕心。」
「這……」
龍馬盯著醫師的臉瞧。是常見的禿頭，身形肥大。
「會死嗎？」
龍馬小心翼翼地問。
「咦？」

醫師抬起細小的眼睛，似乎這才發現龍馬是在問自己。
「沒人這麼問醫師的。」
他冷冷地說。
「笨蛋！」
龍馬生氣了。醫師不就是專門診斷「會不會死」的技術者嗎？
龍馬忿忿不平地說明此想法，祥庵也點頭表示贊同。
「不過，會不會死，很多情形醫師都無法斷言。」
真是個傲慢的醫師。
龍馬口氣愈來愈粗暴。
「為何？」
「那種事去問算命的吧。我山根祥庵還沒驕傲到敢推測人的壽命和天命。」
「……」
「並不是醫師愈認真就愈能清楚推斷。因此我只用用『危險』的字眼。就是這樣。」

「原來如此。」

龍馬點了點頭。祥庵似乎很固執，一副闡述哲學思想的模樣。

「乞丐也能活到九十歲。而即便貴為王侯，即便找來十位醫師，時候到了還是得走。」

「有道理。」

這位庶民醫師的話深深觸動龍馬內心的某部分，感覺有如茅塞頓開。

「若如此，人們就不必考慮生死問題了。」

他對自己如此道。生死有命。這問題就交給上天，自己只要全心全意投入工作即可。

「我懂了。」

龍馬望著阿龍。

「生死有命，妳也是如此。所以我要搭下班船出發了。」

「喔……」

阿龍正喘不過氣來。

龍馬搭幕艦前往江戶。

此船名為蟠龍丸，是艘載重量三百七十噸的木船。

「坂本爺應該是第一次搭這艘船吧？」

艦長松岡磐吉向站在甲板上的龍馬招呼道。

他穿著長版西裝背心及西褲的海軍制服，衣袖上繡著三道金線。

松岡本是伊豆韮山代官江川太郎左衛門的家臣，曾至長崎研習海軍事務，後獲提拔至幕府的軍艦工作。前文提及的咸臨丸渡美時，他也擔任測量士官。幕府瓦解後，與榎本武揚一同退至箱館，投降後病死獄中。

他生性樸實卻通曉實務。

「是第一次，這船還真破舊啊。」

「不，這船狀況還相當不錯哪。」

蟠龍丸是艘縱桅船，還附設一百二十八馬力的蒸汽機，只要是順風就改靠船帆航行以節省煤炭。

船名原叫皇帝號。

是在英國被當成王室御用的英國製遊覽船。安政五年（一八五八），維多利亞女王把它獻給日本當權者「將軍」。

有兩根船桅。

眼前這兩根船桅正張著縱帆靠風力航行在紀州海面上，從左舷望去就是熊野山脈。

第二根船桅上懸著一面太陽圖案的旗幟，正迎著海風飄揚。

龍馬很稀奇似地望著那面旗。

「所謂的『日之丸』就是那個嗎？」

他也聽說了。

此年（文久三年）的八月七日，幕府為與外國往來，必須盡快制定國旗，於是發下公文：

「應以此做為國家之標誌。」

——挺別出心裁的。

歐洲的小國如此認為，還曾來交涉，希望開個價錢賣給他們。這傳聞龍馬也聽說了。

日之丸的歷史看來相當悠久。豐臣秀吉攻打朝鮮時就是以此為日軍之總旗幟。當時加藤嘉明旗下知名的豪傑塙團右衛門直次即為大太陽旗之旗手。根據記錄，那面旗有好幾張榻榻米大。

秀吉使用此旗並無特別感覺，可見自古即有以此為國家標誌的慣例。

薩摩的島津家從那時起便以此為船旗。

幕府開會決定「國家標誌」時即參考了島津家這款船旗。

日之丸終於被定為國家標誌，但實際使用卻只用在幕府的陸軍及船艦。因此日後戊辰戰爭（自鳥羽伏見之戰後，包括關東戰爭、東北戰爭及箱館戰爭等一連串的戰爭）中，官軍用的是日月圖案的錦旗（譯註：特指官軍旗），而幕府軍則使用日之丸。

換句話說，日之丸就像是幕府的旗幟。正式明訂為國旗則是在明治三年（一八七〇）一月之後。

總之這對龍馬而言很是稀奇。

龍馬對船熟悉之程度令蟠龍丸上的士官大感詫異。

「傑出到夠格當艦長了呀。」

松岡磐吉誇讚道。這絕不是客套。龍馬這是所謂的「因喜歡而拿手」吧。

第二天夜裡航行在駿河的海面上。龍馬受松岡之託，擔任臨時的值班士官。

明月當空。

他在航海日誌的結尾寫道：

「月色皎潔。深夜，驟雨一陣。」

又寫道：

「風力六級。」

所謂的六級風力指的是「雄風」，適於張帆航行。

順帶一提，當時的航海用語將風區分成零級至十二級的強度。六級的雄風風速約為十一・二公尺，足以揚起所有船帆。零級是無風，一級為至輕風，風速為三・一八公尺。接下來依序是輕風、軟風、和風、疾風、雄風、強風、疾強風、大強風、全強風、暴風、颶風等。

龍馬將測量儀上的數字也一一記下。

測量儀有溫度計、晴雨計、羅盤、經線儀及測程儀等。起初龍馬面對它們總覺得很難上手，習慣之後卻反覺是有趣的「夥伴」。

龍馬稱這些「夥伴」為：

——機械部屬。

「只要好好運用這些夥伴，就能知道自己此時身在何處、該做什麼。」

他經常如此對人說。

比方說以六分儀測量太陽和星星，即可推知天體的高度。只要利用經線儀（測量經度的機器）及天文曆，即使航行在茫茫大海中，也可知道自己的所在位置。

龍馬說自己就是從這些船艦知識而悟出轉動天下的訣竅。

時時測定時代的風力、濕度及晴雨，以確知自己的所在位置，如此即可判斷該怎麼做。像北添佶摩那樣冒著暴風雨揚帆出海似的舉動，龍馬根本不可能列入考慮。

船終於抵達品川海面。

龍馬隨即趕往江戶桶町的千葉家。他脫下草鞋。

僕役長與平道：

「真不巧，老師傅、少師傅及小姐都上玉池的本家去了。不過傍晚應該會回來。」

「喔，這樣嗎？那我先去辦別的事。借我一雙草屐吧。」

龍馬把草鞋丟掉，換上草屐出了門。

他要去拜訪幕臣大久保一翁，跟他交涉前文提及的北海道浪人藩實踐事宜。

「恐怕會晚點回來。」

「是。」

「大爺腿力真好呀。」

與平驚訝地望著龍馬漸行漸遠的背影。

大久保一翁正好在家。

龍馬被領至書房。

壁龕裡堆著成山的和、漢、洋書籍，角落有個地球儀。

地球儀的底座釘著一枚金屬製的家紋。是自兩側向上圈起的藤花，中間一個「大」字。

幕臣大久保家的家系中，因為在德川初期出了一位名士大久保彥左衛門忠教，故此特殊家紋已為世人所熟知。一翁名忠寬。

此家系人人名字裡都有個忠字。

大久保一翁擔任的是將軍慶喜的顧問職，這與彥左衛門類似，因彥左衛門一向被稱為德川家光之「資政」。

但彥左衛門是號令千軍萬馬的舊式豪傑，他八十歲生涯的晚年卻活在太平盛事，故與時代格格不入。

「戰國餘孽」

他如此自稱，並致力反抗懦弱的世俗，常有驚人之舉，可說是位有骨氣的保守主義者。

一翁就不同了。他與勝海舟同為幕臣中極為前衛的進步主義者。

不過他卻不具彥左衛門那種孤高個性。他畢竟是官僚，故也懂得順應時勢。正因他如此順從的個性，深得喜好西洋事物的將軍慶喜寵愛，而能晉升至足以讓他發揮才能的地位。後來又順應時勢而轉仕維新政府，後獲封子爵。其個性穩重，與彥左衛門頗為不同。

但龍馬背地裡卻稱這位幕府高級官吏為「彥左衛門爺」。

或許堪稱為現代的彥左衛門吧。

「什麼事呢？」

一翁捧著菸盒出現了。

他膚色白皙，額頭很寬，雙眼不住地微笑。

「若現在俄國趁隙從其極東的沿海州攻打北海道，幕府將如何反應呢？」

龍馬開門見山問道。

「恐怕會倉皇失措吧。」

一翁避重就輕地說。

「就只是這樣嗎？」

「嗯，應該只是這樣吧。恐怕頂多也只能去向橫濱的外國公使泣訴，請他們協助牽制俄國了。」

「不開戰嗎？」

「這個嘛，也不能不戰。若不戰，本應替我方出頭牽制俄國的法國及義大利等國必瞧不起日本，而乾脆親自下手與俄國分食。」

「這麼說來就會開戰囉。只是，要誰出戰呢？旗本八萬騎嗎？」

「不，他們完全派不上用場。」

一翁說得沒錯。幕臣過了三百年的太平日子，且又是都會生活，三河時代傳下的野性早已消失殆盡。

話題已進入龍馬預設的圈套。

「沒錯，旗本根本不行呀。」

龍馬不客氣地說。

一翁也只能苦笑。大久保一翁當然也是旗本之一。自己所屬的旗本已喪失擔當時代任務的氣概及能力，這情形一翁再清楚不過了。

「諸藩之名門及坐享高祿的武士也都不行了。三百年來豐衣足食的家系不可能出現願為時勢犧牲的勇士。」

言下之意就是武士階級已自根部腐爛而無法挑起時代重任。

「難道要靠農民及商人嗎？」

一翁露出懷疑的眼神。龍馬也故意露出相同的眼神，然後搖搖頭：

「不成吧。」

因為以德川政府之政策，農民及商人一直以來已被訓練得不會對自己的階級感到自豪。

且又多欲而無教養。再加上德川政策一向主張「民可使由之，而不可使知之」，故他們已成為只懂得繳稅的被支配階級。換句話說已成為一種社會的「無責任階級」。如此階級要出現不重私欲而願為大眾謀福利的人可說比登天還難。

「創造如此不正常階級可真是德川家的罪孽呀。大久保爺。」

龍馬將他們拿來與美國的「公民」比較，然後如此批評。國家正值多難之秋，卻無法指望占日本大部分人口的農民及商人。說來還真是世上絕無僅有的怪國家呀。

日本人口中，農民及商人就占了九成，剩下的一成才是武士。只有這一成才是能對自己感到驕傲的「公民」。

「不過，坂本君，德川也不只有罪孽，畢竟也創造了武士這種堂堂正正的人，這可是清國及美國所沒有的呀。」

這些武士當中的高級武士已腐敗不堪，如此一來就只能指望其餘的下級武士了。他們不僅懷有武士的教養及道德，又出身吃不飽喝不足的家庭，故大多渾身充滿野性及氣概。

「由此看來……」

龍馬道。群聚在京都的那些勤王志士多為如此階級出身，且是其中最具野性及氣概的人，所以才會離鄉上京。

「讓這些人到北海道去？」

就連大久保一翁這樣的人也面有難色。這些人不全是極端的攘夷主義者或倒幕主義者嗎？簡單說來就是幕府眼中的毒物呀。

「對幕府而言或許是毒物，但既然無毒的那些人已完全派不上用場，倒不如改用這些毒物，或許正可

做為日本的強心劑。」

龍馬不斷遊說，直至深夜總算說動一翁。他答應將此案上呈給幕府。

大久保一翁點燃紙燭，護著燈火親自送龍馬到門口。

「對了，最重要的事忘了說。」

一翁道。站在門框的一翁也覺得自己糊塗得可笑。從他的笑容看來，應該是龍馬聽到會開心的事。

「啊，是軍艦的事嗎？」

龍馬幾乎是用喊的。

「猜得真準哪。」

「何時可以拿到？可能的話，這回就讓我帶回去吧。」

龍馬一腳踏在門框上。

「別急，別急。別說得好像只是帶一條狗似的。不過，聽說兩三天之內會駛回品川海面，所以說不定

你可以搭回大坂。」
「我就要搭它回大坂！」
口水都噴到一翁臉上了。
因為龍馬的臉愈湊愈近，一翁受不了道：
「臉別貼那麼近吧。」
說著揩掉臉頰上的口水，但龍馬卻笑嘻嘻地愈湊愈近。
「是哪艘軍艦？」
「觀光丸啦。」
「這個好，跟我當初想的一樣啊。」
「喂喂！臉！」
一翁連忙閃開。
龍馬開心得幾乎想跳起來。這還是他生平第一次這麼高興。
龍馬走出大久保家。
提著提燈走在人煙稀少的街上，他幾度大喊：
「哇——軍艦哪！」

說著還在路上蹦蹦跳跳的。沒想到一轉過佐竹侯中屋敷的轉角，就有一條狗衝著他猛吠。這下龍馬也不敢造次，總算甘願安靜走路了。
觀光丸的吃水量是四百噸。
船齡十四年，稍嫌老舊。
荷蘭製。安政二年（一八五五）駛來長崎，是荷蘭威廉三世國王送給幕府的禮物，也是幕府最早擁有的洋式軍艦。勝海舟等第一屆海軍實習生正是在此艦上習得技術的。
是艘三桅的縱帆船，擁有一百五十馬力的蒸汽機及六門艦砲。順帶一提，維新後，明治政府接收了這艘軍艦。明治九年（一八七六）三月，以老舊無用為由，在石川島將之解體。
觀光丸在龍馬此時原本是租給佐賀藩海軍實習，這回是該藩把船還給幕府。
「終於有實習艦了。」
龍馬樂得暈陶陶的，走回千葉家這一路感覺幾乎是腳不著地。

門衛大為詫異。

「怎麼到早上才回來呀。」

的確，東方天際都已出現魚肚白了。

走到井邊，發現少師傅重太郎似乎剛起身，正在洗臉。

「你這算什麼呀？龍老弟！」

他濡濕的臉氣鼓鼓的。

「門衛嘀咕說你昨晚一來就不見了。你昨晚住在哪兒呀？」

「都在大久保屋敷。」

「哦？」

龍馬感覺背後有人。

是佐那子。

「啊，是妳。」

龍馬朝她打招呼。佐那子似乎掩不住內心的高興。

「坂本大哥脫藩後，似乎比以前更髒了呀。」

「我現在可是真正的天竺浪人（居無定所、四處放浪之人）了。脫藩後，老家也不再寄錢來，日子真難過啊。對了，我肚子好餓。哇，真是驚人！仔細想，我從昨天傍晚一直到現在，什麼都沒吃呀！」

「飯也沒吃，覺也沒睡，您究竟上哪兒去了呀？」

佐那子忍不住以罵調皮搗蛋小孩的語氣質問道。

「哎呀，真丟臉。不過，先別罵我，求妳先為我準備早飯吧。」

「我立刻去準備。」

佐那子說著小跑步離開。

「龍老弟，快討個老婆吧。那傢伙雖然看起來那樣，其實已對你著迷到茶不思飯不想的地步了呀。」

「別開玩笑，誰會看上我這種流浪漢呀。」

龍馬不搭理他。

「喂，頭髮梳一梳吧。看就知道你是搭軍艦來的。頭髮都被海風吹成一條一條，就像硬梆梆的銀線似的。」

「哎呀，別管頭髮啦！」

龍馬興奮地把弄到觀光丸一事告訴他。

重太郎也高興得捏緊拳頭。

「哇哈哈！龍老弟，看來你終於完成平生之志了。人就是要有希望，絕不能沒有希望。仔細想想，你一介孑然一身的浪人當初竟說想弄到一艘軍艦，大家都當你是胡說八道。我起初也很驚訝，不過你現在真的弄到手了呀。真不敢相信呀！是真的軍艦嗎？」

「當然是真的軍艦呀。」

龍馬苦笑道：

「還會動呢。艦名是觀光丸。只要有了這艘軍艦就可以到地球的任何角落啦。」

「幹得好啊！」

這個個性隨和的刀客眼裡已蓄滿淚水。

「但不管怎麼說，我實在餓了。」

「喂喂！好了沒？」

重太郎朝廚房大喊。他為人隨和得有些輕率。

早飯終於準備好了。

龍馬坐到飯桌前。

佐那子在一旁伺候。重太郎和八寸還沒進來，是故意讓他們兩人獨處吧。

「好冷。」

龍馬拿起筷子打了個冷顫。空腹又沒睡飽似乎耐不住寒冷。

「多吃點。」

佐那子道。

才一眨眼工夫，龍馬就添了三次飯，喝了兩碗湯。這才露出緩過氣來的表情。

「啊，抱歉，這麼晚才跟妳致謝。今年夏天，你們讓北海道回來的北添佶摩等人在這裡住下，實在感激不盡。下次還要拜託妳唷。」

龍馬竟把名震天下的千葉道場當成同志在江戶的

旅館。

「土佐人還真有趣。他們竟說脫藩又周遊天下之後，到此才第一次吃到米飯。」

「那是理所當然的呀。」

龍馬也覺得有趣。

「在今年秋天的大和義舉（天誅組）中犧牲的那須信吾，是出身於一個叫檮原村的山村，一直都是吃稗子和小米。雖是武士，但土佐及薩摩的鄉士都很窮。江戶和京坂的町人肯定連一天都受不了。」

「坂本大哥家是特別有錢的鄉士吧？」

「就是因為那樣才這麼吊兒郎當的。」

「何況您還是次子，又是姊姊帶大的。」

吊兒郎當，老是心不在焉的。換成町人女兒一定要這麼罵吧。

「跟佐那子講話總是講不贏。妳怎麼還是像我十九歲剛上江戶來時那樣對待我呀。」

「沒這回事啊，我可是很尊敬您的。」

「那還真感激不盡哪。」

龍馬喝完熱茶後就睏了。

他翻身躺下，把坐墊拉過來當枕頭。

「真沒規矩。」

佐那子才說完，龍馬竟已睡著，甚至打起呼來了。

佐那子拿了件薄棉衣為他蓋上。

「好怪的味道！」

京都、大坂的污垢還留在上面吧。不僅身體，就連黑色棉外褂的肩頭都因日曬而褪色，袖口也因汗垢而閃閃發亮。

龍馬一直睡到傍晚。離譜的是，他竟然尿床了！

起身一看，褲子全濕透了。實在噁心。

「睡得可真熟啊。」

他一邊嘀咕，一邊走到外廊上，直接把身上的褲子朝外面抖一抖。

小便四處飛濺。

「這下慘了。」

龍馬很怕佐那子。

背後傳來紙門的嘎吱聲，好像是佐那子進房來了。又傳來絹布的摩擦聲，然後感覺她似乎坐到房間一角。她沉默了好半晌。

「……」

她似乎正狐疑地望著龍馬。

「您在做什麼？」

「啊？」

龍馬原本還用力抖著褲子，現在終於放棄了。吸飽水份的褲腳重重地往下垂並緊貼著小腿。

「暖暖的呀。」

「什麼東西暖暖的？」

龍馬愣愣地小聲道。

「褲子。」

「你的褲子暖暖的嗎？」

「真愛追根究柢啊。」

龍馬轉向佐那子。

佐那子正表情怪異地望著壁龕的榻榻米，那邊濕了一大塊。

「佐那子，妳是武士的女兒吧？」

「是啊。」

佐那子傻傻地點頭，同時繼續盯著榻榻米。

「既是武士的女兒，就該假裝沒看到。」

龍馬苦著臉道。

這時直覺敏銳的佐那子突然靈機一動，想起龍馬一直到十四、五歲……

都還會尿床！

一下子整個聯想起來了。佐那子忍不住全身扭曲。

感覺衣帶勒得好緊。

身體扭曲到極限，竟不由自主抽筋了。她正拚命忍住笑，血液猛地衝上腦門。

她的臉脹得通紅。

「妳這樣對身體不好呀。」

龍馬情急之下竟以土佐方言如此道。因為佐那子的情況讓他很擔心。

「覺得好笑卻不笑，這樣對身體不好呀。」

但也無法幫她，龍馬只得愣愣地站在一旁，建議她：

「笑出來！笑出來！」

龍馬終於忍不住走到佐那子身邊，輕拍她的背。就像在照顧醉酒的人似的。那模樣就像叫她：「吐出來！吐出來！」

「坂本大哥……坂本大哥……」

她急促地說卻語無倫次。

「別說，別說。說了妳會覺得好笑，那對身體不好呀。」

佐那子趕緊以衣袖掩住臉，衝出房間。

「哇哈哈！真拿她沒辦法。」

龍馬愉快地笑了。

這時重太郎進房來，問到底發生什麼事。龍馬一五一十說明之後，又笑道：

「佐那子呀，不管幾歲都還像個孩子。」

重太郎愣得說不出話來。不管幾歲都還像個孩子的，應該是龍馬你自己吧！

龍馬延長留在江戶的時間。

每天都到品川去。向幕府借來的軍艦觀光丸雖已泊在品川海面，但還有細節部分尚未修理妥當。

龍馬打算搭此軍艦回大坂，故一直在等修理工作完成。

「這是我的軍艦。」

一想到這點，就每天都得到甲板上去看看，否則無法靜下心來。

不僅如此，甚至還想摸遍船身的每個鉚釘和螺絲。

龍馬在艦上總是沒一刻安靜。他對艦上的裝備及用品已十分熟悉，即使閉上眼睛都一一知道所在。

他尤其想熟悉船帆及蒸汽機。他不但協助固定船帆，親自爬上船桅查看瞭望台的狀況，甚至潛進底艙檢查汽缸有無龜裂。

之前租用此艦的佐賀藩特別派了一位名叫秀島藤之助的優秀船奉行來將船點交給幕府。

秀島熟知洋式軍艦的知識，觀光丸還在佐賀藩時他就是艦長。

龍馬曾聽秀島抱怨過觀光丸這艘軍艦的缺點。

「面舵（右舵）有些沉重。」

秀島道：

「且汽缸性能也不佳，剛生火時沒什麼動力。」

秀島如此嘀咕。但對龍馬來說每個抱怨他都樂於一聽。性能愈是不佳，對它熟悉之後豈不是更有成就感？

「還好吧。」

龍馬依然笑嘻嘻的。

秀島是個機靈的海軍士官，是藩主鍋島閑叟這位「天下第一洋學藩主」的部下，正因如此他見龍馬滿臉笑容，心裡很是納悶。

「這人是不是白痴呀？」

他甚至如此懷疑。

在秀島眼裡龍馬應該很滑稽。爬船桅時不斷滑下來，檢查蒸汽機時也好像有些抓不到重點。感覺好像只是因為很喜歡軍艦便緊咬著不放，既未正式學過洋學，也沒受過海軍的教育。龍馬具備的技術中，只有獲頒「免許皆傳」的北辰一刀流刀術堪稱出類拔萃，船艦的操作還只算是差勁的業餘愛好者。

因龍馬是土佐人，故秀島還以為幕府接下來是要將這艘軍艦租給土佐藩，便向龍馬問起。

「不是土佐藩啦。」

龍馬淡淡地說：

「是浪人。」

「咦？要租給浪人？」

秀島似乎很意外。怎會讓浪人操控軍艦呢？

這時龍馬已派出緊急飛腳，捎信給勝海舟，請他指示神戶塾的師生到江戶來。

數日後的一個下午，龍馬在艦橋（譯註：船艦上的控制塔）檢查舵輪狀況時，一艘懸著太陽旗的帆船逐漸駛近。

「那是什麼船呀？」

他的手停止動作。

不具蒸汽機的純三桅帆船，噸數大概在二百五十噸左右。

「應該是御船千秋丸吧。」

旁邊的幕府士官道。所謂「御船」是指幕府的船艦。千秋丸不是軍艦，是運輸船。

是在美國波士頓市打造的，原名為丹尼爾．韋伯斯特號。此船是幕府於前年文久元年（一八六一）七月以一萬六千美元買進的。船齡十二年，油漆都已剝落。

「那艘御船是從哪裡返航的？」

龍馬問道。

「大坂。」

幕府士官冷冷回答。

真傲慢。龍馬走近那名士官，一把將他掛在脖子上的望遠鏡拿過來。

「借一下。」

他將望遠鏡對著千秋丸。

那名望遠鏡被奪的幕府士官原本似乎對龍馬這浪人很不高興，因龍馬態度老是簡慢無禮。

「喂，你這樣太無禮了吧！」

他盛氣凌人道。

龍馬默不吭聲，繼續看著望遠鏡。

「沒聽見啊？」

幕府士官朝龍馬耳朵大喊。

「啊。」

龍馬小聲道。這是「沒聽見啊」的簡略說法。土佐高知似乎有如此說話方式。

「哇，甲板上有個人，好像是陸奧陽之助呀。」

龍馬心無旁鶩地看著。

千秋丸的船帆正緩緩降下。在船上的不僅陸奧陽之助，紅面馬之助也在。

紅面馬之助爬上前面的船桅，正在收帆。

龍馬大姊千鶴之子高松太郎操縱著船錨的纜繩。他旁邊的菅野覺兵衛正移動著碩大的身體，再過去就是從前和龍馬一起翻山越嶺脫藩的澤村惣之丞。

個個都是神戶塾的學生，日後將逐一成為龍馬海援隊的健將。

「哇哈哈！來了呀！」

龍馬整個臉都笑開了。

一旁的士官朝龍馬吼道：

「還來！還來！」

龍馬拿下望遠鏡，迅速掛回那人脖子上。

「多謝。看得很清楚。不過即使是幕臣也別太囂張呀。」

龍馬拍拍他後便走下舷梯，下到灑滿冬日陽光的甲板了。

風勢是三級的軟風。

那邊的千秋丸噗通一聲把船錨拋入品川海域。

拋船錨的光景龍馬看多了，這回印象卻特別深刻，只覺濺起的雪白浪花亮得刺眼。

龍馬一直站在觀光丸甲板上。近視眼的他其實看得不是十分清楚，但千秋丸的入港作業似乎完成了。

龍馬看見千秋丸的船舷放下一艘小艇。小艇落在水面上了。

好幾名武士順著船舷的繩梯依序往下爬。

「啊，是陸奧陽之助他們！」

龍馬以模糊的視力拚命調整雙眼焦距，希望能逐一看清他們的臉。

船槳反射著午後的陽光，亮得刺眼。

小艇朝這邊划了過來。

「嗯，錯不了。」

龍馬迅速轉過身道：

「千秋丸派小艇過來了，麻煩各位放繩梯下去。」

他拜託甲板上的佐賀藩士及幕府海軍的水手。

「沒問題。」

眾人利落地分頭行動。

龍馬再次轉向小艇。他激動得胸口發脹，趕緊拚命忍住淚水。

龍馬等著小艇接近。他這輩子從未覺得如此按捺不住。

「終於得到咱們的實習艦了！」

這份興奮，一個人的話無法充分享受，一定要和同樣企盼已久的同伴彼此擁抱才行。

小艇的船槳繼續映著陽光逐漸划近。

龍馬從船舷探出身去，幾乎要掉進海裡。

「是我，龍馬呀！」

他想如此大喊，卻只是無聲地任淚水順著臉頰滑下、滴落。

另一方面，小艇的船頭站著一個摸著下巴的人，是土州脫藩者中最年長的菅野覺兵衛。

紀州脫藩者陸奥陽之助、土州脫藩者高松太郎及澤村惣之丞等人負責操槳。

「那人好像快掉進海裡了呀！」

菅野覺兵衛一臉不解，但隨即發現那人就是龍馬。

「喂，各位！坂本爺來了！他在船舷那邊拚命揮著手呢！」

說著正想擺出笑容，轉過身去卻發現望著龍馬身影的操槳手個個都沒笑。菅野也忍不住快哭了。

「他本是一介刀客，只因迷上軍艦，竟也讓他弄到一艘。」

何況還是浪人之身。

菅野覺兵衛的眼淚也大顆大顆滑落。

菅野覺兵衛等人終於爬上觀光丸的甲板。共有七人。

「就你們幾個嗎？」
龍馬似乎相當不滿。他原本是希望盡量把全塾的人都叫過來的，但因經費有限，所以只來了七個。
「好棒的艦啊！」
菅野在甲板上走來走去。
龍馬外甥高松太郎朝船首的大砲走去。這年輕人主修的是砲術科，他個性輕率，腦筋也不太好。
陸奧陽之助始終沒自龍馬身邊走開，他抬頭望著煙囪。
「沒冒煙啊。」
「廢話！因為沒燒煤呀。」
「喔，沒燒煤的話就不會冒煙嗎？」
他故意裝傻。
「你連這都不知道嗎？」
龍馬信以為真，還認真地為他操起心來。以這樣的知識，要把這艘軍艦從品川海面開到大坂的天保山海面，實在有點危險。

「陽之助。」
龍馬不悅地說：
「啟航之前，你每天都到底艙去跟火夫學習怎麼給汽缸燒火。」
他如此下令。
陸奧縮起脖子。這年輕人額頭的髮際線很好看。
「勝老師會搭下一艘小艇過來。」
「哦？老師也在船上嗎？」
龍馬很開心。其實龍馬自己也沒信心當艦長駕駛這艘軍艦。
「這下您可鬆了一口氣吧？」
機伶的陸奧立刻察覺龍馬的神情而如此調侃他。
「聽說這艘實習船抵達大坂之前，勝老師會擔任艦長，他說像坂本這麼吊兒郎當的人，『我可不敢把重要的幕府御船交給他。』」
「別胡說！」
正當龍馬如此苦笑時，勝海舟所乘的小艇也划近了。

勝終於站在甲板上。執行公務中的勝頭戴斗笠，身穿黑色印有家紋的和服及仙台平的裙褲。

「喂，龍馬。」

勝朝身材魁梧的龍馬手臂拍了拍。

「去大坂的路上由你來實習艦長職務，我就不跟著去了。」

事態完全兩樣。問了才知道，這年年底將軍將乘幕府汽船翔鶴丸循海路再度上京，勝身為軍艦奉行並必須隨行。

「哎呀，沒什麼好擔心的。實際的操控作業幕府的海軍團隊會負責呀。船又不會被你弄壞。」

龍馬一直為出航前這七名夥伴的住宿問題傷透腦筋。

他們個個都是脫藩之身，藩邸不可能收留，但若要住旅館，龍馬也沒這筆錢，他們更不會有。

「沒問題。」

勝道：

「就安排你們當幕府海軍的伙夫吧，那住在觀光丸上就成了。」

龍馬告訴菅野覺兵衛等人。

「那多沒意思！」

只有陸奧陽之助如此反對。

「坂本老師，這裡可是品川海面啊。到了傍晚，水面就會被品川花街的燈火映得通亮呢。」

「這小子！」

龍馬不禁咂舌。

陸奧出身紀州藩的名家，十多歲就開始放浪形骸，早已習於冶遊。

相貌清秀又自稱花街老手，裝腔作勢得令人討厭。

「陽之助，你哪來這筆錢啊？」

「那有什麼難的，只要上品川的妓院土藏相模去，一定有長州的朋友在那邊喝酒，就先跟他們商借吧。」

「你是打算拿他藩的錢上妓院嗎？」

「嗯，對啊。」

「這才沒意思。況且這樣會違反我們的盟約。」

龍馬道。

所謂的盟約是指「不拿別人錢財行酒色之事」，就是要完全獨立自主的約束。不依賴自己出身之藩或他藩在瀨戶內海成立海軍。除訓練之外，還兼營商船活動賺錢。

靠一己之力賺了錢才拿來喝酒。沒成功之前只能忍耐。就是這麼回事。

「長州人拿藩費逛花街，出手闊氣得很。但我們浪人若想學他們反而顯得小氣，一定會被他藩之人瞧不起，那將影響他日做大事。陽之助，別沉不住氣啊！」

「好像挺有道理的……」

陸奧陽之助心不甘情不願地點點頭。

這天晚上龍馬和他們一起睡在艙房。

到了晚上突然起風。

軍艦不住搖晃。

半夜，陸奧陽之助臉色蒼白地摸進龍馬的寢室。

「暈船了。」

他對龍馬道：

「坂本老師，我沒法忍受船如此搖晃，請放下小艇，我要單獨上岸。」

「你有錢嗎？」

「沒有。」

「那就把這拿去賣吧。」

龍馬把自己的大小佩刀遞給他。

陸奧實在拿他沒輒，只好走出房間。

翌日早晨龍馬就離開此艦。

他在陸上還有許多事要做。

到築地南小田原町的幕府軍艦操練所商借機械及

器材，還要上赤坂冰川町的勝宅報告。

年關將至。

軍艦奉行並勝海舟將於十二月二十七日陪同將軍搭乘汽船翔鶴丸西上京都，故特於前一日叫龍馬到家裡來。

「拜託你千萬別發生任何事故啊。」

一向自認膽識過人的勝，似乎也為了要將幕艦交給浪人而有些不安。

「怎麼？萬一沉船或觸礁，老師和我一同切腹謝罪就得了呀，不是嗎？」

龍馬滿不在乎地道。

「別開玩笑。」

勝瞪大眼睛道：

「肚子只有一個。為這種事就要把它切開？這我可不幹！」

「對呀，那我也不幹。」

龍馬也趕緊道。勝和龍馬都不願隨便切腹。

「那我就放心了。不想切腹的話就給我小心操作軍艦。遇到天候不佳時就趕緊駛進哪個港去，這是最重要的。」

「這我懂。」

龍馬為了不讓勝擔心，斬釘截鐵這麼說。

接下來就是閒聊。

「龍馬，說來奇妙。家康在江戶創建幕府以來最多事的這一年，到了該落幕的時候終究還是得落幕。無論如何都敵不過天道。」

難得勝的語氣中也帶著濃濃的慨歎之情。

正如勝所言，這一年（文久三年）的確是關原之戰以來群情最為騷動的一年。

江戶還算安靜。

京都卻已如沸騰之鼎。勤王浪士的天誅事件為此年揭開序幕，長州藩一時獨霸。在該藩的遊說之下，天皇決定發動攘夷戰，並於四月行幸石清水的八幡宮以祈求戰爭勝利，將軍已是名存實亡的存在。五月，長州藩進一步在馬關海域向外國船艦發動砲擊。七月薩摩藩與英國艦隊實際交戰。到了八月，宮廷發生政變，長州主導的攘夷主義遭棄，長州藩勢力在京都一敗塗地。在此前夕，土佐藩的吉村寅太郎等人自詡為革命尖兵，在大和發起天誅組之義舉，最後慘遭殲滅。佐幕派出頭的時代終於降臨。順應此風潮，土佐藩的佐幕派也自敗部復活，武市半平太等人不是下獄就是被殺。

「明年情勢不知如何呀。」

世局多變，洞察力超強的勝也無法預料。

「應該是更加波濤洶湧的一年吧。」

「龍馬，你別說得一派輕鬆。幕府這房子的根基已因今年的大風而鬆動，只要再來一陣風，恐怕就要崩塌了。」

勝的語氣十分複雜，有點像在煽動又好像不是。

翌日勝搭著將軍家茂乘坐的翔鶴丸離開了品川海面。

十四代將軍家茂下巴較寬，臉上稚氣未脫。他出自紀州德川家，十三歲即繼承征夷大將軍之位，這時還只是個十八歲的年輕人。

貴族血統的清秀相貌，溫和而誠實的個性，故大奧的女官對他多為好評。

他帶病在身。

御醫也頗不認同這回的西上之行，但家茂唯恐京都朝廷對幕府的觀感惡化，故仍拖著虛弱的病體搭上翔鶴丸。

拔錨之後他一直關在艙房中，以免吹到海風。

不過這位年輕的將軍很欣賞思路明快的四十一歲軍艦奉行並勝海舟，很喜歡聽他說話。

第一天為等風起，又為避免夜間航行之危險，而將船駛入相州的浦賀港，讓將軍一行人上陸過夜。

這時家茂特別在午餐時將勝召來。

「勝，我想聽你聊聊。」

他親手為勝斟酒。在家茂眼裡，勝應該是個可靠的長輩吧。

勝也願為此病弱將軍犧牲性命在所不惜。順帶一提，勝雖受家茂寵信，卻刻意對下一任的十五代將軍慶喜敬而遠之。大概是因他與才氣縱橫的慶喜在個性上有些互斥吧。

勝在這年（文久三年）年底即看出德川政權氣數已盡。複雜的江戶、京都雙重政權使日本很難在國際社會上活躍。而且薩摩、長州、部分公卿及浪人志士一直企圖以京都的攘夷政權為後盾來撼動江戶的開國政權，勝也看出如此勢力很難制住。

——幕府已經不行了。

勝如此想法似乎是從大前年（萬延元年）三月三日的櫻田門外事變開始的。

勝這人擁有當代稀有的頭腦。這麼說是因他雖身為幕臣，卻早就了解幕府並不等於日本。他清楚了悟到幕府的歷史任務已完成，甚至暗中開始思考該如何轉往下一個政權而不至於混亂。

勝內心的如此想法愈來愈強烈。這或許是因他與將軍家茂接觸的機會很多吧。

在勝的眼裡，家茂可說是個悲劇人物。體弱多病又年少，卻不得不漂蕩於幕府首創以來最多難的政局之中。

之所以形容為「漂蕩」，是因幕府已喪失壓制朝廷及諸藩的強權武力，而在對外情勢上，諸國也已發現江戶政權並非日本唯一絕對的公認政權。因此家茂的辛苦根本得不到應有的效果。

家茂在這回午餐席上送給勝一套印有葵紋的黑色窄袖和服以及一個刀柄飾物「目貫」。

「海上的一切就有勞你了。」

他對勝如此道。有了這句話，勝就好辦事了。

將軍不在，江戶猿若町三處劇場依慣例休演。此外街頭光景並無顯著不同。

龍馬不露痕跡地護送勝到品川驛站後，隨即折返江戶。

根據幕府之令（其實是軍艦奉行並勝的命令），龍馬等人之實習艦觀光丸將於後天黎明時分出航。

龍馬人在品川。

「既然如此，乾脆就在這裡等出航吧。」

他起初有此意，但轉念一想，這樣對重太郎和佐那子實在過意不去，於是又特地返回江戶。

回到千葉家，立即到老師傅貞吉的房間報告。

「後天天未亮之前就要起錨航向大坂了。」

貞吉只是靜靜微笑。

這位老刀客是千葉周作之弟，且據說本領在其兄之上。他完全無法了解龍馬目前所為之事。

「龍馬好像打算棄刀改行當海員哪。」

他經常如此嘀咕。貞吉的刀客生涯頗長，而門徒中從未見過資質在龍馬之上的。

以龍馬的本領，不管是何等大藩的刀術指導職自己都能幫他推薦。且可能的話，還想把佐那子嫁給他，將他收為自己的女婿。貞吉一直有此打算。

佐那子也因老父如此夢想而無法對龍馬忘情。

其實佐那子之前一再拒絕所有人的提親。貞吉老人也是如此，有人想來提親他就婉拒。

——哎呀，佐那子似乎另有打算。

也怪龍馬一直獨身，佐那子才會抱著希望。

「他的心意應該也和我一樣吧。」

還有，龍馬的言行舉止很曖昧，讓人捉摸不定，故情況愈來愈糟，終於發展至此地步。

總之，千葉佐那子一直到維新之後都還自認是「坂本龍馬的未婚妻」，也一再對外如此宣稱。

一切都怪龍馬態度曖昧。

龍馬的確喜歡佐那子，卻未強烈到無法成眠的程度。

他一直把重太郎及佐那子這對千葉兄妹當成自己最值得信賴的摯友。

因此若被問起：

——不喜歡她嗎？

他也不得不回答「喜歡」。可卻也僅止於此。

但無論如何，佐那子已暗中下定決心要採取行動了。

這天龍馬從品川回來後，就待在少師傅重太郎的書房。

千葉重太郎為鳥取藩世子之專任刀術指導，昨天起就在藩邸值班，所以不在家。

重太郎的房間頗似刀客的房間，幾乎沒什麼書，卻堆著成山的大比試記錄和道場日誌等文件。

紙門面西，因為西曬，八疊榻榻米全曬得褪色了。

佐那子端茶進來。

「好冷喔。」

龍馬道。佐那子卻氣呼呼地不回答。龍馬也納悶，怎麼一開始就怪里怪氣的。

這天晚上龍馬睡在書房。

第二天早晨掀開棉被，照例沒洗臉就坐在房間正中央。這時穿著時下流行的紅灰色窄袖和服的佐那子就端茶進來了。

「真是太謝謝妳了。」

龍馬欣然接過。但佐那子仍是一臉怒容，且又不說話。

然後就甩頭離開了。

「好怪啊。」

龍馬心想，但隨即拋在腦後。後來就進道場打發時間。

在道場陪門人練刀。

有一陣子沒拿竹刀了，所以一開始的五、六回合，身體好像不太靈活，但一會兒就好了。

他有求必應，已和大約十人進行練習比試。

——好強啊！

道場所有人都嚇得說不出話來。十個人都是連碰都沒碰到龍馬就被撂倒了。

「這道場實力也變弱了。」

龍馬暗想。從前貞吉老人還健壯時是以激烈練習出名，門人的技術水準據說甚至超出本家玉池千葉。但自重太郎主持道場之後，情況就似乎不太妙了。

重太郎在人才濟濟的千葉一族中，刀技本來就是最差的，加上他為人不拘小節又不擺師傅架子，門人或許也因此較鬆懈。

佐那子就不同了。她算是此道場最出色的吧。

佐那子穿著純白的裙褲及全新的道服，不知何時已靜靜坐在道場一隅。

「要和坂本師傅練習一下嗎？」

擔任師範代的門人如此建議。

佐那子本就有此打算。

她戴上「面」，走到道場中央。

雙方互相一禮，保持蹲踞姿態讓刀尖互觸，然後才站起身來。

佐那子採「青眼」構式。

讓刀尖如鶺鴒之尾般擺動。這是此流派自千葉周作以來的獨特方式。

龍馬也採「青眼」構式。

然後揚起刀尖，彷彿要擊打對方的「胴」似地換成「大上段」的構式。

佐那子動了動竹刀稍作挑釁。

但龍馬並不理會。他一如地底冒出來的的天然樹木，不斷往天空竄升。

「有機會！」

佐那子暗想，但刀尖那頭的龍馬卻擺出如此不按牌理出牌的構式，反倒讓她裹足不前。

「他已經很久沒上場，技術應該退步了。」

佐那子如此告訴自己。

「他這構式簡直就像個初學者呀。」

佐那子心想。只要心裡不要去想對手是坂本龍馬，放膽攻擊一定可以輕易打倒他吧。

佐那子一鼓作氣。

刀有了動靜。佐那子衝上前去，不，就在她要衝上前去的那一瞬間，龍馬的竹刀即以電光火石般的速度擊中她上揚的手部。

「啪」的一聲。

一分。這回合佐那子輸了。

接下來兩人都擺出「青眼」構式。

才剛擺好構式，佐那子的身體就像顆皮球似地彈起，並趁機擊向龍馬的「面」。

龍馬接下這一擊。兩把竹刀在空中擊出巨響，佐那子就此姿勢反手襲向龍馬的「胴」。

龍馬迅速將拳頭往下移動，以刀鍔擋住這一擊。

兩人的刀鍔相抵，彼此較勁。

龍馬不喜歡如此貼身戰，想把佐那子的身體推回去，誰知佐那子卻偏不後退。

佐那子突然偏過頭。

維持接戰的姿勢迅速對龍馬道：

「今晚戌時下刻（譯註：若將一個時辰均分為三，即成上刻、中刻及下刻）過後，我就到你房間。」

佐那子說完後倏地往後退。

龍馬隨即朝佐那子的「面」襲去。佐那子抬手在頭上格開。

「有什麼事？」

龍馬的聲音頗大。

「笨蛋！」

佐那子難過極了。身體也因這份羞恥之情而僵硬。

碰！

龍馬的竹刀把佐那子的「面」劈成兩半。

「笨蛋！笨蛋！」

啪的一聲，「籠手」又被擊中了。佐那子痛得竹刀差點脫手落地。

「嘖！」

佐那子生氣了。怒氣讓佐那子的刀勢一變。

「胴！」

犀利的竹刀聲讓龍馬高處的「胴」發出巨響。然而，較此聲響稍早之前，龍馬的竹刀已擊中佐那子的「面」，不僅發出巨響，還擊碎了她的「面」。

「面。一分。」

貞吉老人不知何時已出現道場。他大概也看出佐那子的異常舉動，故立即宣布：

「到此為止！」

雙方各自跳開，龍馬迅速撿拾竹刀。

佐那子總是和大嫂八寸在廚房用餐。

這天晚飯卻食不下嚥。

「怎麼啦？」

八寸問道。

「沒事。」

卻索性放下筷子，整個人沒精打采的。

「身體不舒服嗎？」

「不，沒有。」

佐那子擠出一絲微笑。

那笑容完全不像平常的佐那子，看起來虛弱無力。八寸更覺得奇怪了。八寸個性溫柔又體貼，因此兩人感情好得一如親姐妹。

「大概是為了坂本爺吧。」

八寸有此直覺。

「再吃點！」

八寸以大嫂的威嚴道。但其實八寸比佐那子還小上一歲。

「哦，是因為佐那子輸不起喔。」

八寸故意旁敲側擊：

「被坂本爺打敗不甘心，連飯都吃不下了呀。」

「才不是呢。」

仔細想想，這幾年來比試從沒輸得像今天那麼慘的。龍馬太強了。但更重要的是自己太弱了，簡直像身體動都沒動似的。
眼淚流了下來。
八寸詫異地瞪大眼睛，但佐那子本人比她更驚訝。她也不知道眼淚為什麼會流下來。
掉出一滴眼淚後，心裡真的湧出悲傷，彷彿要這樣才對得起眼淚似的。
眼淚嘩啦嘩啦流下。
佐那子也無意擦拭。只見她臉色逐漸轉紅。終至滿臉脹紅。
「大嫂……」
佐那子接下來要說的話是自己之前從未想過的。
「大嫂，今晚我要去坂本大哥的房間。」
「咦？」
八寸一頭霧水。
「我一定要去。所以萬一有人要到他房間去，請大嫂無論如何一定要阻止。」
「佐那子……」

女孩子家竟說出這種話，真是難為她了。
含淚的雙眼閃閃發光。八寸嫁入千葉家以來還未見過小姑如此異常的神態。
「我知道了。」
八寸點頭答應。照理說她應該制止佐那子的，奇怪的是她竟毫無此意。
八寸心想，萬一出了問題，自己就自殺或什麼的以示負責就得了。
她倆真是心意相通。佐那子竟說出同樣的話來。
「萬一被旁人知道我這麼不檢點，佐那子也不會給大嫂添麻煩，我會自己了斷。」
既然她已有如此決心，那就不必多說了。八寸心想。
自殺。
佐那子如此道。她可不是隨便說說。
她已有如此覺悟。
女孩子家竟主動說要上異性房間去，要當場逼婚，甚至抱著獻出貞操的心理準備。此舉實不該出自武家閨秀。
這屬於不道德、違背倫理、不知檢點之類僅次於敗德的行為。這些佐那子都很清楚。
她明知如此卻仍打定主意冒險一試。萬一被拒絕，這對女孩子來說可是無上之恥辱，不如乾脆當場拿刀刺進乳下求死。
「我還真是個怪女孩呀。」
佐那子自己也知道。
她不是那種很女性化的女孩，又熱中於劍道，所以就愈來愈沒女人味了。
正因如此，表達愛意時也是一樣，一旦被逼急了就乾脆以激烈行動表態，希望就此一決勝負。
且若遭拒絕就唯有求死一途。
這天晚上天黑之後，少師傅重太郎從鳥取藩邸回來。
「我有話要跟您說。」

八寸等他換好衣服後道。
個性溫柔的八寸掛念著小姑的心事，竟緊張得臉色發青。
不過八寸主要是因沒辦法獨自背負此一祕密。
她想攀住丈夫。
她避重就輕地說明佐那子的事情和自己的心情。
重太郎似乎也相當驚訝。
「佐那子真教人傷腦筋呀。」
他小聲嘀咕。他早知妹妹的心意及之前的情況，故也無意說重話或斥罵。
「那丫頭呀……」
重太郎道：
「是跟刀術戀愛。她自幼學刀，懂得皮毛又有天份，應該比我還有天份吧，因此十分熱中。然後十九歲的龍馬入門了。他刀術高強，故佐那子起了競爭之心。但終究沒法勝過龍馬，於是對他心生愛慕。要是父親沒教那丫頭刀術，改讓她學些一般女孩子該學的才藝，早點把她嫁出去，說不定她就不會迷上龍馬了。」

「可坂本大爺很了不起呀。」

「了不起是了不起，但那種男人是無法帶給女人幸福的呀。」

重太郎的語氣從未如此沉重：

「能給女人幸福的是要像我這種男人呀。雖對世間無益，但也不至於帶來什麼害處。」

他一本正經地說。這當然不是在誇讚自己，而是以如此方式評論自己敬畏的朋友龍馬。

「她愛上麻煩的男人啦。」

重太郎如此說完後便噤口不語。

千葉家有只法國製的懷錶。

這是貞吉老人自鳥取藩主那裡拜領的，製作年代還很新。

佐那子偷偷到父親房裡把那錶拿出來，然後躲在自己房間目不轉睛地看著。

只要八點一到，屋裡的人都會入睡而變得萬籟俱寂。

其間曾幾度聽到時鐘及打更的聲音，但佐那子只是凝視著這只懷錶。

隔著中庭，從佐那子的房間可以望見龍馬的房間。燈亮著。

紙門上映著應該是龍馬的身影，一忽兒大一忽兒小。

「……」

佐那子隔著庭院中的花木望著那道身影，緊張得坐立不安。

時鐘終於指向九點。

「再等四半刻……」

她嘆了一口氣。

這時大門突然傳來急促的拍門聲。

「誰呀?這種時候……」

佐那子按捺不住。

她走到外廊上。她知道門衛應該會接待，但實在沉不住氣。自己最重要的時刻正要開始。若稱來客為從中作梗者似乎太過分，但此人無異是失禮的闖入者。

佐那子走到門口查看。

門衛剛好打開小門。

一名年輕武士走了進來。

「您是哪位？」

佐那子不容分說地問道。

這名武士將韮山笠夾在腋下。佐那子看到他總髮上梳得發亮的頂髻，因為他正朝自己低頭致意。

那武士抬起頭來。

「方才已向門衛報告過了。」

語氣有些自命不凡。

這年輕人臉上稚氣未脫。膚色白皙、鼻梁高挺，標緻得夠格當演員。

「但你並未向我報告。我是此家小姐，名叫佐那子。」

「啊，原來您就是頂頂有名的佐那子小姐呀。」

他毫不膽怯地說：

「在下叫陸奥陽之助，與借住府上的坂本老師情同手足。」

「有什麼事？」

「明天天未亮，觀光丸就要起錨出航。我想他也差不多該自府上出發了，這才來接他的。他可是我們的領袖啊。」

「坂本大爺要啟程了嗎？」

我怎麼都不知道？不知道的也不止自己，龍馬從未對家中任何人提起呀。不是嗎？

「沒這回事吧？」

「不，是真的。我與他同船，我的話怎麼會錯。」

陸奥也不高興了。管妳是什麼千葉家的凶婆娘，這也實在太傲慢了。

陸奧陽之助心想再這樣糾纏下去也不是個辦法，便道：

「不管怎麼說，請容我見見坂本老師吧。」

他故意裝出冷漠的表情。

「不成。」

佐那子也忍無可忍了。看來因為個性的關係，這兩人似乎住定一見面就互相排斥。

「這真教人吃驚呀。」

陸奧瞪視著佐那子：

「我可是坂本老師的訪客呀。抱歉，不過要見不見並不是您一句話就能決定的。請為我通報。」

「不，最近不止京都，連江戶也有不明的浪人胡作非為。不能隨便引見客人。」

「但在下我可是陸奧陽之助呀。」

「有證據嗎？」

「真是愈來愈教人吃驚了。我從不需證明自己的身分，若您不願代為通報那我就自己進去。」

陸奧陽之助自命不凡的個性表露無疑。況且他口才又好。但佐那子也不甘示弱：

「您應該知道這裡是千葉家吧。對武家而言，屋敷一如城池。若您要硬闖，那我只好奉陪了。」

陸奧嚇了一跳。

但被人如此挑戰，若摸摸鼻子離開只會被人當成膽小鬼。

「那麼我只好硬闖了。」

說著抬頭挺胸邁開大步。佐那子卻擋在他面前。

陸奧說聲「抱歉」，就想把佐那子推開。就在這一剎那，陸奧的左臂關節突被反折，痛得他忍不住大叫：

「好痛！」

他趕緊往上跳。若不往上跳，關節好像就要被扭斷了。但手臂卻愈來愈彎，最後自己竟整個人翻過身去跌倒在地。不愧是千葉家的凶婆娘。

他沒精打采地爬起身來，這時千葉重太郎正好從房子正門走了出來。

「佐那子，是盜賊嗎？這傢伙也不打聽打聽，竟敢闖進咱們家！」

「這人自稱與坂本大哥情同手足。」

佐那子生氣地說。

陸奧陽之助很不甘心，他哭喪著臉大喊：

「事實就是如此呀！不是嗎？千葉大爺，您應該聽過吧？在下是陸奧陽之助。」

「啊，是陸奧！」

一個人突然從正門旁樹叢中鑽出來，是龍馬。他已是一身旅裝。

「這跟我們講好的不一樣吧？」

佐那子見他這身打扮，哭喪著臉道。約定的九點半已經到了。

龍馬點點頭。

龍馬親自把陸奧陽之助帶到正門旁的小房間。

「不好意思，你在這裡等我一下。」

他硬把一頭霧水的陸奧推進房間後，又對重太郎道：

「重兄，我去跟佐那子說幾句話。你回房睡覺吧。」

重太郎默默點頭。

龍馬重新返回自己房間，把燈點亮，然後請佐那子進房。

「啊，沒有暖爐。」

「無所謂。」

佐那子端正地坐下。

「好，到底什麼事。」

難得龍馬也正襟危坐。

「嗯，有事情想告訴您。」

佐那子說著垂下眼簾。

一陣沉默……

「看來這事很難說出口喔。」

「是……」

她抬起眼來，但連忙又垂下眼簾。

龍馬凝視著佐那子。

「看到坂本大哥的臉就說不出口了。」

「那就看我的背吧。」

龍馬轉過身去，同時隨意盤起雙腿。

「就對著我的背說吧。」

「可是……」

「佐那子雖是女兒身，但畢竟已獲北辰一刀流『免許皆傳』的資格呀，不是嗎？鼓起勇氣說出來吧。」

「我當然會說。不過坂本大哥可不許再像平常那樣開玩笑，要正經回答我喲。若只有佐那子認真，而坂本大哥只顧瞎攪和，佐那子會沒面子，到時候就只好自盡了。」

「這可不是鬧著玩的。」

背過身去的龍馬大吃一驚。

「在下只要回答就行了吧。」

這下龍馬也緊張了。佐那子要說的，其實龍馬大概也猜得到。只是不想預先想好答案而已。

這種時候最好還是不要有預設立場。

龍馬閉上眼睛。

試著放空。

「說吧。」

「那我就說了。請您……」

佐那子握住龍馬的左手。

「娶我吧。」

「哦——」

龍馬差點如此大叫，但把話吞回去了。這種時候可不能再隨意耍寶逃走了。

「我一直很喜歡坂本大哥。如果您不娶我，那我只有一死了。」

「竟、竟拿性命……」

龍馬的聲音不由自主顫抖著：

這根本不算回答。

佐那子正想說什麼。

龍馬連忙制止她，然後轉過身來搓著鼻子道：

「沒想到。」

他以拳頭摩挲著臉頰。

「真沒想到呀。佐那子小姐竟會喜歡我這種人。實在想不透啊。」

「您真的沒想到嗎？」

「我還以為妳是在開玩笑。」

「唉。」

佐那子一臉傷心。

「不過佐那子小姐，我現在並不想娶妳。」

「咦？」

「我想要的是自由自在的生活。脫藩後才終於獲得。我不希望因為娶了老婆而再度失去。」

龍馬又大聲道：

「妳會變成寡婦唷。也許妳會說沒關係，但我可受不了。『志士不忘在溝壑，勇士不忘喪其元。』」

「那是什麼意思？」

「有志為天下事者，要經常有自己屍體隨時可能被丟在水溝裡的覺悟，有勇氣的人隨時不忘自己身首分離的光景。就是這意思。若不如此就無法得到男人的自由。」

「那麼……」

佐那子似乎想說什麼，但龍馬為了堵住她的嘴，連忙扯下自己紋服的左袖。

「您這是做什麼？」

「我什麼都沒有。這個送妳。」

龍馬略顯恭敬地將衣袖遞給佐那子。

「這是什麼意思？」

「紀念。」

龍馬微笑道：

「有道是『志士不忘在溝壑』呀。我恐怕也不知何時就要自此人世消失，到時候妳就把這當成紀念。」

「哦……」

佐那子直勾勾地盯著手上這隻衣袖。坂本家的桔梗家紋已被污垢及灰塵弄得髒兮兮的。

「我實在沒什麼東西可以送妳。」

「那我該以什麼心態來看待它呢？」

「請把它當成龍馬感激之情的象徵。」

佐那子把這話當成龍馬接受了她的愛戀。因故無法立刻結為夫妻心意卻是相通的象徵。佐那子如此解讀。佐那子的幸福可說就從此刻開始。

「那就是互許終身了。」

佐那子如此以為。既已互許終身，那就可以把龍馬當成丈夫了吧。

「好開心。」

佐那子抱著衣袖道。

龍馬為此意外的發展而手足無措地搓著臉，但拳頭卻意外地濡濕了。一方面憐惜佐那子的心意，另一方面大概是因意思沒傳達清楚而感到懊惱吧。

文久三年除夕的清晨，觀光丸在龍馬的指揮下起錨並順利以蒸汽運轉出航。

一路順風。

「升起縱帆！」

船長格的龍馬如此下令。

觀光丸破浪前進，船帆迎著海風飄揚。

龍馬走在船桅下方並陸續發出必要的命令。

——這個浪人竟然……

以顧問身分搭乘的幕府眾士官也對龍命令之準確感到震驚。

——他究竟何時學會航海術的呢？

他們面面相覷。

即將離開淺海時，他下令關掉蒸汽機，只靠船帆前進以節省燃料。

一切做法都相當適切。更讓士官們驚訝的是，龍馬竟下令汽缸冷卻後重新將機械周遭的螺絲旋緊。

這也完全正確。

「坂本爺，您真令人吃驚呀！我們也學過必須對這些事項多留意，但畢竟太麻煩，故實際上很少做到。您是在哪裡學到的？」

「航海日誌。」

龍馬淡淡回答。龍馬的船舶知識可說幾乎都是自學而來的，他甚至研究出自己獨特的學習方式。他把軍艦奉行並勝海舟手邊所有各船艦的航海日誌逐一讀過。比方說，咸臨丸遠渡美國時，離開神奈川後的第二個小時就停止使用蒸汽，張開船帆，並進行旋緊蒸汽機螺絲的工作。這些過程都寫在咸臨丸安政七年（一八六〇）正月十六日的航海日誌中。

即使出航前預先旋緊螺絲，也會因運轉的震動而鬆脫。只要在運轉大約兩個小時後重新旋緊，接下來就不至於鬆脫了。

啟般三小時後即抵達神奈川海面。龍馬自出航的那一刻起就忙得不可開交，這時總算能稍微輕鬆一下。

他走到船艄。

「坂本老師，您一定很開心吧。」

陸奧陽之助特來調侃他。

「嗯，是啊。」

「對了。」

陸奧盯著龍馬的單邊衣袖。這身服裝真怪，沒了左袖，襯衣都露出來了。

「您這是怎麼回事呀？」

「送人了。」

龍馬似乎不想多提。

「送一隻衣袖？」

陸奧很好奇。把單邊衣袖送人？這種事聽都沒聽過。

「送誰呀？為什麼呢？」

「別問那麼多！」

難得龍馬也含怒瞪視陸奧。

陸奧嚇得縮起脖子。

元治元年

這天天還沒亮，龍馬就到甲板。綠色的右舷燈不住搖晃。

海風很強。

「船帆像在咆哮哪。」

他仰頭道，然後頂著風往船尾走去。

他撩起裙褲坐下。

好冷！

此刻正要迎接文久四年（一八六四）大年初一的太陽。

不久又有人影站到龍馬身邊，且愈來愈多，酒宴也準備就緒。

全是神戶塾的夥伴。這是嗜酒的菅野覺兵衛提議的，說是要向元旦的太陽敬酒。

酒罈也搬過來了。

他們以截斷的竹筒代替酒杯。高松太郎與紅面馬之助合力抬起酒罈為每個人斟酒。

「下酒菜是魷魚乾。」

澤村惣之丞摸黑發給每人一把。

太陽還不升起。

眾人不知如何處理膝蓋上的竹筒，直到菅野覺兵

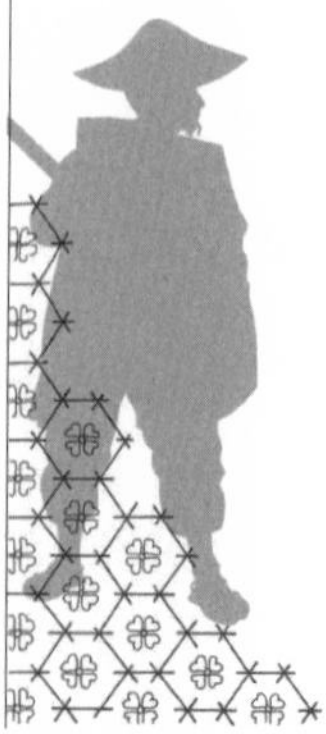

衛帶頭偷喝，大家才發出聲音喝了起來。

「坂本老師也一起來吧。」

出身商人之家的紅面馬之助像嬰兒吸奶似地啜著酒。

「來唱『盛節』吧！」

菅野覺兵衛對著天空扯開嗓門：

「一，生而為人，當盡忠孝，義勇兼備為節而死！」

澤村惣之丞接著唱：

「二，將臉藏進深斗笠，眼裡充滿愛意，頭髮……」

這是土佐流傳的古式數數歌，也不知始於何時。藩中武士不分上士或鄉士都會唱，簡直就像國歌似的。唱法類似室町時代流行的「今樣」，故應該很接近筑前福岡藩的「黑田節」吧。所唱的「節」有時高亢激昂，有時又壓低聲音唱得淒婉幽妙。

「不知黎明動亂的武士，不懂捕鼠之道的貓。」

意思是：未備妥迎擊敵軍凌晨突襲的武士，就如同不會捉老鼠的貓。

「隨時試試自己的刀，檢視刀紋、刀刃及銘文。」

「只要有我在，可抵百萬軍！」

「若真無退路，就讓大刀交鋒，同歸於盡！」

正當如此熱鬧之際，周遭突然大放光明，一個紅點出現在東方的暗處。

紅豔欲滴的太陽冉冉升起。

「真是太美了！」

菅野拔出刀來，開始跳起「花鳥舞」。

這年是文久四年，但二月二十日就改了年號，是為元治元年。他們已進入幕末最多難的時期。

龍馬把觀光丸泊在神戶小野濱以指導塾生。其實本應由塾之主宰者勝海舟來指導的，偏巧他正因公務而忙得分身乏術。

勝陪同將軍乘翔鶴丸於正月初八抵達大坂，比龍馬等人早了一步，現正以軍艦奉行並的身分駐於大坂城內。

「故由我來指導。」

龍馬如此鄭重宣布時，陸奧陽之助忍不住失笑。

「坂本老師來教嗎？」

陸奧道。

龍馬雖為塾長，但航海技術全是有樣學樣後自成一派。不像勝是跟荷蘭人學來的歐洲正統航海術。

「你這笨蛋，我不是以船長身分好端端地把這艘軍艦從品川開回神戶了嗎？」

「是，這我承認。但學習各種學問和技術，最重要的就是基礎。要是一開始就被捲入坂本老師自成一派的技術，那可麻煩啦。」

「怎麼這麼說呢！」

陸奧嘴巴壞，龍馬也無法忍受。當然陸奧並不是真心這麼說的，他只是故意調侃龍馬罷了。

順帶一提，陸奧能說善辯，即便理虧也能說成有理，因此和同伴之間相處得不太融洽。也只有在龍馬這種領袖的手下才能喘息了。

這時操薩摩口音且態度莊重的一個年輕人上前道：

「我希望跟坂本老師學習。」

這是薩摩藩委託的學生伊東祐亨。與其他浪人不同，伊東是奉藩命而來的，故希望早一刻接受實際訓練並親自實習。薩摩藩已購入一艘名為安行丸的三桅蒸汽船，就等著伊東等人回藩。

前面已多次提到伊東此人。他在中日甲午戰爭曾以聯合艦隊司令官的身分指揮黃海海戰乃至攻擊威海衛的所有戰鬥，是世界海戰史上的重要提督。在黃海海戰與敵軍的北洋艦隊對峙時，還轉身對幕僚自滿地道：

「我的作戰技巧可是跟坂本龍馬學來的呢！」

寢待藤兵衛不知何時已來到塾的宿舍。

龍馬也極力建議藤兵衛學習海軍技術，藤兵衛卻拒絕了。

「這您就饒了我吧。小偷出海，這光景也太可怕了吧。」

龍馬不得已只好派藤兵衛負責自己與大坂的勝之間的連絡工作。

勝也很寵藤兵衛。

「我把小偷收為手下。」

他驕傲地對同僚的幕臣及大名這麼說。

「大爺，該上大坂去囉。」

二月的某日，藤兵衛從大坂回來時，說勝叫他去一趟。說著還嘆了口氣。

「有什麼事？」

「這小的也不清楚，不過，似乎不是好事。」

從神戶村的生田之森到大坂城陸路有十里之遙。

「就當做實習，趁便開軍艦去吧。」

龍馬如此打算，於是要塾生準備出航事宜。

翌日天甫亮就起錨出航。

因值逆風無法利用船帆，只得啟動蒸汽機。

「盡量以五平太把鍋爐燒熱！」

龍馬如此下令。五平太就是煤炭的俗稱。語源據說是因煤碳最先是由名叫五平太的筑前人挖出來賣的，但五平太究竟是何方神聖就不得而知了。

觀光丸的五平太是筑前鷹取山礦坑出產的煤炭。

「坂本老師，這東西在幕府海軍都稱為煤炭哪。」

陸奧調侃道。

「我看叫五平太就行了。」

「坂本流的教法竟然連燃料的叫法都與正統派不同呀。」

觀光丸冒起濃濃黑煙，開始往南前進。

舵輪是由菅野覺兵衛操控。

來到西宮海面附近時，風向有了改變。

風速約八公尺，總算順風了。

「把蒸汽機關掉！升起上桅帆！」

龍馬道，手依然揣在懷裡。

負責傳令的高松太郎立即朝甲板大喊：

「上桅帆！」

甲板上的船員，即土州的脫藩者望月龜彌太及因州藩士吉田直人等聽見後，立刻衝向主桅。

「哇哈哈！速度快起來了。」

龍馬很開心。刀術固然有趣，但軍艦也很有意思。

終於抵達大坂天保山的海面。

龍馬不禁瞪大眼睛。

各種不同艦型的軍艦一字排開，且皆已下錨定泊。

他數了數，共有十一艘。

將軍家茂剛上京都。這可謂將軍親率之艦隊。

這是為了展現其威嚴。

將軍的儀仗隊本是由大小諸侯提供的華麗隊伍組成，現在卻是將軍親乘軍艦從江戶來了。

就是因怕過於簡便而召集諸藩軍艦至大坂灣集合，以彰顯將軍的威嚴。換句話說是為了裝飾門面。

但擁有軍艦的藩並不多，即使有，藩士也多半還在學習，尚不懂如何實際操縱。故軍艦奉行並勝海舟便派遣幕府海軍至各藩，指導他們如何操控船艦，硬將船艦駛來此處的。

薩摩藩的安行丸、加賀藩的發起丸、南部藩的廣運丸、筑前藩的大鵬丸、雲州松江藩的八雲丸、越前福井藩的黑龍丸。此外還有幕府的船艦，包括將軍專用艦翔鶴丸、朝陽丸、千秋丸、第一長崎丸及蟠龍丸。

「看來幕威仍盛啊。」

龍馬暗想。

龍馬將觀光丸緩緩駛入大坂灣。他還以為自己要找的勝在大坂城。

沒想到，將軍專用艦翔鶴丸的船桅上還飄著將官旗。

「那不是勝老師的旗幟嗎？」

龍馬滿腹狐疑。

將軍應已進入大坂城，勝不可能單獨留在艦上。

為慎重起見，龍馬特地將船駛近。總覺得勝在這裡，這是他的直覺。

龍馬朝翔鶴丸送出信號並放下小艇。

小艇抵達翔鶴丸的船舷。

卻不能往上爬。雖在海上，但翔鶴丸即等同將軍之城。

翔鶴丸的甲板上張著葵紋的帳幕。

從小艇往上張望，發現勝竟出現在奇怪的地方。

「陸奧，我近視眼看不清楚，那個爬到前桅瞭望台上的是勝老師嗎？」

「斗笠上的家紋看起來是啊。」

陸奧眼睛很好。

另一方面，瞭望台上的勝當然也從望遠鏡看到觀光丸駛進大坂灣後的一舉一動。

勝這人乍看之下是個思想奇特舉止奇矯的人，另一方面卻有著江戶人應有的殷實。他正因隨扈將軍的大任而緊張不已，這幾天一直睡不著。雖身為軍艦奉行並，現在卻又親自爬上船桅上的瞭望台，像個水手般一一監視淀泊中的每艘船艦。

在此就引用勝晚年的自敘說明他此時的情況吧。

「不管怎麼說，就把諸藩的軍艦召集過來。但各藩之士對船的運作尚不熟悉，故希望萬事都由我指示。這還算好，但將軍親率眾多軍艦上京乃空前之舉，正因無前例可循，我的責任也更加重大。加上還有諸藩的船，所以我一直爬到船桅上監視所有艦隊。」

勝爬下船桅，走到船舷俯瞰海上的龍馬。

「龍馬，來得好啊。」

說著拋下繩梯。堂堂旗本之身卻像個水手般靈巧地爬了下來。

跳上龍馬的小艇後，劈頭便道：

「喂，到長崎去吧。」

勝似乎等不及要將龍馬推上世間的舞台。

這回要他隨行去長崎也是為此。

不過，可不是去遊山玩水。

似乎發生了重大事件。

「幕閣命我立即前往，故是幕府公差。我之所以要帶你一同前往，一是為了有北辰一刀流高手擔任我的保鑣，另一則是為了讓你實習航海。」

看來是要以觀光丸前往。

長州藩就像個火藥庫。

激進藩士拿著火把在火藥庫中亂揮。

這不僅危險，實則已引爆，且爆炸範圍正逐漸擴大，就連幕府也束手無策。

連朝廷也對長州不滿，現今天皇（孝明天皇）等人甚至是最討厭長州藩的人。

長州藩的可悲之處在於自己並不知已遭朝廷如此嫌棄，還道：「我藩才是勤王第一藩！」不但如此沾沾自喜，還賭上藩的存亡，不斷發起異於常軌的行動，讓人以為全藩都發狂了。

……

旁人以為他們的矛頭是指向幕府，沒想到也針對外國人。長州藩馬關（下關）砲台事件尚未落幕，又無預警地對航行於馬關海峽的外國船艦發動砲擊。

這已成為國際問題。

《倫敦時報》等屢次加以報導，但因發生頻率太高，報導的篇幅也逐漸縮小，可見頻率之高。

終於誤將日本汽船擊沉了。

對方也不是省油的燈，偏巧是一向水火不容之薩摩藩的汽船。

約莫晚間八點。薩摩船上懸著印有島津家家紋（正圓中一個十字）的大提燈，在長州砲台前下了錨，準備在此過夜。

砲台突然發出砲擊。薩摩船趕緊起錨，逃了一里左右，但仍因起火燃燒而沉沒，士官等二十八人悉數溺斃。

這顯然是起誤射事件。但事後長州藩方面卻以藉口搪塞，不承認是己藩之過失。

此事件使得薩長之間的對立益形嚴重。

長州藩借攘夷之名發狂似地單方挑起戰爭，如此行為也讓外國諸國忍無可忍。

外國船艦一有機會就迎擊，每次都能使一部分砲台安靜下來。但長州藩總是盡快搶修，又開始砲擊。

龍馬是站在長州這邊的。他在理智上應與主張開國的勝同樣立場，但情感上則是支持長州勇敢的攘夷行動。如此矛盾及複雜之心情將意外地逐漸找到調合的方向，但他終其一生都偏袒長州，從未改變。

坊間有個傳聞。

長州藩遭外國船艦猛轟而陷入苦戰，幕府卻袖手旁觀。不僅如此，還給外國人方便，讓他們在橫濱修理因馬關海峽砲戰受損的外國船艦。

龍馬完全無法諒解。

去年他給姊姊乙女寫了信。

「實在令人嘆息。長門國（長州藩）開戰了。上個月六次戰役中日本甚少得利。更教人詫異的是，外國船每在長州戰後，即到江戶修復，然後再到長州來戰。這都是奸吏與夷人私通之故。」

再回到勝這邊的情形。

他說，外國將組成聯合艦隊攻下長州，有打算由各國共同管理該藩的動向。

突然想到一件事。請容我插句題外話。

是關於「元治」這年號。我在本章標題特別標註假名（編註：中譯本選用中文），讀為「ganji」。「ganji」為吳音。但此年號是引自《易經》，故本應讀成較吳音為早的漢音「genji」才對。

不過一般習慣讀成「ganji」。當時似乎也有人讀成「genji」，而明治以後一般都讀成「ganji」。

故「genji」自然較難表現時代的氛圍，在此特別遵循通例讀為「ganji」。還請讀者諸君見諒。

龍馬隨勝海舟前往長崎是在文久四年，即元治元年的二月九日。

船往西進入瀨戶內海。

根據勝所言，英國及荷蘭的軍艦正集結在長崎港，不但如此，還有更多軍艦陸續自上海趕來。不僅英國及荷蘭，聽說法國及美國的軍艦也正朝長崎駛來。

他們全是為了攻打長州藩。

幕府官員多等著看好戲。

幕府正對長州藩的貿然行動感到棘手。不，其實這時幕府本身也正以討伐長州為前提，絞盡腦汁考慮如何處罰長州藩。

「正好！」

幕閣某官員擊掌讚道：

「幕府不必費事遠征了。外國將要出手殲滅長州藩了呀。」

幕府中人憎惡長州的心理竟已至如此病態。

事物的對立若變得尖銳，雙方便容易失去理智，全憑憎惡之心來考量所有事情。在一部分的幕府官員眼中，外國人反而更像同志。在幕府的世界裡，長州藩才是敵人。

插句題外話，日後情勢逆轉，長州藩搖身一變成為官兵時，長州人也心懷過度的報復心理及憎惡，處心積慮要加重幕府及德川家的處分。攻打江戶時，一部分長州人甚至希望把江戶化為焦土，並將將軍處以斬首之刑。若明治維新僅由長州人一手推動，恐怕就是場慘烈的流血革命了。

話說幕府雖如此憎恨長州人，但以日本政府立場而言也不希望在日本境內發生對外戰爭。

然而他們並未積極向外國的外交機關求情，請他們停止攻擊。竟然連這點努力都不肯付出。

只是敷衍似地命勝一人負責協商。

勝現在就是奉此命準備前往長崎港與外國軍艦的諸艦長會商。

船通過了成為國際熱門話題的馬關海峽。

右岸是長州藩之領下關，眼前是綿延二里餘的長州藩砲台群。龍馬透過望遠鏡，看到這群頻頻製造問題的大砲。砲身在陽光下閃著青色光芒。

「來真的呀！」

藩兵在砲台附近操練的情形，遠遠隔著松林若隱若現。

偏袒長州的龍馬看在眼裡也頗開心。

因為長州在日本雖為一外樣大名，卻企圖與歐洲交戰。個性之猛烈可謂日本史上空前之例。

但龍馬早知長州藩對外國的觀念有誤。

「傻了點，但讓人覺得痛快。」

就是如此感覺。說他們「傻了點」可不是心存調侃，反而是想見見所有長州人並拍拍他們肩膀慰勞似的親近感。

至於海峽的左岸呢？

——那是豐前小倉藩。

是幕府譜代大名小笠原的十五萬石之領。自古在德川家的防衛行政上，小倉藩一向擔任「九州探題」之職。

自家康以來，德川家的假想敵就是西國諸大名，尤以薩摩的島津家及長州的毛利家最具威脅。不僅是幕末，其實兩百年來，一直是德川家的假想敵。

因此九州一旦起了動亂，小倉藩主就要激勵九州大名並進行鎮壓。就像四國探題高松藩（松平氏）那樣。

換句話說，紅白兩陣營正隔著海峽對峙。兩藩的對立日漸惡化。

故每當長州藩砲台遭外國軍艦猛烈砲擊時，對岸的小倉藩士都會鼓掌叫好。他們手舞足蹈的模樣，長州這邊看得一清二楚，於是長州人更對他們產生難以磨滅的嫌惡感。

這是後來的事件。長州藩士高杉晉作因熾熱的報復之念，親率奇兵隊渡過海峽攻打小倉城。小笠原長行因而搭船逃往長崎，藩士也主動放火燒城並逃出城外。

龍馬等人離開海峽後，順著北九州沿岸航行，然後駛入肥前的伊萬里灣。

伊萬里灣是東松浦半島東南的大海灣，深深嵌進陸地，最深入之處即為伊萬里。

要進入此灣有三條航線：日比水道、青島水道和津輕水道。龍馬與勝商量之後取徑日比水道。

此水道狹窄且大小島嶼眾多，暗礁處處，是條難度相當高的航線。

龍馬滿頭大汗指揮船艦，終於在二月十四日駛入伊萬里灣並順利下錨。

觀光丸隨後返回大坂。接下來他們就要循陸路趕往長崎了。

勝和龍馬走上大道。

沿途的桃花已盛開。

該月的二十三日終於抵達長崎。

⋯⋯⋯⋯⋯⋯⋯⋯⋯⋯⋯⋯⋯⋯⋯⋯⋯⋯⋯⋯

「真是個好地方呀。」

龍馬走在町中幾度如此讚道。一切見聞都十分新奇。

此地給龍馬一個與江戶、大坂、京都及諸國的城下町截然不同的印象。

有外國的味道。

自從一艘葡萄牙船於戰國最盛之元龜元年（一五七〇）駛入此海港以來，這個海灣就成了異國文化的輸入口。

戰國末期，即天正八年（一五八〇）後的數年間甚至還曾成為羅馬王的領地。豐臣天下基礎篤定的天正十五年（一五八七），秀吉生怕此地成為外國侵日之根據地而予以沒收，但不管怎麼說，一開始奠定長崎特殊風格的應該是南蠻人（譯註：特指在東南亞擁有殖民地的西班牙及葡萄牙人）。

德川幕府實施鎖國政策後，也只有開放此港給荷蘭人及中國人有限制的居住、貿易權。

幕府在此置有兩名長崎奉行，分別負責內外的行政，實際的町政則由六名町年寄負責經營。

町中行人走路的模樣看來相當悠閒，可見此町並不像城下町那般死板。

「你喜歡這裡吧？」

勝道。他年輕時就是在此町度過第一屆海軍傳習所的學生生涯的。他對此地也十分懷念。

蔚藍的天空。

位於南海的土佐，天空雖美但仍嫌水蒸氣過多，長崎的天空就沒那麼嚴重了。感覺東海天空的湛藍色彷彿直接蔓延到長崎來了。

「勝老師，京都的前方不過是大坂，江戶的前方不過是小田原，然而長崎的對岸可是上海呢。」

龍馬心中浮現一個構想。

他夢想中的私設艦隊基地除此地外再無更理想之處。透過與上海的貿易獲利，然後藉此慢慢增加軍艦，創造日本最大的海上王國，同時與薩長聯手推翻幕府。

勝也是個奇怪的人。

他早就看清龍馬是個倒幕論者，卻為了協助龍馬成長，而帶他到長崎這遙遠的地方來。

勝走進位於市中森崎的奉行所（位於今長崎縣廳境內）。

見了長崎奉行服部長門守長純。長崎奉行是從傑出旗本中選出的，頗具權勢，故不但直屬老中，還享有職務本俸「役高」一千石、職務津貼「役料」四千四百零二俵，此外還有現金「役金」三千兩。在江戶城的席次亦高，謁見將軍時可在「芙蓉間」待命。而長崎萬一有突發狀況，還有權以將軍之名號令九州諸大名。

「根據幕閣外國奉行所得之情報……」

勝對長門守道：

「英、法、荷、美四國對長州藩一連串的海峽砲擊行動十分憤慨，決定在長崎組織聯合艦隊，自此出發襲擊長州，再乘勢攻至將軍居城所在的大坂。據報之情形如此，不知軍艦是否已集結至此？」

「哎呀，這……目前尚未接獲分駐所的報告。」

長崎奉行服部長門守道。言下之意是外國軍艦尚未集結至此。

「不過為慎重起見，還是派手下去查看一下吧。」

勝卻搖手表示「不用了」。

「我親自去看。」

勝的行事作風一向如此。非得親眼確認不可。不相信耳朵聽來的，只相信親眼所見，然後才開始做打算。應該說是實事求是的思考方式吧。

這一點和龍馬簡直一模一樣。若不親臨現場，親眼所見且直接碰觸，就無意做進一步的打算。在理想派眾多的幕末日本人中，他們兩個應該屬於稀有物種吧。

「您要親自去？」

長門守大感詫異。當時高高在上的高階旗本絕不可能如此輕率。

「那在下也一起去。」

長門守不得已也站起身來。

鬧區之西，諏訪明神後方有塊稱為「立山」的高地，上面還有處奉行所。

從那裡可以一眼俯瞰整座海港。

備了三頂轎子。

一頂給奉行，一頂給勝，另一頂給正好來訪的幕府目付能勢金之助。除三頂轎子外，還有眾多隨行者，奉行手下的代官、支配組頭、調役、與力及同心等，浩浩蕩蕩一群人，全為了展現奉行及勝的威儀。

「龍馬，就是這樣。」

勝低聲道：

「這樣下去日本就要滅亡啦。美國的高官有事都是簡簡單單一個人去視察。幕府凡事如此強調排場，難怪效率不彰呀。」

龍馬走在勝的轎旁。

五尺八寸。

印有家紋的和服已褪成紫黑色，皺巴巴的裙褲。

如此蓬頭垢面浪人裝束的男人態度簡慢地走在行列中，奉行所的官差都覺得毛骨悚然。

——那是什麼人呀？

不斷傳來如此耳語聲。堂堂軍艦奉行並竟帶了個浪人隨行，這可真是奇怪呀。

但官差也很怪。只因龍馬是勝身邊的人，所以也不敢對龍馬擺架子，甚至一路奉承，主動來找龍馬聊天。龍馬只是「啊，嗯」隨意敷衍，卻突然提出問題：

「奉行所有多少錢？」

真是出人意料。

下級官差個個愣在當場。不過其中一人看出龍馬也算江戶官差資格，故洩漏道：

「有十萬兩。」

「嗯。」

龍馬暗自點頭。

討幕戰若開打可先襲擊奉行所，扣押這十萬兩當做軍資。這就是他的如意算盤。

走上立山俯瞰港區，卻連一艘外國軍艦的影子也沒。

不管怎麼說，既然外國軍艦沒來，那就沒戲唱了。

「不管多久，反正我們就等到它們來吧。」

勝道。安撫集結於長崎的外國軍艦艦長並說服他們停止攻擊長州的計畫，這是勝的公務，總之決定就是繼續等。

這段期間勝及龍馬搬離森崎的奉行所，改住到立山的奉行所。

此高地可俯瞰全港，視野相當好。

當時長崎居民為區分兩處奉行所，便將立山這邊稱為「立山役所」。

其舊址現在是長崎縣立圖書館及知事官舍。

龍馬那時的立山役所是棟宏偉的屋敷。

奉行所正門富麗堂皇，寬四間、高兩間半。走進大門後，左手邊是警衛室，右手邊則是待命室及隨行人員休息室。

進門後，前方就是屋子的正門，規模之大有如大大名的上屋敷。屋子正門的左側是年行事室及公務室等辦公室，還附設審判用的白砂庭院。

此外還有書院、使者接待室、大客間及會客室等專用房間，大到沒弄清楚的話恐怕還會迷路。

龍馬根本待不住。

他每天都到街上去。

也買買東西。

長崎雖是個風格迥異的町區，店鋪卻與江戶、大坂及京都等地沒什麼兩樣。

只是店頭的暖簾（譯註：寫有店名掛在門口的布簾）不是深藍色，而一律是黑色棉布做的。黑棉布與塗了灰泥的屋瓦及湛藍的天空十分相襯。

龍馬走進一家唐物店。

店裡滿是中國及西洋船來的百貨及日用品。

「有法國的香水嗎？」

龍馬對帳房的掌櫃道。

掌櫃大吃一驚。

這浪人身上穿的是皺巴巴的紋服及裙褲，卻問起法國香水，究竟打什麼主意呢？

龍馬聽過香水這東西。據說在西洋是紳士的愛用品。

「真想擦擦看。」

聽來或許可笑，像龍馬這麼愛打扮的男人並不多，可惜他毫無打扮的天份只是空有滿腔熱情。

香水有紳士用及婦女用兩種。

「大爺您是要自己用的嗎？」

掌櫃的問道。

諂媚的笑容中似乎帶著點鄙夷。

「嗯，沒錯。」
「大爺您的話，擦香水之前，應該先洗澡、換衣服才能徹底解決問題。」
掌櫃的當然不敢這麼說，只是有些不知所措。
「這個……價錢有點貴呢。」
掌櫃翻著白眼道。
「這我知道。」
龍馬天生對東西的價格就十分敏感。這點和同時代的武士及志士迥然不同。
「有多貴？」
龍馬懷裡還有二十兩，是大哥權平寄來剩下的。
「一瓶三兩。」
「三兩嗎？」
龍馬爽快地從懷裡掏出三枚小判金幣扔在櫃檯上。三兩幾乎是下女或武士家管家一年份的薪水，是筆不小的數目。

「哎唷，哎唷。」
掌櫃的惶恐地鑽進屋內取出法國烏碧剛公司出品的古龍水。
古龍水比較便宜。龍馬決定不買香水，買了三兩份的古龍水。
「對了，有法國製的女用白粉嗎？」
「大爺您要擦的嗎？」
掌櫃的興致都來了。
「笨蛋！我怎會擦這東西？」
龍馬大笑道：
「是想送給情人啦。」
「是，是。」
掌櫃的拿出一盒裝在漂亮白陶容器裡的白粉。問起價錢，說是一盒就要一兩二分錢。
「給我三個。」
真是大手筆。
「你可以幫我寄嗎？不好意思，跟你借個紙筆。我把對方地址寫給你，順便寫封信一起寄去。」

龍馬一屁股坐下。

「就寄給田鶴小姐、阿龍，還有江戶的佐那子吧。」

龍馬如此盤算。

「您要寄到哪裡呢？」

「江戶跟京都。」

龍馬茫然地望著來往行人，滿懷感觸地想起三人的容顏。

「她們會一定會很開心吧。只是開心的模樣因三人個性有異，也將各自不同吧。」

一想到這點就開心。

他這才猛地想到。

「這三個人到底是不是我的情人呀？」

他變得毫無把握。

似乎和世人所謂的戀愛不同。最重要的是，龍馬本身確實有愛意，但同時愛上三個人就奇怪了。所謂戀愛的心情應該是只針對一個人，龍馬的情況能說是這樣嗎？

「我知道了。我喜歡她們三個，但還不到戀愛的地步，還未走到戀愛這一步。不，是我自己拚命不要陷入戀愛的。」

這可不能糊裡糊塗亂送。送了很可能被當成「喜歡」或「戀愛」的表現。

「喂，喂。」

龍馬打算把寄送地址改一改。

總之龍馬實在狡猾。

他認為自己與田鶴小姐、佐那子及阿龍三人的關係還是維持目前情況最好。再陷入一步就是泥淖了。

「有道是：『君子之交淡如水。』」

這是《禮記》中的句子。意思是有信有義的紳士對好友總是保持淡然的態度，但其實感情深厚。既不勾肩搭臂特別表示親密，也不是因彼此缺點而相互糾纏的交往方式。

不過這句話是指男士間的交往。龍馬卻希望男女之間的交往也能盡量如此。

「淡如水。」

他覺得這詞真好。戀愛是心靈的陷阱，龍馬不希望因陷入愛情的泥淖而喪失精神與行動上的自由。

他自有心目中的生命課題。為貫徹此課題，甜如蜜的愛欲只會從中阻撓。

「維持在『喜歡』的階段就好了。」

若送法國製的白粉，恐怕會陷入「戀愛」的階段吧。

「還是堅持淡——淡——」

痛下此決定，龍馬心裡也有些難過，但不一會兒就釋懷了。他用力拍拍雙手。

「幫我寄到土佐的高知。」

龍馬寫下收件人資料。

土佐高知城下本町一丁目坂本權平爺

春豬小姐

權平的獨生女春豬自幼就深受龍馬疼愛。因長得白白胖胖的，龍馬便喚她：

「河豚臉春豬。」

她臉頰上有些坑坑疤疤的，故有時也喊她：

「小麻臉春豬。」

龍馬老是如此調侃她的事前文都提過了。

這位春豬如今已招清次郎為夫婿，且已是鶴井及兔美兩個女孩的母親。

龍馬給春豬寫了信。信應該會比東西早到。

這回見到外國的「白粉」。

寄給妳，很快就到了。好好塗吧。

稍安勿躁。謹上。

龍

給小麻臉春豬小姐

總之是開玩笑要她以此白粉遮蓋臉上的坑疤。

龍馬留下寄送費，神情愉快地走出店舖。

衣襟上還散發著古龍水的香味。

…………

翌日換地方住。

改住在市內的福濟寺。勝、龍馬與該寺住持三人一入夜就下起圍棋。

這位住持也很有意思，他抓著勝問道：

「您身邊的武士叫什麼名字？」

「他叫坂本龍馬。」

勝答道。不料那僧人不知為何竟幾度反覆道：「絕不能忘記這名字。」

他似乎曾因龍馬的為人及言行舉止而大受感動，只是具體情形如何他並未明說。

話說外國船艦之事。

住在長崎的外國人之間議論紛紛：「英國艦隊載著二千名陸戰隊，荷蘭艦隊則載著八百名陸戰隊，正準備攻打長州藩的下關。」

勝聽到這風聲趕緊寫下給幕閣的第一報，並派緊急飛腳立時送往江戶。

提到風聲，據說已有幾名長州藩士潛入長崎準備暗殺勝。

長州人中知道勝是何許人物的也只有桂小五郎，其他藩士都以為勝只是單純的幕府官吏。

「他是來教唆外國艦隊殲滅長州的吧。」

他們如此猜測。

傳聞果然是真的。長州藩士小田村文助、玉木彥助等四人早在勝及龍馬抵達長崎的前一日即搭汽船入港，在市中的旅館落腳並暗中窺伺動靜。

「長藩四人來訪。」

元治元年二月二十八日的日記中勝如此記載。這四名長州人大白天就大搖大擺走進福濟寺的山門。

他們不是刺客。

而是藩廳派來正式查探勝之動靜的。但其實另有祕密計畫，勝若真有反長州之意圖，就直接下手刺殺。

小田村文助在長州藩也是位知名的刀客。

「勝老師在嗎？」

四人站在寺的正門。此時出來應門的是龍馬。

「請進。」

龍馬毫不提防地說。

龍馬將他們領至書院，自己也端正坐好。

四人都很緊張，眼神明白表示，情勢若稍有不對就立刻拔刀。

但時間都已過了四半刻。其間龍馬一路閒聊使他們發笑，甚至爆笑，這下別提什麼刺殺了。

「喔，勝老師還沒準備好嗎？」

「他已經在那裡了。」

龍馬以下巴指指外廊。

果然，外廊上不知何時端坐著一個年約四十的男子，身上穿著鋪棉的襯襖，活像個老爺子。

接著勝即以他一貫的方式為他們介紹世界情勢及日本現狀，分析長州藩攘夷行動之莽撞。

「外國人那邊我會設法安撫。」

勝道。四人於是高高興興回去了。

勝的長崎之行究竟算不算成功？

總之待了一個多月。這也是龍馬一生中時間最長的旅行。

不過對已捨棄故鄉的龍馬而言，已經沒有所謂的旅行。他整個人生就是趟旅程。

勝在此期間多次在立山奉行所會見駐長崎的英美荷領事，要求他們：

「無論如何請勿攻打下關。請如此指示貴國的海軍。」

對方客套道：

「我們也不喜歡戰爭，只是希望確保船隻行駛在馬關海峽的安全罷了。現在長州如此瘋狂攻擊實在太危險了。日本政府顯然鎮不住蠻橫的長州藩，以此現狀看來，我們只好靠武力維護船艦的航行安全。」

勝也覺得言之有理。

總之是幕府不好。根本制不住長州呀，不是嗎？

「我會設法勸止他們。無論如何請暫緩攻擊，給我兩個月時間吧。」

勝如此讓步。

不久荷蘭及英國的軍艦就到了。勝也與這些艦長商議。

艦長都是軍人，故態度十分強硬。

「我們已接獲攻擊下關的命令，勝敗難測，對我們而言也是毫無生命保障的戰爭呀。」

他們只是如此敷衍。

勝向駐在江戶與大坂的幕府要員據實以報。

總之日本方面只要設法安撫長州藩即可。勝在信中暗示自己即可完成此任務。

不料幕閣接獲勝的報告並評估多方情勢後，態度卻更為強硬。

——為安撫外國人，幕府必須以武力攻擊長州藩。

維新回天史上最重要之高潮，亦即幕府第一次征伐長州就是在如此情形下付諸實行的。

總之，勝使盡渾身解數才使得英、荷兩位艦長答應。

「不管怎麼說，我們就等等看吧。原本是計畫從長崎直接駛向下關的，那就先暫緩，改開到神奈川去下錨，看日本政府對長州的態度如何。」

終於獲得如此協議。但這並不表示對方已決定中止整個攻擊行動。

「龍馬，身為軍艦奉行並，我能做的也僅止於此。接下來就是幕閣諸位的工作了。不知那些無用之人能不能搞定。」

勝離開長崎，四月六日抵達熊本。

龍馬留在熊本城下聽橫井小楠暢論時勢。此人與佐久間象山及勝海舟並稱，三人堪稱當時最偉大之先覺者。
勝與龍馬二人是在元治元年四月四日離開長崎的。
「到熊本去吧。」
勝道。
幕府的軍艦奉行並勝麟太郎在肥後熊本細川藩不可能有什麼事要辦。
只因熊本有位名士。
名叫橫井小楠。
他與勝是志同道合的摯友，更堪稱當時第一等的評論家。
「去見小楠。」
勝道。
「找小楠老師有事嗎？」
「沒呀。」
勝道。其實勝的唯一目的只是想帶龍馬去見小楠。
勝是在栽培龍馬。

「勝大學」
可以這麼說。校長是勝，而學生就只有龍馬一人。
教授陣容則全由勝的好友包辦。
越前福井藩之藩主松平春嶽。
幕臣大久保一翁。
再加上這位熊本藩的橫井小楠。
這可說是所行動大學。
龍馬親自帶著勝的介紹信，或前往福井，或前往江戶，或在大坂見面。就是這樣的大學。
勝的介紹信總是寫著：
「希望這人能成為大丈夫。」
言下之意是：「他是條漢子，將來定能成為英雄。還請傾囊相授。」
校長勝及旗下教授群的特色是，他們主張的皆非時下流行的純粹攘夷主義。
可說是積極的開國論者。
當時的一般思潮若以圖示呈現就是：

佐幕=開國主義

勤王=攘夷主義

但勝大學的教授皆屬「勤王開國論者」，與單純的佐幕家或勤王家之間最大的相異點在於他們都擁有世界觀。

他們了解日本之於世界情勢的所在位置，並以此考慮該怎麼做。當時日本僅有少數人屬於此流派。除了他們，就只有勝的妹婿佐久間象山，可說是個僅有寥寥幾人的少數派。

龍馬與所謂的維新志士簡直是背道而馳。

他一介刀客卻有幸以「思想人」的身分向他藩的政治思想學者討教。這可說都是托勝大學的福。

一到熊本，勝就帶他到橫井小楠宅邸。

「拜託你了。」

如此交代後，翌日勝就出發前往將軍所在的大坂城去了。

龍馬就在「橫井小楠教授」家住了幾天。

關於這段，筆者希望以多少帶有隨想色彩的筆調進行。

龍馬數年後又到肥後熊本拜訪橫井小楠。

當時龍馬正致力策動畢生最大事業之一「薩長聯盟」，應該是特地來聽取小楠的意見的。

小楠總是備酒與龍馬暢談。

有時還有個年輕人同席。

是小楠的弟子。

他是肥後水俣鄉的鄉士，姓德富。

名為一敬，後號淇水。

這年輕人已娶同藩益城郡的鄉士之女矢島久子為妻，育有一兒。

此兒名為豬一郎，就是後來的蘇峰。後來又生下次男健次郎。健次郎後來成了作家，自稱蘆花。

總之年紀尚輕的德富兄弟之父淇水到老師小楠家玩時，曾巧遇來訪的龍馬。

「那人因旅途而曬得黝黑，體型魁梧得驚人。」

他曾對德富兄弟如此道。
當時小楠正因藩內政變而失勢，俸祿及武士身分都遭撤，鎮日無所事事。
席上小楠曾道：
「坂本君，我的現況就如你看到的孑然一身。」
他慨歎地說自己就像被揪掉翅膀的鳥，再也無法翱翔於天下。龍馬含著酒杯道：
「老師，原來您滿腹慨歎哪。」
又接著笑道：
「天下大事有西鄉（隆盛）和大久保（利通）在呀。」
何況還有自己。
龍馬當然沒這麼說，但也透著「我們三人將會妥善料理天下」的絃外之音。
如此大言不慚似乎讓年輕時期的淇水老人大為驚訝。
「那我該做什麼？」
橫井小楠老師問道。
「老師，您只要開開心心坐在高樓上與美人共飲美酒，含著酒杯看戲就行啦。」
龍馬道。
小楠心滿意足地拍手大笑。
橫井小楠心懷「國家之目的在於使民安樂」的思想，與昭和的右翼思想家那種神聖國家主義者不同。他身處幕末，不僅嘲笑攘夷志士，更主張開國、大舉振興產業、讓貿易活絡起來、使國家富強、還要擁有強力的軍事力量以防止外國欺侮。換句話說是積極的攘夷主義。
如此思想不僅在當時，即便從日本大東亞戰爭之前的官方思想看來都極具危險性，甚至帶有「共和國家」夢想的色彩。
但又如其號「小楠」所示，他是大楠公（譯註：即楠木正成，南北朝武將，對皇室無比忠誠且精於兵法）的崇拜者，且十分尊崇天皇。
即便是懷抱如此危險思想的小楠，也為龍馬於元治元年四月提出的主張大為震驚，因為實在太過天衣無縫了。

「你是條好漢，但千萬別成了亂臣賊子啊。」

他如此提醒龍馬。因為從其手帖上的詞句看來，龍馬的理想是美國式的共和國家。

「坂本君，你這樣貿然行事，會遭激進的勤王份子誤解啊。」

我想他應曾如此提醒龍馬。

小楠於明治二年（一八六九）遭右翼份子暗殺。理由是，他是耶穌教徒又是共和主義者。

堪稱是位了不起的先覺者。

（第四卷完）

日本館・潮 J0253

龍馬行四

作者……司馬遼太郎
譯者……李美惠
主編……吳倩怡
特約編輯……陳錦輝、陳巧宜
行政編輯……高竹馨
美術編輯……吉松薛爾
封面繪圖……林繪

發行人……王榮文
出版發行……遠流出版事業股份有限公司
104005 台北市中山北路一段十一號十三樓
電話……(02) 2571-0297
傳真……(02) 2571-0197
郵政劃撥……0189456-1
著作權顧問……蕭雄淋律師

初版一刷……二〇一二年六月一日
初版三刷……二〇二一年六月一日

售價三〇〇元
若有缺頁破損，敬請寄回更換

ISBN 978-957-32-6983-0

國家圖書館出版品預行編目（CIP）資料

龍馬行 / 司馬遼太郎作 ; 李美惠譯. — 初版.
— 臺北市 : 遠流, 2012.06-
冊 ; 公分. —（日本館.歷史潮 ; J0253）
ISBN 978-957-32-6888-8（第1冊 : 平裝）
ISBN 978-957-32-6914-4（第2冊 : 平裝）
ISBN 978-957-32-6945-8（第3冊 : 平裝）
ISBN 978-957-32-6983-0（第4冊 : 平裝）

861.57 100021093

ylib 遠流博識網
http://www.ylib.com
www.ebook.com.tw
e-mail: ylib@ylib.com

RYOMA GA YUKU <4> by Ryotaro SHIBA